COOL HAND LUKE
クール・ハンド・ルーク

ドン・ピアース

野川政美・訳

文遊社

目次

クール・ハンド・ルーク

1

俺たちは、毎朝一列になって、大声で番号を言いながらゲートを出る。暗闇と、塀の四隅から照らすまばゆいライトの光の中に声がこだまする。それからもう一度班ごとに並び、人数が確認されるあいだ、ダラダラと寝ぼけたまま気をつけの姿勢をとる。今日もまた、トラックと銃と、檻の中で吠える猟犬が、俺たちをお出迎えだ。合図が出たら、先を争って護送トラックに転がり込む。ぐずぐずしてると最後のやつは監視長にケツを蹴り上げられる。あたりはまだ闇にかすんでいて、夜が明けるには間がある。夜明けはいつも重く沈んでいる——俺たちの苛酷な暮らしそのままに。

一斉にエンジンがかかり、トラックの隊列は、わだちだらけの泥道をガタガタ揺られながら、労働刑務所《キャンプ》のまわりに広がるオレンジ林を抜けて走りだす。車体の軋《きし》みとエンジンのうなりを聞きながら、暗闇の中で激しく体を揺り動かされていると、木にぶら下がったオレンジの実が、まるで宇宙に浮かぶ遠い惑星のようにつぎつぎに流れていく。

重罪犯はいつも護送トラックに詰め込まれる。扉の鉄格子越しに、あとに続くトラックのヘッドライトがオレンジの茂みや実を照らしだすのが見え、それが俺たちの寝ぼけまなこにはまぶしい。ほかの班の囚人たちはみんな幌のないトラックの荷台に乗せられ、ぼろシートの陰に寄りかたまって、朝のひんやりした風をすこしでも避けようとしている。それぞれのトラックのうしろには、五メートルあまりの間隔で小さなトレーラーが連結され、乗り込んだ監視員たちが、荷台から飛び下りるやつがいないか目を光らせている。やつらは黒と黄色に塗られた二輪トレーラーの風防ガラスのうしろに座ってコートを着込み、ポケットに両手を入れて震えている。腕に抱えたショットガンが、不用意に空の星に狙いを定めているかのようだ。

そのうち、奇跡が起きる。引き金を引いてもいないのに、空の星がひとつ撃ち落とされる。鉄格子のあいだからそれが燃え尽きるのをじっと見つめていると、この檻のような車の中で、自分たちのタバコの火が生気のない丸い目玉を鈍く光らせるのと似ているような気がしてならない。

みんなうとうとしている。心地よい夢をまだ引きずっている。だれかが足を動かす。鎖がジャラジャラと鳴る。革の靴底とフロリダの細かい灰色の砂でさんざん磨かれた、ピカピカでむき出しの鉄板の床を安全靴がこする。ひとりがこわばった体をほぐそうと肩を動かせば、洗濯しすぎて色あせ、ごわごわしたシャツと上着を着てぴったり並ぶ囚人たちが、波が伝わるように腕や肩を動かさなければならない。それでもこうして肩を寄せ合って座るのは、そのほうがあったかいし、何か囚人同士にしかわからない安心感や仲間意識のようなものが感じられるからだ。

みんな黙ってタバコを巻いて吸っている。何気なく脚を組み、また組み替えてみたりする。昨日の仕事で汚れたままのズボンは、吹き出た汗が塩になってこびりつき、サイドの白い縦縞も薄暗くてほとんど見えない。

トラックの隊列は舗装道路までくると、反対方向に別れていく。そこからは道が分かれるたびに分散して、それぞれの班が、郡のあちこちに散らばる作業場へと運ばれる。俺たち重罪犯の中には、鉄格子越しに外をのぞいて方向を確認し、その日の仕事の見当をつけようとするやつもいる。三十分ほど走り、護送トラックがようやく道端に止まると、急いで最後のタバコを巻いて火をつける。監視員たちがうしろの用具運搬トラックから降り、所定の位置に散らばる。準備が整うと、監視長が鉄格子のはまった扉の鍵を開け、人数を数えながら俺たちを降ろす。俺たちは用具運搬トラックまで行って、水くみ係のラビットからシャベルや斧や振り子鎌を受けとる。それから、ひとりずつ道路わきのドブに下りていって作業にかかる。はじめはこわばって動きの鈍かった体がだんだんとほぐれ、太陽が地平線に昇るころには、俺たちの一日はとっくに始まっている。

太陽が朝の冷気と湿気を追い払うと、ゆっくりと靄が立ち込めはじめる。そのうち暑くなってくると、だれかが手を止め、監視員みんなに向かって、決められたとおりに大声で叫ぶ。

「脱ぎます」

まわりから許可する声が響く。

「ああ」

「いいぞ」

「よし、脱げ」

そいつは道具を放りだすと、上着とシャツを脱いで道端に置く。ラビットがその服を護送トラックまで運ぶ。そいつは汗まみれの日焼けした肌を光らせながら、また作業に戻る。ドブをさらい、草を刈って運ぶ単調な繰り返しが果てしなく続く。

何時間かが過ぎる。しかし俺たちが時間を知ることは厳しく禁じられ、わざともどかしい気持ちのままに放っておかれる。頭の中で考えていることはいつも同じだ。あとどれくらいで一服できるだろう。昼飯の時間はまだか。仮釈放や刑期満了のめでたい日まで、あと何日我慢すればいいのか。そして、脱獄しようとしているやつにとっては、そのチャンスはいつ巡ってくるのか。

とはいえ俺たちは、疲れや、じりじりと照りつける太陽や、カやハエもまったく気にせぬ顔で、機械のように平然と働くことが身体に染みついている。飽きもせず、互いにひそひそ言葉を交わしながら、監視長が杖をぶらぶらさせて道路を歩きまわっているのを盗み見ている。やつは俺たちが話しているのを知っているが、ある限度を越えないかぎり、たいていは黙認している。俺たちは絶対に仕事の手を休めてはならないし、やつが近づいてきたときには決して口を開かず、黙りこくって、何食わぬ顔で自分だけの空想の世界に逃げ込まなければならない。

休憩時間になると、俺たちは道路わきの土手に集まり、いつものように互いに昔の暮らしぶりをあれこれと、こと細かにしゃべり合う。とうの昔に葬り去られたその暮らしは、遠くで演奏するミュートをつけたサックスのメロディーのようだ。どんなに危ない橋を渡り、どんなに辛い思いをしたか。女と寝て、酒を飲み、大金を盗んだ話。そして、そういうものをみんな、もう一歩のところでつかみ損ねたいきさつ。

チーフがまた途方もないほら話を並べる。イヤーズは、母親が死んだあと父親に教護院に送られた少年時代の武勇談を繰り返す。もっとも、やつの若くてそそられる継母のことは、ごく親しい仲間しか聞けない。拳銃を手に酔ってふらふらと家に帰って、父親を撃ち殺した夜のことを詳しく話したのは、一、二度しかない。

ココがまた、パーム・ビーチの大邸宅から十一万五千ドル相当の宝石を盗んで三年の刑をくらったことをしゃべりだす。オキチョビ湖岸の労働刑務所から脱走し、農家から作業服を盗んでもう四年くらった話をするときは、いまだに息をはずませている。やつは、逃げるときにT型フォードをかっぱらったので、さらに五年の刑を追加された。

ダイナマイトは相変わらずあの悪い夢にうなされている。やつは夢の中で死刑囚の独房にいて、相棒がいつもしつこく聞いてくる。

「いま何時だ。十時になったら俺たちは一巻のおわりだ」

俺の話か、そうだな。俺もこの豪勢でいかした世の中のやつらを敵にまわすようなまねをした。おかげで世間に借金ができ、それをすこしずつローンで返す羽目になっている。俺は強烈な誘惑に負け、もう原因は忘れたが、長く引きずっていた怒りを抑えきれず、重い罪を犯した。窃盗を働いたのはたまたまで、べつに何でもよかった。刑期については、まあそれ相応というところだ。

今、俺は監視員の影にびくびくするやつらの仲間になっている。俺もまた、肩にショットガンを担いだ監視員が立つ前でドブをさらい、盾つくような一瞥をくれただけで青痣《あざ》が残るくらいぶん殴られる。

これがチェーン・ギャング《鎖でつながれた囚人》だ。仲間うちではたいてい、この労役のことを〝ハード・ロード《野外重労働》〟と呼んでいる。そう言えばだれにでも通じる、れっきとした呼び名だ。夕方になれば、俺たちの乗った黒と黄色のトラックが道路に長々と隊列を組んで刑務所に戻るのが見えるだろう。そうやって戻りながら、俺たちは膝をついて外の景色に目を凝らす。鉄格子の窓の内側から、凶悪で、薄汚れた顔が、あんたらが暮らすシャバをじろじろ見ている。

夕方、トラックが林の中の泥道をガタガタと走って戻り、アスファルトの車寄せまで来て止まると、監視員たちは車を降りて四方に散らばる。少し待って監視長の合図が出ると、俺たちは車から這い出てゲートの前の道に整列し、うしろを向いて両手を上げる。それぞれがポケットを裏返して立つ。班ごとに所持品検査だ。事務所のポーチでロッキングチェアーに座る所長に敬意を払って帽子を脱ぎ、スプーン、櫛、タバコ缶、小銭をそこに入れる。体じゅうをパタパタ叩かれ、なでられ、まさぐられたあと、最後に肩をポンと突かれたら、腕を下ろせる。

建物の中からは、看守がほうきの柄で床や壁をコンコンと叩き、窓の金網をこすり上げて点検する音が聞こえてくる。夕暮れの、そのとぎれとぎれのメロディーは、酔っ払った鍛治屋が空を打ち直してでもいるかのように、オレンジ林のかなたまで響き渡る。

また合図が出る。ゲートが大きく開き、俺たちは一列になって行進する。入りぎわには必ず振り向いて、うしろのやつが間違えないようにできるだけはっきりと番号を言う。守衛がゲートのすぐわきに立っているから、ヘマをすれば即座に蹴りが飛んでくる。それぞれが思い思いに口を開く。うなったり、叫んだり、凄んでみたり。おどおどした声、落ち着きはらった声、つぶやき……

「いち、にい、さん、し、ご、ろく……」

ゲートを抜けると一目散に外階段に押し寄せ、建物の中になだれ込む。鼻歌や怒声が飛び交うなかで、急いでロッカーを開け、ひとつしかない蛇口の前に並んで顔の泥を洗い落とす。便所に殺到して、二人、三人、ときには四人で肩をくっつけ合い、便器を囲んで手早く小便を済ます。

それからまた食堂の入口まで走っていって並び、晩飯となる。だが、ここで口を開くことは禁物だ。俺は黙ってすし詰めの長椅子に座り、両隣のやつが肩や腕に触れるのを感じながら、ポテトシチュー、煮豆、コーンブレッドとキャベツを腹におさめる。聞こえるのはコンクリートの床にこすれる靴の音と、金属の皿にぶつかるスプーンの音だけだ。晩飯を終えると外に出て、庭の水道の蛇口で自分のスプーンを洗ってからズボンの尻ポケットにしまい込む。

建物のポーチまで戻るとかがんで靴を脱ぎ、ポケットの中のものを帽子に入れて列に並ぶ。その列の先には夜番の囚人カーがいる。自分の順番がきて靴を差し出すと、カーは靴の中に禁制品が入ってないか調べてから、それをドアの向こうに放り込む。うしろ向きで両手を上げているあいだに、カーは帽子の中のものを探り、ざっと俺の体をチェックしてから、耳元でぼそっと言う。十四。俺は中に入り、自分の靴を拾い上げて看守にその番号を復唱する。やつはそれをぶつぶつと繰り返しながら記録する。十四。

全員が何事もなく建物に詰め込まれると、二重の扉が閉まり、鍵がかけられる。最後の差し錠がきちんとおさまると同時に太陽が地平線にすっかり沈む。

こうして俺たちは晩のひとときを我が家で過ごす。俺たちの家にはカーペットもカーテンもない。まともな椅子や洗面台も、そしてプライバシーもない。それでも、俺たちは毎日髭を剃るし、歯を磨く。そっちの暮らしと比べたら見劣りはするが、いくらか気晴らしもできる。漫画も読めるし、フットボールの結果だって知ることができる。小声で噂話に花を咲かせ、言い争い、身の上話をする。四人がラジオを持つことを許されていて、流行りの曲がかすかに聞こえてくる。便所は四つあるが、いつもふさがっている。なまけ者やお調子者もいれば、ばくち打ちや職人、学生だっている。家に待つ者がいるやつは手紙を書いている。

俺たちはこうやって刑期を勤め上げる。ひと癖もふた癖もある連中が、にかわのような夢でくっつき、起床の鐘が鳴ると一斉にガタガタと床を踏み鳴らす靴音でしっかり結ばれ、また朝を迎える。起きてからきっちり五分で身支度をして朝飯だ。看守が表のドアの鍵を開け、それから内側の扉を開ける。カーが横に立ち、俺たちは一人ずつ振り返りながら番号を言って進みはじめる。行列は鍵穴に差し込まれた鍵のように薄暗い外に出て、また一日が始まる。

2

毎日が同じ繰り返しだが、今日はすこし違っていた。俺たちはいつもと同じ作業をこなし、同じ気分を味わい、そして、同じように身振り手振りを交えておしゃべりをしていた。しかし、そこには妙な沈黙と、なにか拭いがたい重苦しさがつきまとっていた。物音はいつもより耳につくような気がした。みんなの動作はぎこちなく、そらぞらしかった。ときどき目を上げて、キョロキョロと左右をうかがい、また伏せるやつもいた。

今朝、重罪犯が振り分けられたのは、〝ガラガラヘビ街道〟と呼ばれる場所だ。ここには毒へビがうじゃうじゃいる。俺たちはそれを殺しては生皮を剥ぎ、週末に財布を作って、シャバで売って小銭を稼いでいる。ショットガンを持った監視員が取り巻く中で、俺たちは道路の両端の草を振り子鎌で刈っていた。

だが、ほんとうは何が気になっていたかというと、この〝ガラガラヘビ街道〟の先には森林警備隊の監視塔があり、それと道路を挟んで反対側に、あの古い黒人の教会があることだった。

振り子鎌というのは草刈り鎌のことだ。握り手のある軽い白木の柄の先がアルファベットのAの形のように開いていて、薄い真っ直ぐな両刃がついている。これを左右に勢いよく振り、その反動で草を刈りとばす。ただ、俺たちにとっては、長い刑期をゆっくり刻む大きな柱時計の振り子のように感じられる。

今日、俺たちは重い足を引きずりながら、もう三キロ以上も進んでいた。一列になり、それぞれが前のやつより横にずれて進むのは、刈り残しがないようにするのと、汗で手が滑って鎌がすっ飛んだときに、だれかが怪我をしないようにするためだ。俺たちは道路沿いの土手とドブの中の草を刈りながら、ゆっくりと進んでいた。素早く、しかも無理のないリズムで鎌を前後左右に振っていくが、ヒヨドリバナやキャベツヤシが生い茂ったところでは、両手を使って叩き切らなければならない。イバラやサボテンをなぎ倒すと、飛び散ったトゲがだれかの体に刺さることがある。そういうときは、小声で当たり散らしながら、まずはいちばん近くにいる監視員に許可をもらってから鎌を置き、背中や腕に刺さったトゲを抜く。

「トゲ抜きます」

「ああ。いいぞ、ゲイター。抜け」

俺たちは午前中ずっと、青空高く舞う飛行機部隊さながらに連なり、まるで宙に浮くために猛烈に回転させ続けるプロペラのように鎌をシュッシュッと鳴らして前進した。いつものように、すぐわきの道路では、両方の車線を車が轟音を残して通り過ぎていた。高級車、ポンコツ、農家の小型トラック、長距離バス。セミトレーラーは排気ガスを高く吹き上げ、ディーゼルエンジンをポンポンいわせながら走り去っていった。

キャデラックの柔らかくふわふわした座席に座り、マイアミと、その先の楽園を目指して南に走ったことがあったら、エアコンの効いた車の中から、地面に突き立てた赤い旗に白字で〝徐行―作業中〟と書いてあるのが目に入ったはずだ。やがて、ホルスターに入れた拳銃を腰にぶら下げ、片足に体重を預けてのんびり立つ監視員が、ショットガンを肩に担いでいる姿が見える。それから、黒と黄色に塗り分けられたトラックと、雑用係のジムが片腕を伸ばしてバランスをとりながら水の入ったバケツを運んでいる様子。あちこちに立つ監視員たちは、しわだらけの薄緑色の制服を着て、汗とほこりにまみれてくたくたの色あせたカウボーイハットをかぶっている。そして、やつらがみんな目を光らせている先には、両サイドに白い縦縞のはいった薄い灰色のズボンをはいた男たちが、真っ黒に日焼けした上半身をあらわにして、縞の帽子を好き勝手な向きにかぶり、一列になってよたよた歩いている。

あんたらは、車の窓から、怖いもの見たさの視線を注ぎ、恐怖の表情を浮かべる。俺たちにはそれがお似合いだった。

スクールバスが一台通り過ぎ、子供が二人窓から身を乗り出して何かを叫んでいった。ハイウェイ・パトロールの車が、追い越すのをためらっている一般車をうしろに何台も従えてのんびり走っていた。そのあと、ミシガンから来たハウストレーラー、船外機付きボートを引っ張った旧式ジープ、軍用トラックが続けざまに三台、オートバイ、そして、柑橘類を積んだトラックが通り過ぎた。

しかし、俺たちは地面だけを見て、仕事に没頭していた。よそ見をすれば懲罰小屋に入れられるからだ。それに、今日は監視員たちがピリピリしているのはわかっていた。噛みタバコを噛みながら、耳を掻いたり、帽子を直したり、そのしぐさはいつもどおりだった。が、やつらは俺たちをじっと観察し、そして待っていた。

俺たちは根気よく鎌を使い、ひと振りごとに草を刈る音を響かせていた。刃がひらめき、ぶれた弧を描くたびに、緑色の土ぼこりがもうもうと立ちのぼる。そんな中で、ビュンビュン走り過ぎる車の轟音と、鎖つきの囚人の足首でかすかに鳴る金属音を子守歌にして、夢遊病者のようにふらふらと進んでいた。

何時間かが過ぎた。二、三百メートル進むごとに、水くみ係のラビットが先頭の旗を抜き、道路の先のほうへ運んでいって突き立てた。一方、雑用係のジムは、うしろの旗を取りに戻り、移動した分を前に詰めた。それから二人は、おのおのがトラックを運転して先へもっていき、俺たちののろのろした重苦しい歩みが追いつくのを待った。

ときどき、ラビットが用具運搬トラックに積んだ大きなオーク材の樽からバケツに水をくんできて、道路をよたよたと歩きだした。やつは真っ先に監視長のところへ行く。監視長は柄杓で水を二口三口飲んでから、残りを地面にぶちまける。つぎに、ラビットは道路を渡ったり土手を上り下りしては、監視員たちに順番に水を持っていく。それが済むと、今度は囚人たちひとりひとりをまわった。囚人は鎌を置いて叫ぶ。

「水飲みます」

「よし。飲め、バーマ」

やつはゴクゴクと水を飲み干した。こぼれた水は波打つ胸や腹を伝い、ギラギラ光る体の汗と交じり合い、ぐっしょり濡れて泥まみれのズボンに染み込んだ。やつは柄杓にもう一杯水をくむと、喘ぎながら一息入れた。それから柄杓をバケツの中に戻し、またリズミカルに鎌を振りはじめた。ラビットは振りまわされる鎌の刃をよけながら、つぎの囚人に近づいた。そいつも鎌を下ろすと、あたりの監視員を見て大声で叫んだ。

「水飲みます」

「いいぞ。飲め」

俺たちの近くでは、監視長がヒッコリーの杖をぶらぶらさせながら歩きまわっていた。いつもどおり、何を考えているのかも、虫の居所がいいのか悪いのかもまったくわからなかった。やつはトラックのステップや運転台に座っていたりすることもある。ときどき葉巻に火をつけ、香りのよい煙に包まれて偉そうに歩きながら、俺たちが鎌を振り、足元に目を落としているそばで、ばかでかい懐中時計を引っ張りだしたり、またしまい込んだりしている。

そうやって時間が過ぎていった。時おり、叫ぶ声がする。

「小便」

「よし。いいぞ」

そいつは監視員たちがみんな聞いているのを確かめてから土手の下まで降り、道路に背を向けて膝をつくと、行き交う車からの視線も気にせず、みじめに前かがみの姿勢をとる。地面についた膝のあいだに、じわじわと小便の溜りが広がる。それから……

「戻ります、ブラウンさん」

「よし。戻れ」

もうすぐ休憩時間というときに、突然、列の前のほうから金切り声が上がった。のろまのブロンディーが鎌を地面に叩きつけてわめいているのが見えた。

「ヘビだ、ヘビだぞ」

みんなは急に活気づき、あちこちで鎌を目茶苦茶に振りまわして、草の中にもぐり込んだガラガラヘビを探しにかかった。しかしだれも持ち場の周囲一メートルほどを越えて動くことはできない。自分の場所に目を光らせ、あちこち逃げまどうヘビを追い出そうとバタバタやるだけだ。ヘビは道路用地の境に張りめぐらされた鉄条網の下へ逃げ込もうとした。だがその柵のきわには、列のいちばんうしろで作業をしていたドラッグラインがいた。ふつう鎖つきの囚人は歩きやすい土手の上で作業をすることが認められている。が、今日のドラッグラインはひどく塞ぎ込み、重症の〝ドン詰まり〟状態だったので、そんなところにいた。かつてこの道路で起こった出来事と、それに至る様々な事件を思い起こしていたのだ。

ドラッグラインはヘビが自分のほうへ来るのを見ると、あわてて二、三歩前へ出て立ちはだかった。しかし、鎌を振り下ろしたとたん、足枷《あしかせ》の鎖がキャベツヤシの根に引っかかった。やつはよろけて膝をつき、鎌を地面に叩きつけた。鎌は乾いた砂をどっと巻き上げ、はね返ってぶつかった鉄条網を震わせ、ブーンと鈍い音を響かせた。やつが立ち上がってまた鎌を振ろうとしたときには、もうヘビは方向を変えて、ドブの深い草むらの中へ逃げ込もうとしていた。

今度はコットントップがその前に立ちふさがった。ヘビは素早くとぐろを巻いて頭をもたげると、ガラガラと尻尾を鳴らした。コットントップが叫んだ。

「いた、いたぞ」

コットントップは身構えて慎重に一歩踏み出したが、ヘビがガラガラという音をいっそう激しくすると、たじろいで足を止めた。そして鎌を両手で握り、バッターが思わず低めのクソボールを打ちにいくように振り下ろした。だが狙いははずれ、大きく口を開けたヘビが数十センチも体を伸ばして飛びかかってくるのをのけぞってよけた。ガラガラヘビがまたとぐろを巻くと、やつはもう一度身構えた。そのありさまに、囚人も監視員もみんなはやし立てていた。

「捕まえろ、コットントップ。そこだ」

「やっちまえ。叩き殺せ」

「気をつけろ。噛まれるなよ」

やつは噛まれやしない。噛まれるわけがない。ヘビだってチェーン・ギャングに噛みつくほど馬鹿じゃない。コットントップの血は煮豆の汁だらけで、毒がまわるのはヘビのほうだ。噛みついたとたんにのたうちまわってイチコロだ。

のろまのブロンディーはだれよりも興奮していて、帽子をむしりとると地面に叩きつけた。

「コットントップ、慎重にな。あんまり派手に刻むなよ。皮が台無しになっちまう、いいな。俺の獲物だぞ、忘れるな。俺が真っ先に見つけたんだ。真っ先に〝ヘビだ〟って叫んだんだ」

コットントップは、もう一度鎌を振り下ろそうとしてたじろいだ。ヘビはまた襲いかかり、とぐろを巻くと、シュッシュッと音を発しながら、ガラガラと尻尾を鳴らした。コットントップはうしろによろめき、また近づいてから鎌を振り下ろした。ザクッと草が切れる音がして、黄色に黒い斑点のある細長いヘビの胴体がのたうち、反り返ると同時に、コットントップの叫び声がした。

「やった、やった。まともに頭をぶった切ったぞ」

「皮は切ってねえだろうな」

そのとき、用具運搬トラックのほうから監視長と雑用係のジムとラビットが近づいてきた。ジムは土手を下りてコットントップが立っているところまでくると、まだのたうちまわっているヘビの尻尾をつまんで持ち上げた。ヒシモンガラガラヘビだった。体長は二メートル近くある。ジムは土手を上って戻りながら、ラビットのほうにヘビを投げるようなしぐさをした。ラビットは恐怖に顔を引きつらせて後ずさりした。監視員のポールがニヤニヤ笑って、道路の向こう側から大声で言った。

「どうした、ラビット。カナダにだってガラガラヘビはいるんだろ。それとも、寒くて住めねえのか」

ラビットはすっかり身についたそらぞらしい口調で答えた。ヤンキーだろうとよそ者だろうと、水くみ係はそんなへつらうようなしゃべり方をすることになっている。

「いいえ、いますよ。うようよね。だけど、俺たちゃ話がついてるんでさ。お互い手を出さねえって決めてるんですよ」

コットントップは、自分がどうやってヘビを仕留めたかをみんなにしゃべりまくっていた。ジムは、雑用係が携帯を許されているポケットナイフで、もうヘビの皮を剥ぎにかかっている。ドラッグラインは自分の持ち場で鎌の刃を調べながら浮かぬ顔をしていた。

「ブロンディーのクソったれ。よくも鎌の刃をボロボロにしてくれたな。今夜、冷えたやつを一本飲ませろよ」

「なんであんたに飲ませなきゃならねえんだ、ドラッグ。あんたがやったわけじゃねえだろ。仕留めたのはコットントップだ」

「わかってら、まぬけ野郎。こっちはとんだ人助けで鎌をボロボロにしちまったと言ってるんだ」

コットントップは、これは自分も何かもらえると思って鼻息を荒くしていた。

「俺はペプシがいいな、ブロンディー。いいか、ペプシだぞ」

「俺も忘れるな、ブロンディー」皮をはぐ手を止めてジムが言った。しかし、ドラッグラインの恨み節はまだ続いた。

「弁護士を雇って訴えてやるぞ、ブロンディー。損害賠償だ。俺は昨日鎌を研いだばかりなんだ」

「まあ、待てよ、ドラッグ。俺だってすまねえとは思うさ。だけど、どうしようもねえだろ」

「すまねえだって。当たりめえだ。おめえみてえにドジな野郎はいねえさ。だがおごるのがいやなら、せめて休憩のときに俺の鎌を研ぐくらいのことをするのが礼儀ってもんだ。だいいち、おめえは皮を手に入れたんだ。ざっと見積もっても、いい財布が六つはできるぜ。ところがこっちは、けちな飲み物一杯にもありつけねえんだ」

「ああ、わかったよ、ドラッグ。昼飯のときに研ぎゃいいんだろ」

もうこのときには、監視員の張りつめた雰囲気は和んでいて、銃を握る手もゆるんでいた。しかし俺たちはいい気になって調子に乗るようなまねはしなかった。こんなときにだけ許されるおしゃべりや自由な行動も早々に切り上げて、また作業を始めた。それぞれが黙って自分の持ち場に戻り、鎌を振りながら、杖に寄りかかって路肩に立つ監視長のわきをゆっくりと進んでいった。

車が轟音とともに通り過ぎるそばで、俺たちは鎌を前後左右に振りながら、もう一時間ほど前進した。俺はいつものようにみんなの真ん中あたりにいて、昔を思い起こし、またクール・ハンド・ルークのことをあれこれと考えていた。もっとも、このとき何より気になっていたのは、手の親指の横にできはじめたマメのことだったかもしれない。俺は腕を伸ばして草の上っ面をなぎ倒し、手を持ちかえてもう一度振り、下のほうの残った草を刈りとばしていた。

太陽の位置と作業の進み具合からすると、そろそろ十時になるはずだった。みんなの目がうかがうような様子を見せはじめた。鎌の動きが乱れがちになる。そっとドラッグラインのほうを盗み見て、なにかそれらしい気配がないかと探るやつらもいた。というのも、時間の見当をつけることにかけては、やつの右に出るものがいないからだ。

監視長は道端を歩きながら、通り過ぎる車を眺め、手持ちぶさたに杖を振りまわしていた。ポケットから垂らした革の編み紐をのろのろと面倒臭そうに引っ張り、懐中時計を取りだして目を落とす。そして、またゆっくりと時計をしまい込み、ぶらぶらと歩き続けた。それからしばらくしてやっと、けだるそうに低く太い声でぼそっと口にした。

「よし。一息入れよう」

そこいらじゅうから、鋭く、甲高い声がつぎつぎにわき上がった。

「了解」

俺たちは待ってましたとばかりに汗で湿ったズボンのポケットに手を突っ込み、いつも持ち歩いている錆びてへこんだ刻みタバコの缶をとりだした。もっとも中に入っているのは、週に一度支給される強くて苦い、ヨードチンキのような味のタバコだ。タバコの葉の上には、巻紙の束と小さなマッチ箱が詰めてある。西フロリダスタイルでしゃがみ込むやつがいた。腰を下ろすやつ、膝をつくやつ、仰向けに寝転がるやつもいた。紙を巻いてタバコを作ったり、パイプに葉を詰めたりする。用意のいいやつは、あらかじめ巻いておいたタバコを二、三本缶に入れていて、貴重な時間を無駄にしない。懐のあったかいやつはシャバの既製品をいつでも吸えるから、そんな手間もいらない。

俺たちはスパスパとタバコをくゆらせて十五分休憩した。さっきのヒシモンガラガラヘビとの格闘をこと細かに何度も振り返り、お互いのあわてぶりや表情、肝を冷やしたことなど、ありとあらゆることをしゃべり合った。のろまのブロンディーの幸運を羨ましく思い、コットントップのまぬけさ加減を笑いとばし、ドラッグラインが自分の足の鎖に絡まって転んだことを、やんわりと顔色をうかがいながら冷やかした。それからまた、太陽の下で何時間も作業をしたことなど忘れたかのように、自分の生い立ちやほら話の続きをしゃべりはじめた。

しかし、やはりどこか普段と違うところがあった。俺たちの話し声はなにか遠慮がちで、畏敬をこめた目でちらちらとドラッグラインのほうを見やっていた。

やがて、みんなそわそわしだした。もう時間がきているのはわかっていた。こっそりと監視長を目で追い、その合図を待つ。やつの手が時計に伸びると俺たちは一斉に息を飲んだ。が、やつはまた時計をしまい、どこを見ているのか知らないが、何くわぬ顔をしていた。そのうち、こっちがすっかり油断していると、まるでけだるい調子で歌でも歌うように、低い声で、ゆっくり、ぼそっと口を開いた。

「よーし。時間だ」

俺たちは体をこわばらせて立ち上がると、くわえタバコが許される最後の一本に火をつけ、しっかり蓋をして缶をしまい込んだ。体を伸ばし、まずは二、三度空振りをして肩をならすと、いつのまにか腕はまた滑らかな振り子の動きを取り戻す。再び汗が吹き出し、視線は足元の一点に集中する。

3

監視長のゴッドフリーは杖を振りながら道端をぶらついていた。ヒッコリー製の重い杖は、命令するときに差し示すのに使うが、俺たちにとっては、その細かな動きがやつの機嫌を知る手がかりとなる。そして、時には俺たちを殴る道具にもなった。

ゴッドフリーは俺たちのだれよりも、飛び抜けて体格がいい。二メートル近い大男で、体重はゆうに百キロを超えている。ほかの監視員たちと同じように薄緑色の制服を着て、背中と脇の下に大きく汗のしみを作り、そのまわりに乾いた塩をこびりつかせている。そして、同じように色あせたよれよれのカウボーイハットをかぶり、帯のまわりは整髪料が染み出て薄汚れている。しかし、ほかの監視員の帽子がみんな灰色なのに、やつの帽子だけは黒だった。

ゴッドフリーは道端を俺たちの列の先頭からうしろへゆっくりと歩き、また引き返してきた。

杖を動かし、雑用係たちに旗とトラックを移動するように促したりする。時おり、つぶやくような声で命令を出すこともあった。一度、その杖が俺に向けられ、それから列のうしろのほうを指し示した。

「セイラー。戻って、向こうの茂みを片づけろ」

「了解。キーンさん。ポールさん。あっちの茂みを片づけてきます」

「よし、セイラー。行ってこい」

俺は命令された仕事を終えると、自分の場所に戻った。ゴッドフリーは俺に背を向け、杖を左右に振って、葉巻を吹かしながら、また列の先頭のほうへぶらぶら歩き出した。するとやつは、俺たちにはつきものの豆の屁をしやがった。すきっ腹のときに出る軽い一発だ。俺はあらためて、ゴッドフリーやほかの監視員たちの素顔に思いを巡らした。といっても、遠くから横目で見て、やつらだってうまいものを食い、休みもとりたいだろうし、腹の調子や女のことが気になることもあるだろうと考えるのが精一杯だった。俺たち囚人はいつもやつらの機嫌を気にしている。それは以前に、裁判官たちの顔色をうかがっていたのと同じだ。だが、そんな俺たちにとって、やつらは常に空をバックに輪郭だけを見せる、ペラペラの切り抜き人形でしかない。

噂によると、ゴッドフリーは長距離バスの運転手だったらしい。やつの祖先は、まだスペインが支配していたころからフロリダの地に入った開拓者だった。女房に逃げられ、父親が残した広大な牧場を一代で手放した。ガールフレンドはベロビーチあたりの安食堂でウエイトレスをしている。

もっとも、どこまでほんとうなのかわからない。俺たちはやつの年も、どこに住んでいるのかも知らないし、どこで生まれ、何を考え、何を信じているのかも知らない。知っているのはただ、腹が出はじめ、もみあげを伸ばしていて、ライフルの名手だということだけだ。額や褐色の首筋に、ほとんど皺はない。たぶん、目尻にもないだろうが、そんなことでさえ、俺たちにはわからない。

ほかの監視員たちは人間の目をしている。青く光る二等辺三角形の目、窪んだ冷たい目、物思いに耽り、濡れてきらめく緑や茶色の目。しかし、ゴッドフリーはいつも遮光サングラスをかけ、まるで目というものがないかのようだ。そのピカピカに磨かれた表面は、鏡のように光を反射するだけだ。

ゴッドフリーが前進する列の先頭までたどり着いた。やつは振り返ると、一瞬立ち止まって俺たちを見た。それからゆっくりと戻りはじめる。俺は作業をしながら、やつが近づくのをちらっと盗み見た。そのふたつの鏡の目には、散らばった監視員がショットガンを肩に担いだり、体の前で斜めに構えたり、手にぶらさげたり、腕で抱えたり——そんな思い思いの持ち方をしている姿と、やつらに囲まれた俺たち囚人が俯いて目をそらし、鎌を左右に振る姿がそれぞれ小さく映し出されていた。

4

昼近くになると、あたりの風景が変わりはじめた。人家が少なくなり、道の両側の小さな池から移ってきた湿性の雑草が多くなった。高い盛り土の上に延びる道路は一直線で、急な土手の下のドブは茂みに覆われている。こんな場所では鎌で刈る草もほとんどなく、俺たちは、たまに固まって生えているヒヨドリバナなどの草を刈り倒すだけで、あとは狭い路肩を一列になってどんどん進み、作業のスピードが速くなった。

はるか右手の、伐採したあとまばらに生えたマツとコナラの林を抜けて、高圧電線の支柱が何本も連なっているのが見えた。やがて鉄道線路の土手が姿を現わし、だんだんと近づいてきて、道路と平行に走りはじめた。

〝ガラガラヘビ街道〟で作業するのは久しぶりだったが、俺たちはその場所をはっきり覚えていた。左側に、薄緑色の壁の小さな一軒家があった。フロリダで土地ブームが起こった二十年代によく建てられた、地中海風の作りだ。その先には川が流れ、釣りのできるキャンプ場があった。川には木の跳ね橋がかかり、隣にはどっしりした黒い杭と防腐剤を染み込ませた材木を組んだ鉄道橋が見えた。

俺たちは橋のたもとで立ち止まり、全員が集まるまでしばらく待った。ゴッドフリーの合図で、監視員のひとりがうしろ向きに歩きながら俺たちを先導して渡りはじめた。やつはすぐに前に向き直ったが、首をひねっては背後に気を配った。ほかの監視員たちは俺たちを追い立てるようにあとからついてきた。

川を渡ると線路は道路から離れ、黒人たちがやっている壊れかけた丸太小屋のような雑貨屋の裏手に曲がり込んで遠ざかっていった。店の先は駅になっていて、板を張っただけのホームがあった。駅の向こう側には、ペンキも塗っていない掘立て小屋が十軒あまり、錆びたトタン屋根をさらし、名もない小さな集落を作っていた。

あたりはまた様子を変えて乾燥した砂地になり、低いコナラの林の中に、ところどころひょろ長いマツが群生していた。橋を過ぎて七、八百メートルいくと道路は右に曲がり、また大西洋岸鉄道に近づきはじめた。俺たちはそのカーブのあたりをゆっくりと作業しながら進んでいった。そのうち、前方の地平線を覆う木々のあいだから森林警備隊の監視塔が姿を現わした。

何もかもがことさら普段どおりであることが、かえって不自然だった。ラビットは、先頭に立つ兵士が隊旗を運ぶように、赤い警告旗を俺たちの先のほうに移動させていた。監視員のキーンが二連式ショットガンを左から右の肩へ担ぎ直した。ポールはライフルを腕に抱え、囚人たちを眺めてニヤニヤしていた。ゴッドフリーはまた葉巻に火をつけ、杖の柄を指に引っ掛けて揺らしながら、道端をぶらぶら歩いていた。

しかし、シュッシュッと草を刈る鎌の音と、足を引きずる音や鎖の音、そして風を切ってそばを走り去る車の轟音に混じって、頭上高く舞い上がった草ぼこりがいつしか肩に降り積もるようにゆっくりと、ひそやかに、ある名前が聞こえていた。

ルーク……

太陽の位置と腹具合からすると、そろそろ昼だろうと察しがついた。たいして刈る草もなかったから、俺たちは道路わきをぞろぞろ歩きながら、鎌を軽々と振りまわして形だけ刈るふりをして、楽に作業を続けていた。

先のほうに、あの教会が見えた。何も変わっていないようだった。板張りのみすぼらしい建物は、五十センチほどの高さのコンクリートの土台の上にのっていた。すっかりペンキがはげた壁板はひしゃげて反り返り、トタン屋根には錆びが目立った。わきに立つレンガの煙突は傾いている。表の鐘楼に鐘はなく、六角形の尖塔のスギの屋根板は、雨風にさらされ、乾いてひび割れている。庭の一角には狭い墓地があり、反対側の木陰には、セメントブロックを二段重ねにした上に、古びてたわんだ板をのせたベンチがいくつか置かれていた。ぼろぼろに乾いた砂だらけの庭の真ん中には、塗装がはげ、フェンダーが片方取れたポンコツのフォードが一台止まっていた。

ゴッドフリーが雑用係たちに命令してトラックを移動させた。トラックは道路を隔てた教会の向かい側に止められた。ラビットとジムは教会の庭のそばにある、コナラの木の下のいちばん日陰になる場所にシートを広げて、昼飯の準備を始めた。シートの近くには、監視員たちのための昼飯が入ったバケツと、腰掛けにする木箱が並べられた。この監視員用の特設休憩所の真ん中には、さらに小さめのシートが敷かれ、煮豆の鍋、コーンブレッドを入れた木箱、濃縮野菜シロップの瓶、大ぶりのアルミ皿が入ったオレンジの箱が置かれた。そのあと、雑用係たちは火を起こし、監視員にコーヒーをいれるため湯を沸かしはじめた。

俺たちは、もう先が見えていたし、さっさと切り上げて昼飯にありつきたくてうずうずしていたから、作業の手も速まっていた。が、だんだん近づくうちに、教会から歌声が聞こえてきた。今日は木曜日なので、聖歌隊の練習に違いなかった。ブリキを叩くようなピアノとバンジョー、それからトランペットらしき音が聞こえた。甲高い声やしゃがれ声が溶け合い、ぶつかり合いながら、物憂いゴスペルのリズムに乗って、切々と全能の神に訴えかけ、救いを求めていた。

先まわりしたトラックの横まで来ると、もう真剣に鎌を振るやつはいなくなった。俺たちは食い物のそばを素通りしたくないので、合図が出るのが待ち遠しかった。厚く積もった焼けた砂を蹴立て、目に見えない芝でも刈るように当てもなく鎌を振りまわしていた。

ゴッドフリーは何くわぬ顔で杖を振りながら、ぶらぶら歩いていた。そのうちようやく、わざと不器用なしぐさでポケットの時計をつまみだすと、ぼそっと言った。

「よし。昼飯だ」

一斉にすさまじい叫び声があがった。

「了解」

俺たちは持ち場を離れ、ぞろぞろと道路を横切り、砂だらけの教会の庭を抜けて昼飯の場所へ移動した。道具を放り出し、急いで一服つけてから、皿を持って列に並ぶ。煮豆の鍋の前では膝をつき、のろまのブロンディーにふやけたコーンブレッドをひと切れ渡され、シロップをかけてもらった。オニオンヘッドには水っぽい煮豆をすくってもらった。

しかし、列に並ぶ俺たちの顔には厳粛なものがあった。みんなの視線はガラスの割れた教会の窓、そこにはめてある小さな長方形の粗末なボール紙に向けられていた。それぞれが身をかがめて自分の分をもらうとき、俺たちはなにか異教徒の礼拝のようにひざまずいた。ここは神聖な場所であり、俺たちはここでものを口にすることで、あえて異端の振る舞いをしていた。なぜなら、この教会こそ、やつらがドラッグラインとその相棒のクール・ハンド・ルークを追いつめた場所だったからだ。

5

昼飯を済ませると、俺たちはコナラの木陰にあちこち散らばって寝そべった。ラビットは護送トラックからみんなのシャツや上着を運んできて、一か所にうずたかく積み上げていた。俺たちはその中から、背中にでかでかと黒い字で書かれた番号を頼りに自分の服を引っ張りだし、毛布がわりに地面に広げて敷いた。俺は起き上がると、砂だらけの中を歩いてバケツの水を飲みにいった。それからドサッと座りこんで、鉄板入りの重い安全靴を脱ぎ、鎌がぶつかってついた傷を調べた。足をもみ、アリに食われたところを掻く。靴の中は汗とほこりで泥にまみれ、足は革にじかにこすれたところがタコになって、てかてかと光っていた。俺は靴を枕にして横になるとパイプに火をつけ、楽になった足の指をもぞもぞと動かした。

ほかのやつらは皿に残った豆の煮汁やシロップをコーンブレッドですくいとっていた。そのうちスプーンを砂でこすってからポケットに入れ、オニオンヘッドに皿を返して箱にしまってもらった。だが、俺は横になったまま目を閉じ、ブロンディーが用具運搬トラックから持ってきたやすりで鎌を研ぐ音を聞き、ドラッグラインがまた、特徴あるうなるような声でしゃべりはじめるのを聞いていた。

俺はパイプをくわえて寝転び、もう起き上がらなくてもいいような顔をしていた。背中の下の砂は南のビーチにいるような気分にさせた。いや、ペントハウスの豪華な居間の、ふかふかの絨毯というところか。俺は道路をビュンビュン通り過ぎる車の轟音を聞きながら、そのうち自由になって楽しく暮らすことを夢見ていた。またひそかに詩を書き、一風変わった犯罪に手を染め、夜はあちこちを豪遊してやろうと考えていた。

顔のまわりをうるさく飛んでいたアブをはたいた拍子に目を開け、まばたきして、また閉じた。その一瞬、まつげのあいだからぼんやりと、道路の向こうにそびえる監視塔の梯子と、櫓《やぐら》が見えた。ゴスペルの歌声は相変わらず祈りを捧げ、響き渡っていた。そして、天国への人知れぬ入り口のような教会の窓から、ひそかにこちらに向けられた視線を感じた。

ひそひそ話す声の中から、ドラッグラインが大声でにぎやかにしゃべっているのが聞こえてきた。

「それで二、三日したら、ひょっこりその野郎に出くわしたんだ。フラグラー街のバーでよ。とたんに野郎は言いやがった、『あのときのことは水に流して、一杯どうだ』ってな。俺は『いいぜ』って言ってやった。一泡吹かせてやろうと思ってな。野郎は『怒ってねえよな、もう』ときた。俺は言ってやったね、『ああ。怒ってなんかねえさ』それで俺たちはカウンターに座ってビールを飲みだした。そのうちウエイトレスが通ってな、野郎はそのケツに見とれてうしろを向きやがった。俺はすかさず瓶をつかんで、ガチャン。思い知らせてやった。そりゃ、見ものだったぜ。野郎は脳天にまともにくらって、ぶっ倒れやがった。みんなギャーギャー大騒ぎだ。それからどうなったと思う、聞きてえか。そのでしゃばり野郎、起き上がるとすぐさましっぽを巻いて俺の前から消えちまったよ。まったく懲りねえ野郎だったぜ」

だが、こんなふざけた雑談にも、いつものような雰囲気はなかった。ドラッグラインは監視員たちを意識して、わざと大声でしゃべっているにすぎなかった。声は口ごもるようになり、いったん途切れたあと、はっきりしないつぶやきになった。そのうちやつは話をやめ、ブロンディーに向かって怒鳴った。

「おい、うすのろ。研ぎ終わったか」

ブロンディーはまだ膝をつき、鎌の刃をパンを入れる箱の上にのせて、柄を股で挟んで押さえていた。慎重にやすりをかけ、親指を当てて確かめては、いちいち刃先のまくれを直していた。

ようやく満足すると、鎌を持ってきてドラッグラインに手渡した。ドラッグラインは目を細め、渋い顔でその刃を調べた。と、ババルガッツが割り込んできた。

「おい、ブロンディー。こっちも頼むぜ。俺も手伝ったんだ」

「冗談じゃねえ。調子に乗るなよ。それほどお人よしじゃねえんだ」

「いいじゃねえか。つべこべ言わずに俺のも研げよ」

「やだね。なんでそんなことしなきゃいけねえんだ」

「ほう、じゃあおめえは、人でなしってことだな」

「わかった、わかったよ。貸してみな。まったく、なんで俺ばっかり……」

「あたりめえだ。あれだけ上等なヘビ皮を手に入れやがって」

ブロンディーはさっきのパンの箱まで戻ると、またガリガリと単調な音を立てて、二本目の鎌を研ぎはじめた。

俺はもう一度目を閉じ、あたりの物音に耳を澄ませた。今日の囚人たちは物思いに沈んでおとなしかった。冗談をとばしたり、毒づき合ったりするやつもなく、いつもの陽気な馬鹿話も鳴りをひそめていた。だれかがほこりだらけの中で足を動かし、暑く、まとわりつくような空気を伝って、かすかにジャラジャラという鎖の音が聞こえてきた。やすりで刃を研ぐ音、マッチをする音、柄杓がバケツの縁に当たる音に続いて、バシャッという残り水を地面にぶちまける音が聞こえた。あちこちで、セックスや酒、捕まったいきさつ、そして仮釈放の見込みなどについてひそひそ話す声がした。うしろの道路からは、家族連れで南に旅する車が疾走していく音が響いていた。

俺は顔を横に向け、シートの上にいる監視長のゴッドフリーに目をやった。やつは両腕を頭のうしろで組んで仰向けに寝転び、杖を横に置いて、帽子を胸の上にのせていた。しかし、その顔はいつものままだった。やつの目は、ふたつの小さな鏡のようなサングラスと、その表面に蒼白く映る、どんよりした空でしかなかった。俺たちのどんな動きもしっかり見ているはずだが、ぐっすり眠っているようでもあった。

教会からはまだ歌声が聞こえていた。一度、窓の端からのぞく黒人の顔が見えた。それはいったん引っ込んでから、また現われ、白い目玉をキョロキョロさせた。しばらくすると曲の調子が変わり、奔放なハーモニーを交えた荘重な黒人霊歌になった。憂いを含んだ低い声が延々と続いてから、甲高く澄んだテノールとなって天上の神に訴えかけ、救いを求めながら震えはじめた。

ドラッグラインは片肘をつき、一方の脚を投げ出して、みんなの真ん中に座っていた。ときおりタバコをふかし、目を細めていたが、何を見ているわけでもなかった。表情はすっかり寛ぎ、鼻の両側から斜めに刻まれた黒ずんだ皺が、たるんで肉づきのいい頬の手前で消える様子は、まどろむ猟犬のようだ。髪は薄く、〝白髪頭〟だった。目の色は淡いブルーで、丸みのない額の下には大きく膨らんだ鼻がある。厚い唇はだらしなく垂れ、不格好でいやらしかった。

両足首のあいだには、頑丈な鎖が砂の中でとぐろを巻いていた。くる日もくる日も砂と泥とコンクリートの路面を引きずられ、磨いたようにピカピカ光っている。ドラッグラインはほかの鎖つきの囚人と違い、足枷をふくらはぎの位置に吊り上げる革帯や紐を使わない。鎖を引きずりながら無闇に道路を歩きまわり、いつでもジャラジャラと音を立てている。そうやって十一か月も過ごしてきたので、真ん中あたりの環は、もう千切れそうに細くなっていた。やつは、はじめて鎖をつけたときに所長から、すり切れるまでつけていろ、と言われていた。

大柄のドラッグラインは体重が百キロ近くあり、肩や腕はがっしりとして、胸板も厚く、やたらに腹が出ていた。三十前だというのに、歯は一本もなかった。マイアミで逮捕された晩、刑事はやつに手錠をかけ、ドアの上部に引っかけてからホースで体を縛った。ところが、下に降ろされて手が自由になったとたん、やつは刑事のひとりに一発くらわして鼻の骨をへし折った。たちまち何人もが飛びかかってきて警棒で殴り、やつを床に引き倒した。刑事たちは目にもの見せてやるとばかりに蹴りまくった。そのうち、だれかが靴のかかとを口に押し込み、ぐりぐりとこすって踏みつけた。やつは顔じゅう血だらけにして、わめき、悲鳴を上げながら、歯をボロボロにされた。

囚人たちはみんなひと癖あるやつばかりで、ドラッグラインもまた、それにふさわしいあだ名をつけられることになった。はじめての野外作業を終え、班を集合させた監視長に、所長が、新入りの様子はどうかとたずねた。ゴッドフリーが答える声は俺たちにも聞こえてきた。

「こんなやつ見たこともありませんぜ、所長。六人がかりでもかなわないほど泥を掘り上げますよ。まるで人間掘削機《ドラッグライン》だ」

が、やつも昔はクラレンス・スライデルと呼ばれていた。

クラレンスはクルウィストンという田舎町で生まれ、粗末な服を着て、裸足で学校へ通った。女の子たちはその大きな鼻とでっぷりした腹を見て馬鹿にし、やつは仕返しに髪の毛を引っ張り、本を奪いとった。学校から帰ると、父親に暗くなるまでトウモロコシ畑の鍬入れとインゲン豆の摘み取りをさせられた。その父親は、土曜日の晩になると決まって酔っ払い、仕事を怠けたといってはやつをベルトで叩いた。

田舎者で、がさつで、口の悪いクラレンス。やつの少年時代は、喧嘩と車の暴走と女の尻を追いまわすことに明け暮れ、ムショと酒場と裁判所を行ったり来たりして、月々のローンを支払うように市や郡当局に罰金を払っていた。

やがて、郡の救貧農場で働くうちに裏の世界を知り、俺たちと同じように世渡りを覚え、仲間との雑談から金もうけのコツや教訓を仕入れ、名案を思いついた。こうしてクラレンスは、そのでかい図体や不器用な手先に似合わず、モーテル専門のこそ泥となった。窓の下枠から、神出鬼没の鼻がヌーッと現われ、宿泊客が寝たのを確かめる。客が眠ったと見るや、やつは手で網戸を押さえ、音を立てないようにしながらゆっくりとアイスピックを突っ込んで、掛け金をはずす。そうやって窓を開けておいて、自分で考案した、ある道具を取り出す。こいつは伸縮自在のアルミの棒で、先端にあるゴムの滑り止めをつけたハサミを、細いワイヤーで操作する。雑貨屋で高い棚の上のものを取るときに使うようなマジックハンドだ。クラレンスはそれを、遠く離れた町の機械工場で作らせ、森の中で何時間もかけて練習していた。やつはこの仕掛けを使って戸棚や引き出しを開け、財布やハンドバッグ、腕時計を巧みにつまみだし、椅子にかけたズボンやベッドの下の靴をかっさらった。

しかしそのうち、あの涼しく、心地よい、星のきらめく晩がやってきた。やつは広々としたイチゴ畑の中をくねくねと続く寂しい田舎道を歩いていた。するといきなり木立ちのうしろから、懐中電灯を手にした警官が何人か現われ、両腕に毛皮のコートを六着も抱えたドラッグラインの前に立ちふさがった。

「おい、そんなにコートを持ってどこへ行くんだ」

「どこへ行こうと余計なお世話だ。だが、まあ、どうするかぐれえは教えてやるか。女にやりにいくんだ」

「ひとりに六着もか」

「ひとりじゃねえ。六人だ。女なんていく人いてもいいだろ」

それでも警官はやつを署に連行した。

パナマ帽をかぶり、パステル調の夏服を着た、おそろしく大柄の刑事が三人取調べ室に入ってきて、やつに尋問を始めた。

今日のドラッグラインは、捕まった蛮族の酋長のような余裕と落ち着きを漂わせて、教会の庭に座っていた。やつは、薄汚れて疲れきった囚人たちの視線を一身に受けていた。白い縦縞のあるズボンをはいた男たちが、鎌の刃をきらめかせ、上半身裸で取り囲む真ん中にいた。

ドラッグライン——やつは俺たちにとって特別な男だった。

もう時間の問題だった。みんなそろそろ始まると思っていた。だれかが水を向けたら、きっとドラッグラインは乗ってくるはずだ。とうとう重苦しい雰囲気に我慢できなくなって、コットントップが口を開いた。

「なあ、おい、ドラッグ。ここだろ。ここだよな」

ドラッグラインはタバコを巻いていた。一度うなずいてから、くるんだ紙の端を舌で湿らせた。おしゃべりスティーブが、はやる気持ちを抑えられず、かまわずに割り込んだ。

「ここだよな。あの教会の中だろ。あんたとルークが逃げ込んだのは」

「ああ、そうとも、スティーブさんよ。ここだ」

「どんなふうだったのか話してくれよ、ドラッグ」のろまのブロンディーが聞いた。

「まあ、つまらねえ話よ。それに、おめえたちだってたいがいのところは知ってるじゃねえか」

今度はオニオンヘッドが口を出した。

「でもよ、俺たちは何もかも知ってるわけじゃねえんだ。それに、新入りだっているぜ」

「なあ、ドラッグ。話してくれよ」コットントップがせかせた。

ドラッグラインは何ごとかぶつぶつとつぶやきながら、指先でタバコを二、三度しごいて形を整えた。それからマッチをすり、唇をとがらせ頭を傾けて火をつけた。深く吸い込んだあと、ゆっくり、もの思いにふけったような顔で、鼻と口から苦いタバコの煙を静かに吐き出した。

「ルークか。まったくあの野郎……俺の言うとおりにしてりゃ……」

ドラッグラインはちらっと監視長に目をやると、声を落とし、ささやくような口調になった。その視線は庭の周囲にさまよい、日の光と木陰のまだら模様がゆらめくのを見ていた。教会の中では、聖歌隊の歌声が熱を帯びはじめ、だんだんとゴスペルの雰囲気を盛り上げていた。はじめはささやくようなドラッグラインの声が、話が進むにつれて次第に大胆になっていった。素朴な音楽、車の通り過ぎる音、鎖がすれる音、そして鎌を研ぐ音を伴奏にして、やつは今そこに座り、クール・ハンド・ルークの物語を歌うように話しだした。

6

もっともドラッグラインの話は途中からだった。少なくとも俺にいわせれば、途中からということになる。それは、真っ先にルークのことを知ったのがこの俺だったからだ。俺はルークがこの刑務所に来るずっと前から、やつの勇ましい経歴を知っていた。やつが詩人だということにも気づいていたし、俺たちみんなを救いに来てくれることもわかっていた。

そもそものはじまりは、タンパ・デイリー・タイムズの第一面に出た記事だった。ルークの顔写真が載った新聞が、風に吹かれて俺の目の前のドブに舞い降りてきた。やつの端正な面立《おもだ》ちが皺くちゃになって黒ずみ、草のあいだから、暗く沈んだ目が晴れ渡った空をじっと見上げていた。

その日はいつもと違う妙な作業をしていた。囚人たちを休ませないためにときどきやらされる、所長の思いつきだった。俺たちはその日の朝、ずいぶん長いあいだトラックに揺られて、はるばるミニオーラの町まで連れてこられた。それから国道二五号線の両側に、路肩から道路用地の端まで一列に並んだ。監視長のゴッドフリーの合図で、俺たちは下を向き、タバコの箱やビール缶、瓶、紙袋など、あらゆるゴミを拾いながら前へ進んだ。歩いてはかがみ、両手がいっぱいになると、紙くずは何か所かにまとめて置き、あとから来る雑用係がそれを燃やした。すぐ横とうしろに監視員がついて、ひと息入れる暇もない、長くてきつい一日だった。護送トラックに乗り込むよう命令されたときには、俺たちはもう三〇キロ近く歩いて、ポーク郡との境まで来ていた。

しかし、十一時ごろだっただろうか、一台の赤いジャガーのオープンカーが轟音を響かせて走ってきた。運転していたのは、ベッコウの眼鏡をかけ、ベレー帽をかぶった男で、通り過ぎざまに俺たちのほうに顔を向けてニヤッと笑うと、わざわざ新聞をうしろに放り投げやがった。ページが風でばらばらになり、カサカサと音を立てて舞いながら、走り去る車を追うように路肩に散らばった。第一面が目の前に落ちてきたのは偶然だった。俺はとんでもない新聞配達野郎に腹を立て、ほかのドライバーたちの置き土産を抱えたまま、それをつかんだ。が、そのとき俺の目に大見出しが飛び込んできた。

『戦争の英雄がパーキング・メーター泥棒』

一瞬手が止まった。聞いたこともない犯罪に、俺はたちまち魅入られた。仲間から遅れないように注意しながら、あたりに散らばったページをできるだけ拾い集め、手に持って高く掲げると、近くの監視員に向かって大声で言った。

「ポールさん。こいつもらいます」

「よし、セイラー。持ってていいぞ」

昼飯はオレンジ林の中でとった。俺は新聞のページをそろえて地面に広げ、飯を食いながらそれを読んだ。その記事は〝過去と現在〟という切り口でまとめてあった。二枚の写真が並んでいた。片方は、戦争中に家に送るような型通りの肖像写真で、日に焼けてつるつるした澄まし顔に、きちっと帽子をかぶり、色とりどりの勲章や階級章で飾られた軍服の胸を張っていた。もう一枚は、髪をボサボサにして、薄汚れたシャツをはだけ、鉄格子のあいだからのぞく酔っ払いの顔だった。しかしこの元兵隊には、にらみつけるような犯罪者の様子はなく、いたずらっぽくウインクして、カメラに向かって微笑んでいた。

俺は繰り返し記事を読んだ。行間から見えてくるものを感じとり、抜け落ちた言葉を補い、大げさな表現に振り回されず、あやふやな事実や憶測に基づいた箇所を冷静に読んだ。そして、情報をゆがめていると思われる部分には自分なりに手を加え、述べられていない事実や出来事、巧みな言葉遣いで読者を操るため、わざとねじ曲げたり、無視されたりしたものを想像し、真実を探り当てようとした。

しかし、俺は記事を読みながら思わず微笑んでいた。このロイド・ジャクソンという男の顔には憎めないところがあった。アラバマのバーミンガム生まれの二十八才。大戦中、三度の主要作戦に参加して、ついには自由主義を勝ちとった退役兵。パープルハート勲章を二個と、ブロンズスター勲章とシルバースター勲章をもらった男。が、やつは善行記章とは縁がなかった。何度も懲罰委員会にかけられ、職務離脱で六十日の再教練を命じられた。三年半の軍隊生活のうち、そのほとんどを海外で服務したあと、退役したときは二等兵だった。

俺はドラッグラインに新聞を見せた。やつはだらしなく口を開け、むずかしい顔でそれを読んだ。ココが隣に来てしゃがみ込み、目を見開くと、そわそわしながら歯を見せて笑った。それから勝手な情報や自己流の解釈を交え、声に出して記事を読みはじめた。ドラッグラインは何度もココを黙らせようとしたが、効果はなかった。

「うるせえ。邪魔だ」

「そう言うなって。俺だって読んでるんだ」

「なに言ってやがる。てめえはでっち上げてるだけじゃねえか」

「俺にゃ、分かるぜ」

「何がどう分かるってんだ」

「間違いねえさ。こいつは女から〝もう別れましょう〟って手紙をもらって、やけ酒を飲みだしたんだ。あんまりドンパチやったもんで、すこしいかれてたのかもしれねえ。それに、頑固な野郎とくりゃ、だれの世話にもなりたくねえってわけだ。だからある晩、まともな仕事にあきあきして……」

「いいから黙ってろ。俺が読んでるんだ」

「おい、ドラッグ。ひとり占めすんなよ。俺にも読ませろって」

「よし。そのかわり無駄口叩くんじゃねえぞ」

こうして、ジャクソンはここに来て〝ハード・ロード〟がどんなものか思い知る前に、それどころか、裁判で刑が確定するずっと前から、もう四人たちのあいだでは、想像をかき立て、期待させる英雄となっていた。俺たちはその日の午後じゅう、かがんで道路沿いのゴミを拾って歩きながら、背中の痛みも、車の轟音も、太陽も、監視員も、それから自分の行く末や刑期のことも忘れて、やつのことを考えていた。

想像の中の俺たちは、夜遅くタンパのフランクリン・ストリートをぶらついていた。みんなが寝静まった街は、路肩に駐車した車もなく、歩道はがらんとして、明るいショーウィンドウが俺たちだけのために豪勢な品物をひっそりと並べていた。みんな、ビールやワインやウイスキーをしこたま飲んでべろべろで、街並みはぼんやりとかすみ、小ぎれいな印象だった。

突然、一台の小型トラックがけたたましい音を立てて通りを走ってきた。運転席のドアには〝アクメ配管設備〟と書いてあった。しかしハンドルを握るジャクソンは、まるで退却する敵を追って爆撃した町に入る斥候部隊の車のように猛スピードで飛ばしていた。車は急ブレーキをかけ、後輪を横滑りさせながら止まった。やつは運転席に座ったまま、薄汚れたフロントガラスの向こうにきらめく街灯や信号を、うつろな目で見つめた。

その視界に飛び込んできたのは、道路わきに一定の間隔で並ぶ緑色のベンチとパーキング・メーターだった。やつにはそれが、やせ衰え醜い顔をした兵隊の一団が、見たこともない不格好なヘルメットをかぶり、横に並んで行進しているように見えた。兵隊たちはみんな、額に赤い字で〝駐車違反《VIOLATION》〟という文字を入れ墨している。

ジャクソンはいったん目をつぶり、片方だけを開けて細めた。それからもう片方の目も開けて同じようにした。ハンドルの上に肘をつき、手で顎を支えると、戦況を分析する……俺が違反をしたのか。わざわざ自分から違反したってわけか。それとも、俺が違反されたほうか。そもそも、なんでこんなに違反しやがるんだ。いったいこいつはどっちの違反なんだ……やつは喉の奥でうなるようにつぶやいた。ドアを開け、片足をステップにかけて身を乗り出すと、そこいらじゅうに聞こえるような声で怒鳴った。

「よお、おまえら。それで俺に勝てると思ってんのか。こっちには通行証があるんだ。憲兵隊長じきじきのな。そうさ、あのよぼよぼのウィリアムス殿だ。能なし大佐のな」

やつは運転席に戻ると両手でハンドルを握り、前のめりになってフロントガラスの先をにらみつけた。

「チクショウ。どいつもこいつも眼を血走らせやがって。いつでもぶっぱなせる構えか。ブローニングの自動小銃でもありゃなあ……まあ、見てろって。正真正銘の違反てのがどういうものか教えてやるぜ」

ジャクソンはギアを入れるとアクセルをぐっと踏み込んだ。車がエンストを起こして止まると大声で悪態をつき、またエンジンをかけ直した。轟音を響かせ半ブロックほど走り、急ブレーキをかけ、横滑りしながら止まると運転席から飛び降りた。車のエンジンをかけたままにして歩道に駆け寄り、パーキング・メーターのひとつに唾を吐きかけてから、もぞもぞとポケットの中を探って鍵束をつまみ出す。トラックの運転席のうしろには、車体の横に大きな鉄製の工具箱が取り付けてあった。ジャクソンはその南京錠に鍵を差し込もうとかがんだが、体がふらついて思うようにいかず、苛立って箱の蓋を蹴飛ばした。もう一度やってようやく蓋を開けると、レンチやハンマー、ねじ切りやノミなど、箱の中の山ほどある工具類をガタガタとひっくり返して調べはじめる。目当てのパイプカッターを見つけると引っ張り出し、叩きつけるように蓋を閉めた。

やつは歩きだしたが、しっかり立とうとはするものの、重いカッターをぶら下げて体が傾き、縁石につまずいて転びそうになった。ようやくたどり着いたパーキング・メーターの支柱には、四角い掲示があって、緑色の文字で駐車についての注意が書いてあった。ジャクソンはニヤッと笑い、それからいたずらっぽく顔をしかめてみせた。

「さてと、将軍閣下、クソ野郎閣下。ペラペラの銀貨に青い縞のリボンひとつくっつけて済まそうってのか。どうなんだ、返事をしろ。口はあるのか。何とか言え。はっきりでかい声で答えてみろ。そうか、けちな勲章をやっちまえばすべて丸く収まるってわけだな。じゃあ、こっちもその薄汚ねえ首をもらうぜ。けじめってもんだ。祖国《くに》を思う気持ちがあるからやるんだ。なあに心配するなって、きっと名誉勲章はもらえるさ。もっとも、棺桶に入ってからだがな。金地に糞色の十字がついたやつだ」

ジャクソンはパイプカッターを支柱に引っかけてつまみを強く締め、二、三度回してから、さらに強く締め直して、また回した。たちまちメーターの首はポロリと手の上に落ち、やつはそれをトラックの荷台に放り込んだ。

「よし、将軍閣下は乗り込んだ。部隊は移動するぞ。夜明け前に敵を片づけてやる」

ジャクソンはよろよろと隣のパーキング・メーターまで歩いていった。

「よお、ヘレン。そのきれいな首をちょん切ってやるぜ」

やつは素早くパイプカッターを引っかけて二度ぐいっと回したが、柄をつかみそこなってうしろに二、三歩よろめいた。体をふらふらさせながらも気をとり直し、隣のメーターを指さす。

「心配するなって、軍曹。いま行くから。こっちの内輪の話にかたがつくまで休んでな」

暑く、ねっとりした空気の中で激しく動きまわり、やつはハアハアいいながらぐっしょり汗をかいて、声はかすれていた。

「さあ、カワイコちゃん。悪く思うなよ。俺はおまえに首ったけだった。今度はそっちが首を差し出す番だ」

そんな調子だった。トラックはエンジンをかけ、ドアも開けたままで、ヘッドライトがやつの作業を照らしだした。町の目抜き通りを南に移動しながら、片っ端から切り倒していった。やつは切り落としたメーターを道端にきちんと集めておいて、ときどきトラックをとりにいっては、ガシャンガシャンとものすごい音を立てて荷台に放り込んだ。そうしながらも、ふと手の中の戦利品に目を落とし、それを揺すってぶつぶつ言った。

「よお、能なし大佐。あっちこっちネジがゆるんでるようだな。調べてもらったほうがいいぜ。いかれた野郎が部隊をうろついちゃまずいだろ」

ひとりの警官が警棒を手に巡回しながら歩道を歩いてきた。前方に停車した市の補修トラックらしきものを見てから、銀行、洋服屋、それと宝石店のドアの戸締まりを確認する。そして、作業員のそばまで来ると、気安く声をかけた。

「こんばんは」

「どうも」仕事の手を休めずに男が答えた。警官はそのまますこし通り過ぎてから振り返り、作業の様子を見守っていた。男はぶつぶつ言いながら肩を当てがってカッターをぐいぐいと押すと、メーターの首をポロリと切り落とした。そのうち〝リトル・ライザ・ジェーン〟という古いヒルビリー《南部の山岳民謡》を歌いはじめた。

警官は警棒をぶらぶらさせ、その場に突っ立って見ていた。市の職員が働くにしてはずいぶん遅い時間だった。もっとも、補修工事はたいてい夜やるものだ。だが、なんでフランクリン・ストリートのパーキング・メーターを撤去するんだろう。おえらがたのやることはさっぱりわからない。まあ、上からの指示でやっているんだろうから、こいつに聞けばわかるかもしれない。しかし、いったいどうしようっていうんだ。

「なあ、あんた。何をしてるんだい」

ジャクソンはためらうことなくぐいぐいとカッターを回し、ときどき締め直しては作業を続けていた。警官のほうを見もせずに答える。

「パーキング・メーターを切ってるのさ。見てのとおりだ」

「ああ、ま、そりゃそうだが……あんたはだれなんだ」

「ロイド・ジャクソンさ」

「いや、そうじゃなくて……どういう人かってことだよ」

「さあね。パーキング・メーター泥棒ってとこかな」

ジャクソンは警官の前を通り過ぎると、切りとったメーターをトラックの荷台に放り投げて、つぎのメーターに近づいた。警官はあわててついてきた。

「あんたちょっと署のほうに来てくれ」

「無理だな。まだ仕事が残ってる」

「また戻ればいいじゃないか。あとでまた戻れるさ。ちょっと聞きたいことがあるんだ」

「どうしてだい。何を聞こうってんだ」

「まあ、いいから。さあ、来るんだ」

「どうしてもって言うんなら……おまわりさん、ほら、こいつを持っててくれ」

ジャクソンはパイプカッターを警官に手渡すと、トラックの前にまわった。警官は呆然として手にしたカッターに目を落とした。

「おい、どうするんだ」

「トラックを移動させるのさ。エンジンをかけたままじゃ、盗んでください、って言ってるようなもんだ」

警官が気づいたときには、もうジャクソンは運転席に座っていた。やつはギアを入れると思い切りアクセルを踏み込み、猛スピードで走りだした。

「おい、待て。戻ってこい。止まれ、止まるんだ」

警官はパイプカッターを放り出すと拳銃を引き抜き、空に向けて引き金を引いた。が、弾は出なかった。もう一度引き金に力を込めながら怒鳴る。大きな声ががらんとした街にこだました。

「止まれ。命令だ」

警官は拳銃の安全装置をはずすと、逃げるトラックを狙った。しかし今度はあわてて引き金を引きすぎた。轟音とともに発射された弾は、ビルの二階にある歯科医院の窓を撃ち抜き、ガラスがガシャーンという音を立てて粉々になった。

警官はたてつづけに発砲しはじめた。弾が路面や縁石、そして〝駐車禁止〟の標識に当たって跳ね返った。ジャクソンがちょうど角を曲がろうとしたとき、とうとう弾が左側の前輪に当たった。ハンドルをとられ、トラックは縁石に乗り上げ、歩道を飛び越えて、地響きを轟かせながら閉店したレストランの大きな板ガラスを突き破った。それからテーブルや椅子をバラバラにし、カウンターの端を軋《きし》らせながら浮き上がらせ、留めてあったボルトを、床から引き抜いてやっと止まった。

警官は震える指で拳銃に弾を込めながら、息を切らせて走ってきた。途中で弾をばらまいてしまうと、じれったそうにそれを拾い集め、また気を取り直して走り続けた。レストランまでたどりつくと、警戒しながら店のなかに入り、ガラスの破片をギシギシと踏みつけ、身をかがめてトラックに近づいた。

ややしばらく間があってから、運転席のドアが開く音がして、ジャクソンがかすかに鼻歌を歌いながらゆっくりと、面倒臭そうに這い出てきた。

「止まれ。そこを動くな」

ジャクソンは動じなかった。何も聞こえなかったかのようにポケットに手を入れて小銭を探り、指で鼻をこすってから、額の切り傷にそっと触った。指先に血がついているのを見ると、舌でそれをなめてからズボンで拭いた。

ほんのわずかにふらつき、左脚をかばうようにして隅のジュークボックスまで歩いていくと、二十五セント硬貨を入れ、曲のリストをにらんで迷っている。が、警官は強い調子で言った。

「おい、聞いてるのか」

ジャクソンは難しい顔で目を細めながら曲を選び、つぎつぎにボタンを押した。警官は無視された怒りに肩を震わせた。

「きさま、逮捕する。手を上げろ」

ジュークボックスが目を覚まし、低い音を立ててうなった。ギラギラと燃えるような色の明かりがともって動きはじめた。レバーがカチッと鳴り、歯車が噛み合い、前面のガラス越しに、ラックからレコードが一枚抜きとられてターンテーブルの上に置かれ、回りだすのが見える。アームが移動し、針が正確に溝をとらえた。すると、つま弾き、かき鳴らすバンジョーとギターの複雑な伴奏にのって、ゴスペルの四重唱が、力強く讃美歌を歌いはじめた。


おお、主よ。わたしはこれから天使の国にまいります。


ジャクソンはうっとりした表情で指を鳴らし、前のめりになって頭を振って踊りながら、ガラスや木の破片を踏んで歩道に出た。警官は動揺を隠せずおろおろして、拳銃を手にそのあとについていった。

こうしてジャクソンは、まさにやつらしい罪を犯し、法の裁きを受けることになった。荒れ果てた街には、哀れな歌声が悲痛な祈りを響かせ、やつは破片の上を軽やかにステップしながら独房の中へとやってきた。

7

それから三週間ほどして、監視員のポールが、ロイド・ジャクソンという男の裁判記事が載ったオーランド新聞をラビットに見せた。もちろん、晩にはその内容がこと細かに俺たちの耳にも入った。その記事は、俺がドブの中で見つけた新聞と同じことが書いてあったが、最後にやつの軍歴を細かく紹介していた。

国選弁護士は型通りの罪状認否の弁論をし、ロイド・ジャクソンはレイフォードでの重労働二年の刑を宣告された。

今日、俺は教会の庭で休みながら、自分が郡警察の拘置所から移送されたときのことを考えていた。みんな手錠をかけられ、長い鎖でつながれて、通称〝新入りバス〟という囚人護送トラックに乗せられたときのことを思い出していた。レイフォード刑務所までの長い道のりをずっと、囚人たちは暑苦しい車の中で膝をくっつけるようにして向かい合っていた。なかには、これから軍隊に入ろうとする新兵や、学園生活を前にした新入生のように軽口を叩き、くだらない冗談を飛ばして、わざとはしゃいで陽気に振る舞っているやつがいた。むっつり考え込みながら黙ってタバコを吸うやつもいた。首を伸ばし、運転手と護衛が座る運転席との境の金網越しに、シャバの景色を最後に一目見ようとするやつもいた。だれもが興奮して、喉はカラカラで、恐怖と惨めさを感じていた。刑期を刻む鐘の音が俺たちの頭の中で鳴り響いていた。これから待っている辛い日々を思うと、胃がずっしりと重く感じられた。しかし、俺たちにできるのは、ただじっと座って過去を振り返り、いったいどこで取り返しのつかないヘマをやってしまったのかという、あの懲りない四人お決まりの後悔を繰り返すことだけだった。

〝新入りバス〟に乗ってレイフォードに行く日も、あたりは普段と何も変わらない。太陽が照りつけ、エンジンがうなり、車は道路にでこぼこがあるたびに跳ね上がる。ビールやタバコの広告板、行き交う車。が、マッチをとってタバコを吸ってみれば、それがとんでもない思い違いだと気づく。ポケットに手を入れようとすれば他人の手がついてくるし、マッチをすり、顔を近づけて火をつけるときには、四本の手が囲んでいる。

レイフォード……

電流を通したピカピカの金網を三重に張りめぐらせた中に、ぼんやりと浮かぶ白壁。道路を長く一列になって畑仕事から戻ってくる男たちは疲れ果て、くしゃくしゃの汚れた作業服を着ている。半分くらいは不精髭を伸ばしていて、みんな例外なくやつれ、希望のない顔だ。のろのろと重い足を引きずり、よろめき、ふらつきながら行進している。が、新入りのトラックがそばを通り過ぎるとその顔がこちらに向き、車のうしろの小さな格子窓からのぞく目と視線を合わせる。そんな囚人たちは、意地の悪い太陽に何年も照らされて生気を失った顔——疫病神にさんざん踏みつけられた泥と藁《わら》で作ったような顔をしている。

俺の乗ったトラックがリバー・ゲイト検問所を抜け、鉄道の退避線わきを通って、あの要塞のような刑務所の前に止まったのは、もうずいぶん昔のことだ。あのとき、ちょうど囚人たちは晩飯にありつこうと出てくるところだった。面会用の広場に張ったテントの中では、楽隊が軽快な行進曲を演奏していた。独房と廊下に声がこだまし、鉄格子や窓枠をつかんで見下ろす視線が、手錠をはずされて、顔面蒼白で寄りかたまる私服の俺たちに注がれた。

「オッ、新入り、新入りだぜ」

「ピンピンしてるのが来やがった」

「かわいそー」

だから俺たちには、ジャクソンがそれからの数週間をどんな気持ちで過ごしたか想像できた。審査、面談、写真撮影、指紋採取、診察、等級分け、予防接種、番号付け。やつは毎朝、古株の囚人といっしょにゲートを出て、開墾鍬を手にまわりの豆畑で働く。土曜の夜は講堂で映画を見る。日曜には野球の試合を見たはずだ。

そして、ある日の朝早く、刑務所長から呼びだしがかかる。看守がやつをGフロアーの留置場から出し、ほかの二人の囚人といっしょに看守長の部屋へ連れていく。そこで何種類もの書類を記入し、着ていた囚人服をすべて取り上げられて、〝ハード・ロード行き〟の車に乗せられる。

こうしてロイド・ジャクソンはまたトラックで移送された。リバー・ゲイト検問所で一旦止まり、運転手は監視小屋から拳銃を取ってくる。それから、幅の狭いでこぼこのアスファルト道路を十七、八キロ走ってスタークの町まで来る。さらに州のど真ん中を抜けて四四一号線を南下し、ゲインズビルを過ぎ、オカラに出る。囚人のひとりが小便をしたいと言いだし、護送トラックは道路の端に寄って止まる。囚人たちは床にある直径五センチほどの穴にジョウゴを差し込み、代わる代わる膝をついて用を足す。

そのうちトラックは幹線道路を離れ、狭い州道を走ってから、オレンジ林の中の泥道に入る。道が分かれる地点に小さな白い看板があって、小ぎれいな字で……

『州道路局第九十三囚人作業宿舎』

トラックはアスファルトの車寄せに入って止まった。運転手は車を降りて、伸びをすると、表情を引き締めて白いペンキを塗った木造の建物に向かって歩いていった。車の中の囚人たちはひそひそと話し合い、もどかし気に足の位置を変えて、鉄格子越しに芝生や塀や歩道をのぞいていた。

かなり時間がたってから、運転手が戻ってきた。パナマ帽をかぶり、半袖のスポーツシャツに淡いブルーのズボンをはいた太った男といっしょだ。その男は、唇にタバコのカスでもついているかのように、絶えずペッペッと唾を吐いた。やつのうしろのほうには、真っ黒に日焼けした無表情の監視員が立ち、用心深くあたりに気を配っていた。手にはポンプアクション式のショットガンをぶらさげている。

運転手が目で合図すると、その監視員がうなずいた。運転手が扉を開けてわきに立ち、囚人たちは顔をこわばらせ、戸惑いがちにまばたきしながら車から降りた。命令されて並んでも、太った男と目を合わせないようにしている。私物を入れた紙袋とシガーボックスを握り締めたままじっと待つ。所長は三度唾を吐くしぐさをしたが、口から出たのは空気だけだった。やつはだれの顔も見ずに囚人リストの名前を読み上げ、呼ばれたやつは必ず敬語でそれに答えた。

そのうち守衛がやってきた。猫背の痩せた男で、骨ばって尖った皺だらけの顔は容赦のない冷酷さを漂わせている。やつは顎をもぞもぞと動かし、入れ歯の位置をあちこち変えながら、新入りたちを突き放すような目でにらんだ。

がらんとした建物の中に座り、あたりを見まわしながらつぎの指示を待っていたときのことを、俺は今でも覚えている。みんなすることは似たようなものだ。タバコをふかし、あちこちにキョロキョロと目をやり、ずらっと並んだ空のベッドのあいだを何度か行ったり来たりしてみる。なんとなく、その数を数えている。五十一。そのベッドの数だけここに寝るやつらがいると思うと、何か自分が場違いなところに入り込んだような気になる。いっしょに来た囚人のひとりは疲れて腹をすかせ、いらいらしていた。もうひとりは重罪を犯して服役しているやつだった。

建物は木造だ。四角い窓にガラスはなく、金網と網戸がついている。外側には頑丈な鎧戸があって、つっかい棒で開けてある。細長く広い部屋の端の奥まったところはコンクリートがうってあり、大きな鉄製の石炭ストーブ、小便器ひとつと大便器四つ、そしてシャワーがある。シャワーは隅にあって、かなり広い場所が、低いコンクリートの壁で仕切られていた。そこに小さなひび割れた鏡と蛇口がひとつ。そのほか、ちょうど公園にあるような木のテーブルがふたつと長椅子が置かれていた。部屋の反対側には鳥籠のような監視部屋があり、銃を持った看守が一晩じゅう囚人の行動すべてに目を光らせている。建物のなかにはまったくプライバシーなんてない。洗面器やコップだってない。シャワーのところにあるたったひとつの蛇口で、水を飲み、顔を洗い、髭を剃り、歯を磨く。

新入りたちはテーブルの長椅子に座って待っていた。ときどき雑用係の囚人たちが調理場から戻ってきては、シャワーを浴びたり、用を足したりする。だがやつらのほんとうの目的は、新入りの様子をうかがい、レイフォード刑務所の最新情報を得ることだ。

しばらくすると、守衛が監視部屋に入ってきて、間仕切りの下にある狭い隙間から服を押し込んだ。その服には黒い字で番号が書かれている。ズボンはレイフォードの支給服と同じだが、シャツと上着はずっと厚手の生地でできている。まびさしがついた縞の帽子と、鉄板の入った重い安全靴も渡される。洗濯に出すとき覚えておく番号を教えられ、それに従って自分の囚人服に着替えてから、今まで着ていた服を同じ隙間から押し入れる。さらに、使い古した大きなスプーンを渡され、常に持ち歩くように言われる。万が一それをなくしても、また支給はされる。ただし、まずは懲罰小屋で一晩過ごさなければならない。

守衛が立ち去ると、代わって看守が現われた。みんなが寝たあとに、ショットガンと拳銃を手に、一晩じゅう監視をするのはたいていこいつだ。やたらに丸々と太っていて、縁なしめがねの向こうから小さな目で新入りたちをにらんでいる。よたよたと短い脚で歩き、たるんだ両頰のあいだの口は堅く閉ざして、決して笑うことはない。

新入りたちは外を眺め、黒と黄色に塗られたトラックが荷台にごっそりと囚人を載せて戻ってくるのを目にした。監視員が降り、四方に散らばる。囚人たちは合図とともに転がるように車から降り、歩道に並んで、所長のほうに向かって帽子を脱いだ。所長はポーチでロッキングチェアーに座り、片足を柱に掛けながら、横を向いてペッと空唾を吐いた。

そのあいだに、看守は短く切ったほうきの柄を持って建物の中に入ってくる。まずは、何度も強く床を叩くことから始める。床板の一枚一枚をコンコンと叩いて音を聞き、ノコギリで切られていないか調べる。それからよたよたと不格好な脚で歩きまわりながら、壁や鎧戸を叩き、窓の金網をこすり上げる。

この物音に混じって、外のゲートを通り抜ける囚人たちが大声で番号を言う声が、銃声のようにあたりに響き渡った。新入りたちは、戸惑いながらも部屋の片隅にじっと座り、タバコを吸って平静を装っていた。囚人たちは、ゲートを通ったやつから一人ずつ一目散に庭を走ってきて、建物の外側に備え付けた木製のロッカーを開けはじめた。食堂の入口に行って並ぶやつらもいる。叫んだり、悪態をついたり、歌を歌ったりしながらドタドタと建物に駆け込んできて、我先にと便器の前に立つやつらもいた。ドラッグラインは興奮した熊のように吠えていた。

「どけ、オニオンヘッド」

「押すなよ、ドラッグ。俺だって小便だ」

「へっ？　小便……。もたもたしてると、てめえのポケットに小便流し込むぞ」

俺がやつを見たのはそのときだった。ロイド・ジャクソンは長椅子に腰を下ろして脚を組み、テーブルに片肘をついて、指にタバコの吸いさしを挟んでいた。薄目を開けて、駆け込んでくる男たちを眺めていた。口元には、かすかな笑みがこぼれていた。その微笑みに気づいた俺は、以前に新聞の写真で見たあの表情を思い出していた。

俺たちは看守に追い立てられて外に出ると食堂の前に並び、当番の監視長の合図を待って中に入りはじめた。

食堂では、入口にうずたかく積まれたアルミの皿をとり、並んで進みながら中央の低いテーブルのそばまで行って、雑用係に煮豆や飯をすくってもらった。その先には、無造作に山のようにハムフライを盛った皿があった。新入りたちは目を丸くしていた。レイフォードでは、ネバネバした豚肉の塩漬けが週に一度出るだけで、それ以外の肉料理にはいっさいありつけない。もっとも、金があれば売店でハンバーガーを買うことはできるが、雑用係でないとそこに近づけない。

晩飯のあと、俺たちは建物の中に戻った。しかし新入りたちは、俺たちが所持品検査を受け、人数を数えられて中に入るまで外のポーチで待たされた。そのあと、カーがやつらの番号を確認しながら中に入れたが、新入りなので多少まごまごしても大目に見た。

最後の一人がこの羊たちを数える扉をくぐると、カーも中に入り、看守が外側のドアの鍵をかけた。つぎに、カーが内側の重い木製の扉を閉めると、看守が監視部屋の側に突き出た長い鉄のかんぬきの端に頑丈な南京錠をかけた。俺たちはこうしてまた詰め込まれ、夜を迎えた。

新入りたちはテーブルのあたりにひとかたまりになって、だれかが話しかけてくれるのを待っていた。しかし、俺たちはやつらを無視していつもどおりに振る舞っていた。

熱い湯は十五分間しか出ないので、みんな一斉にシャワーを使う。たいてい二十人以上が泥と石鹸の泡にまみれてうろうろし、腕や脚、それから裸の尻を見せて押し合いへし合いしながら、五本のシャワーノズルの下で場所取りとなる。囚人たちの身体は、上半身は日に焼けて真っ黒だが、腰から下は雪のように真っ白で、見事にくっきり色分けされている。

しかし、こんななかにも決まりはあった。俺には、ジャクソンが離れて座ってそれを観察しているのがわかった。

シャワーのあと、みんなはタバコを吸い、おしゃべりをした。が、その声は低く、ささやくように小さい。新入りたちは用心深く、この窮屈な雰囲気を感じとっていた。二人がこそこそと何か言葉を交わしたが、ジャクソンはおし黙っていた。ラジオはボリュームを小さくしているので、聞いているやつらはスピーカーに頭を寄せ合うようにしていた。便所はみんなふさがっていて、あたりをふらふらして順番を待っているやつがいた。強烈な臭いがするが、みんなはそんなものには慣れきっている。シャワーを浴びるやつも、テーブルで手紙を書くやつも何食わぬ顔をしていた。

夜番のカーが、その百キロを超える身体を熊のように左右に揺らし、腕を振って、肩をいからせながら、部屋の中を歩きまわっていた。だが、ゴム底の靴をはいているので、足音は聞こえない。やつは不機嫌に顔をしかめて虚空をにらみ、くわえた葉巻をあちこち動かしながら、囚人たちの中に割り込んでいって、落ち葉を散らすようにばらばらにさせた。

「おめえらちょっとうるせえぞ。静かにしねえと、今夜は懲罰小屋で寝るやつが出てくるぜ」

俺は、ジャクソンがカーに厳しいまなざしを向けたのを見た。たぶん、同じ囚人なのに、ほかのやつに命令するカーにむっとしたのだろう。もっとも、ジャクソンは露骨にそんな素振りを見せたわけではなかった。ただ、しばらくカーを目で追ってから、ほかのやつらを見ただけだった。

みんながシャワーを終え、すこし落ち着いたころ、カーが新入りたちを集めて話を始めた。しかし俺たちは、財布作りや読書、それにラジオを聞いたり、テーブルを囲んで一勝負したりと、それぞれ勝手なことをしていた。

カーはほとんど聞こえないような低い声でぼそぼそ話していた。やつはわざと口をすぼめて聞き取りにくいしゃべり方をして、声を重々しく不気味に響かせる。視線は絶えず部屋の中を飛び交って、不審な動きを見逃すまいとしていた。

カーは規則を教えていた。

「建物の中では大声で話すな。カマを掘るな。八時五分前の予鈴が鳴ったら、全員さっさとベッドに上がって点呼に備えろ。就寝は八時。それ以後は絶対にしゃべるな。部屋の明かりは消さないから、本を読んでもいい。だが、寝タバコは禁止。タバコを吸いたければ、起き上がって両足をベッドの端から出して吸え。横になったままタバコを吸ったやつは、一晩懲罰小屋。レイフォードではシーツは一枚だが、ここでは二枚支給する。一週間ごとに上のシーツを下に敷き、下のシーツは洗濯係に出せ。代わりに洗濯したシーツを上にかけろ。これを守らないやつは一晩懲罰小屋。

ここは売春宿じゃないから裸は禁止。パンツをはくか、タオルを巻け。汚れたズボンのままでベッドに座るな。ズボンをはいたまま座ったやつは一晩懲罰小屋。

床にタバコの吸い殻やマッチ棒を捨てたやつは一晩懲罰小屋。

コーラを買って瓶を返さないやつ、大声でしゃべったやつ、朝自分の私物を全部持たずに外に出たやつ——すべて一晩懲罰小屋。

何かわからないことがあれば、俺に聞け」

新入りたちが着いたときには、刑期を終えて出ていくことになる囚人がまだ残っていた。だから俺たちは一時的に定員オーバーの状態で、守衛が雑用係に命じて予備のベッドと布団を三組運び込ませていた。カーの指示で、新入りたちはほかの囚人の二段ベッドの上にさらに自分のを固定して三段にした。そこに布団や枕などを放り上げ、ぐらぐらする支柱をのぼって今夜のベッドを用意した。

そのうち、新入りのひとりがシャツを脱ぎ、胸に赤と青の二色で彫った大きなワシの入れ墨を見せた。のろまのブロンディーとまぬけのブロンディーがそろって近づき、感心したようにその彫り物を褒めると、そいつはニヤリとした。だが、その新入りはシャツを脱ぐと同時に自分の名前も脱ぎ捨てていた。シャバでどんな名前を使っていようとも、そんなものはすっかり忘れられ、そのとき以来こいつはイーグル《ワシ》としか呼ばれなくなった。

イーグルともうひとりの新入りは、いくらか落ち着いたのか、よろず屋のジャーボからキャンディーバーとコーラを買った。調理係のジャーボは刑務所の中で商売をする許可をもらっていて、自分のベッドの下にでかい木箱を置き、その中にシャバのいろいろな品物と、バケツ一杯の氷、冷やした飲みものを入れていた。

俺は本を読んでいたが、ふと目を上げると、ジャクソンが自分のベッドに座り、天井にぶつからないように頭を前のめりにしているのが見えた。やつは腰にタオルを巻き、脚を組んでいた。支給タバコを静かに巻きながら、まわりの様子を眺めていた。

ジャクソンは目を細め、すこし頭を傾けてポーカーゲームの様子をじっと見た。これを仕切っているのはカーで、一勝負ごとに賭金の十パーセントを取っていた。親にその何割かを払っているが、俺たちは、やつが所長にも袖の下を渡しているに違いないとにらんでいる。ポーカーは毎晩、就寝の鐘が鳴ってからたっぷり一時間は続く。ひそひそと賭金を言い合い、畳んだ毛布の上で硬貨がカチンとかすかな音を立て、カードを混ぜ、切り分けてまとめるサラサラという音が聞こえる。

部屋のほかの場所では、集まって小声で話し込むやつらもいれば、家や弁護士や仮釈放審議委員会に手紙を書き、自分はすっかり更生したから、早く出直したいと伝えようとするやつもいた。読書しているやつ。もうぐっすり眠っているやつ。ババルガッツは相変わらずおどけてドナルドダックの物真似をしていた。財布作りに精を出しているやつらもいて、パンチ穴ひとつひとつに四メートル半の革紐を通しては針を歯でくわえ、縁を縫い合わせていた。これを仕上げるには普通四十五分かかり、ひとつ十セントの金になる。

俺はずっとジャクソンを見ていた。頭の動きやタバコを持つしぐさひとつにも何か人を引きつけるものがあった。やつはここにいるかぎり常にマークされるだろうと思った。監視員たちははじめからやつを痛めつけるに違いない。やつは頭がキレるうえに何も恐れない、まして、あの微笑みがあるからだ。

看守が床を鳴らして椅子から立ち上がり、外のドアを開けてポーチに出た。鉄の棒を手にすると、頭上の垂木《たるき》から針金でぶら下がったブレーキドラムを叩いた。ガンガンという音が響き、カーがふんぞり返ってベッドのあいだを歩きながら、低く不気味な声でふれまわった。

「予鈴、予鈴。ベッドに上がれ」

みんながせわしなく室内を動きまわり、寝る支度にかかった。本や雑誌を借り、ズボンを脱ぎ、便所に駆け込む。まもなく全員が自分のベッドに上がり、横になったり、脚を下ろしてタバコをふかしたりして、話し声は聞こえなくなった。しかし、ポーカーはそんなことには関係なく続いていた。あちこちでベッドのスプリングが軋み、床を踏む靴音や鎖が鳴る音がしたあと、あたりはシーンとなった。看守がまた外に出て、ブレーキドラムを叩いた。

「就寝、就寝」

カーがゆっくりと部屋の端から端まで歩きながら、慎重に人数を数え、それから看守に報告した。

「五十三名。懲罰小屋一名です」

「五十三名だな。よし」

だれかが寝返りをうち、ベッドが軋んだ。ポーカーの親がカードを切る音がする。低く、聞きとりにくいうなり声が聞こえた。カーが、同じように低く抑揚をつけたうなり声でそれに答えた。

「起きてもいいか」

「いいぞ」

鎖つきの囚人がひとり起き上がり、紐と留め金で吊った鎖を持ち上げ、腰にタオルを巻いたまま、ちょこちょこと小股で尻を振りながら便所に向かった。便座に座るときに一度だけ鎖が鳴った。すぐにあちこちからうなり声が続いた。

「ああ」

「おお」

「起きるぞ」

「ああ」

「おれもだ、カー」

「だめだ、満杯だ」

俺は体の向きを変え、天井の電球がまぶしくならないように上のベッドの陰に頭を動かした。するとと右側に、ジャクソンが相変わらず座っているのが見えた。脚を組んで片方の腕を胸の前に置き、反対の手で肘を支えている。親指と人差し指でタバコを挟み、ほかの指は自然に内側に丸まって、気取らない男っぽいしぐさだった。

ふと、自分がここで最初の夜を迎えたときのことが頭に浮かんだ。電球がまぶしくて仕方がなかった。ポーカーテーブルからひそひそ聞こえる声や看守がゴソゴソ動く物音、起きる許可をもらううなり声が耳についた。そしてこの臭い……暑く、よどんだ空気、石炭の燃える臭い、泥だらけの服、汗、靴の臭い、便所から漂う悪臭。さらには、ひとりが寝返りを打っただけで、全体が揺れ、軋む不安定なベッド。

だれかがとてつもなくでかい音で、長々と豆の屁をした。カーがそれに答える。

「ああ」

カーが笑った。いびきのように鼻から息を出すだけの声のない笑いだった。屁の犯人は起き上がって、まわりのやつらに悪戯《いたずら》っぽくニヤッと歯を見せた。しかし、看守は声をひそめるでもなくいつもの調子で口を開き、それが静まり返った中ではそれがとんでもない大声のように響いた。

「そいつは下剤が要るようだな」

「なあに、豆の食い過ぎですよ」取りつくろうようにカーが答えた。

そのうち、俺は枕で目を覆ったまま眠ってしまった。しばらくして目が覚めたときにはもうポーカーは終り、みんな寝ていて、カーがひとりでカード占いをしていた。俺はまた眠ったが、調理係と雑用係が起こされる声で目が覚めた。やつらは服を着た。最初に内側の扉、そして外のドアの鍵がはずされ、開いて閉じられたあと、また鍵がかけられた。一時間後、ズボンをはくのに手間がかかる鎖つきの囚人たちが早々に起き出した。

やつらは物音を立てないようにして床に座り、せっせと面倒な仕事にとりかかる。夜のあいだ、ズボンはいつも左脚を裏返して右脚の上に重ねて脱いである。朝になったら、そのズボンをそのまますこしずつ右足首の環の下を通して上に引き上げる。それから、上の裏返したほうの左脚だけを引き下げていく。そうすると、ズボンの左脚は表に戻りながら右足、つぎに鎖を通って左脚におさまる。留め金と吊り紐をつけたら、蛇口のところに行って、顔を洗い、歯を磨く。

俺はなかなか起き上がる気になれず、うとうととして十分ほど横になったままでいた。だが、ジャラジャラいう鎖の音や、床をこすり踏み鳴らす靴音、そしてバシャバシャと蛇口からほとばしる水音はいやでも耳に入ってきた。看守が立ち上がり、外側のドアを開けた。俺はまだ動かなかった。そのうち鉄の棒でブレーキドラムが叩かれた。すぐにカーが歩きまわりはじめ、まだ寝ているやつがいないか確認した。

「起床。さっさと支度しろ。起床だ。急げ」

即座に全員が裸足で床に飛び下り、あたりは騒然となった。ベッドが揺れて、軋む。歩きまわる靴音、便所の水が流れ、ゴボゴボいう音、囚人たちがつぎつぎに押しかけて、ひっきりなしに流れ続ける蛇口の水音。ベッドをきれいに整え、私物はすべて持って出て、外のロッカーに入れておかなければならない。靴紐を結び、その日に必要なものはポケットに突っ込む。それから、みんな扉の前に集まり、黙ってタバコを吸ってじっと待った。カーがそのでかい図体で出口をふさぎ、気難しい顔でにらみつけるが、みんな眠いので見向きもしない。

外ではもう監視員たちが銃を手に所定の位置についていた。看守が扉の鍵を開け、ポーチに出て外側のドアの鍵を開けて待機する。起床の鐘からきっちり五分経つと、点呼の鐘が鳴った。カーが扉と外のドアを開け放して、わきに寄ると、囚人たちは足音と鎖の音を響かせながら、ぞくぞくと外に流れ出た。戸口では、それぞれが声の高さも抑揚も様々に、大きく、はっきりと番号を言う。

「いち、にい、さん、し、ご、ろく、しち……」

新入りたちは、子供のようにそっくり俺たちの真似をした。俺たちは、やつらがまだ何も知らないのは仕方あるまいと考えて、おかしなことをしたら注意し、手真似や軽い舌打ちでどうすればいいか教えてやった。

外は真っ暗で寒かった。みんな自分のロッカーに走っていって私物を入れた。しかし、ロッカーの数は限られているので、新入りたちはだれかのところに間借りさせてもらわなければならなかった。それから、食堂の入口に並ぶ。ぼんやり蠢《うごめ》く黒い人影のあちこちにタバコの火が揺れ、忍び笑いや八つ当たりする声、不満げなつぶやきがした。行列が動き出し、前のやつがくっきり浮かぶ四角い入口に吸い込まれるたびに声が静まり、タバコの火が消える。まだ外にいる俺たちは、黒い人影が突然明るく照らされるのを見ていた。

中では、一杯の熱いコーヒー、トウモロコシ粥、豚肉の塩漬け、厚焼ビスケット、それにつるつるの冷えた卵が一個待っていた。が、新入りたちの顔には驚きの表情が浮かんでいた。レイフォードでは、週に一度申し訳程度の乾燥粉末卵が出るだけだ。そして、食堂の壁には判で押したように『本日、卵なし』という貼紙があった。

俺たちはさっさと朝飯を済ませ、外の蛇口でスプーンを洗ってポケットにしまった。急いでまたタバコに火をつけ、深く吸い込み、あちこちにかたまって立つ。まもなく四つの班に分かれて、二列に並びはじめた。新入りたちはまた、注意されたり、舌打ちされたり、手招きされたりして、ふたつある班のどちらかに入った。イーグルは、やつの胸の入れ墨にすっかり惚れ込んだのろまのブロンディーのいる、人数の多い班に引っ張られた。もうひとりの新入りは、イカれたのと田舎者しかいないパーマー監視長の小人数の班に入った。ところが、ジャクソンはポーチでタバコをふかしながら、ほかのやつらといつまでもぐずぐずしていた。そして最後の最後になって、ふらふらと歩いてくると、さも当然といった落ち着き払った顔をして人数の多いほうの班のうしろに並んだ。

守衛がゲートを開けて入ってきて、うしろ手に閉めてから、しばらくその場に突っ立っていた。猫背にくたびれた革のジャケットを着て、入れ歯を前後に動かす音がしゃれこうべのような頭の中でカチカチと響いた。そのうち、やつは並んだ四人たちのうしろを歩きだすと、大声を張り上げた。

「なんだこのざまは。真っ直ぐ並べ」

無言のうちに、列は真っ直ぐになった。みんな帽子は脱いでいたが、タバコはつけたままだった。守衛は前に出ると、黙って人数を数えた。ゲートのわきに立って、塀越しに所長に報告する。

「四十三名。懲罰小屋一名です」

「四十三名だな。よし、出せ」

所長は両手をポケットに突っ込んでじっと立っていた。ウインドブレーカーのチャックを首まで上げ、襟を立てている。パナマ帽を目深《まぶか》にかぶり、突っ立ったまま、三、四回唾を吐いた。

守衛がゲートを開け、わきに寄った。左の列から進みはじめ、ゲートを抜けるときには振り返って、うしろのやつにわかるようにはっきりと番号を言う。

「……じゅうしち、じゅうはち、じゅうく、にじゅう……」

しかし、パーマー監視長の班に入った新入りがもたもたしはじめた。

「……にじゅう、ええと、に、にじゅう」

すぐさま、守衛がそいつのケツをおもいっきり蹴飛ばし、袖をつかんで引き戻した。

「やり直しだ、このドジ野郎。もたもたしやがって。二度と野良犬みてえにふらふらするな、わかったか。きっちりやれ、いますぐだ。戻って、もう一度言ってみろ」

「……ええと……その……」

「にじゅういち、だ」

「にじゅういち」

また行列が動きだした。つぎに右の列がゲートを通りはじめ、先に出て待つ囚人たちの横に並んでいった。みんな帽子をとり、タバコをつけたまま、しばらくじっと立っていた。が、考えていることは同じだった。トランプ《野良犬》。その新入りの名前はトランプで決まりだな、と。

アスファルトの車寄せを囲んで立つ支柱の上から、ライトが班ごとに駐車しているトラックを照らし、そのまぶしさに、俺たちは寝ぼけまなこをくらませていた。監視員は囚人たちのまわりに一定の間隔で立ち、所長から指示が出るのを待っていた。裏庭の薪小屋の向こう側にある犬小屋からは、朝飯をせがむ猟犬たちの吠える声が聞こえてきた。キャンキャンいう鳴き声は子犬のルドルフに違いない。太いバリトンで吠えているのはビッグブルーだ。

四人の監視長たちは所長のうしろに一歩ほどさがって立っていた。片腕のピータースは、その残っている腕の先のあたりを手で押さえている。ヒギンズはしかめっ面で目を細め、腹を手で押さえていた。やつは胃潰瘍に悩まされている。パーマーは、その遠近両用メガネの奥から俺たちをにらんで意味もなくニヤニヤすると、下を向いて唾を吐き、噛みタバコをくちゃくちゃさせていた。それから時計を引っ張り出し、またしまい、太鼓腹をさすってからズボン吊りに親指を引っかけた。ゴッドフリーはゆったりと杖に寄りかかって立ち、片手で葉巻を口からはずして指先で丸めるように転がしていた。

みんなが待っていると、所長が振り返って唾を吐いた。

「よし、ヒギンズ。連れてけ」

大所帯の軽犯囚班を率いるヒギンズ監視長が合図を出し、左の列のやつらが二人ずつ番号を言いながら前へ進みはじめた。ピータースの班の軽犯囚たちが続き、つぎにパーマーの班の重罪犯たちが歩きだした。最後にゴッドフリーが背筋を伸ばし、葉巻をまた口にくわえて護送トラックのうしろまでゆっくりと歩いていくと、片手で扉の縁をつかんだ。やつは一度だけ軽く杖で差すしぐさをするだけだ。俺たちは二人ずつ前に出て、できるだけ素早くステップを上がり、かがんで中に乗り込んだ。

トラックはわだちだらけの道を揺られ、飛び跳ねて、暗闇の中を走りだした。俺たちは脚を組んだり、位置を変えたりしながら、タバコを巻いて吸った。ラビットは座席の下にもぐって、仰向けに寝転がると、帽子を顔に引き下ろして眠り込んだ。ダイナマイトは膝をついて鉄格子の窓から外をのぞき、今日はどこで作業をするのか見当をつけようとしていた。

しかし、ほとんどのやつは陰気に黙りこくって、鉄格子越しに、まだ眠っているシャバをにらんでいた。

やがてトラックは路肩に寄って止まった。扉の鍵が開いて、外に出る。雑用係のジムから道具を受け取り、俺たちは作業にかかった。ゴッドフリーが道路をすこし先まで歩いていって振り返り、杖に寄りかかった。やつはそこにたたずみ、夜明けの空を背に黒々とした姿をさらしたまま、俺たちをじっと見ていた。太陽がやつの体の背後から昇りはじめ、ちょうど頭のうしろを通ってその漆黒の闇のような帽子の縁から顔を出した。それから太陽は一日じゅう空高く昇ったまま、上半身裸の俺たちをじりじりと焼きつけて苦しめた。だが俺たちにはわかっていた。ゴッドフリーの左右の目こそが、俺たちを真に苦しめる太陽であり月であることが。

8

ジャクソンがはじめて作業に出た日、俺たちはドブから泥をすくい上げ、雨で土砂が流れた道路端の窪みを埋めていた。土手が高く、泥を放り上げることができないときは、シャベル一杯分を持って斜面を上り、また下まで取りに戻ることになった。斜面の上り下りがきつい鎖つきの囚人たちはいつも上にいて、シャベルの先をほうきのように使い、たまった泥の固まりをならした。

俺たちは、まるで砂粒を運ぶアリのように上ったり下りたりして単調な作業を繰り返した。この仕事がよく、アリの行進と言われるのもうなずける。

もっとも、とくに土手が高いところでなければ、たいてい道路まで泥を放り上げることができる。おのおのが受け持つ範囲は三メートルほどだ。上で必要なだけの泥をたっぷり放り上げたあとは、ドブの中にできた穴を埋める。実際には、縁をシャベルでそぎ落とし、なめらかな角度をつけておけばいい。自分の持ち場が終われば、前のやつらを飛び越して列の先頭にまわる。

囚人たちは午前中ずっと、太い腕をしならせ、体をひねっては、陽の光できらめくシャベルを振りまわしていた。泥がゆるやかな放物線を描いて宙を飛ぶ。鎖つきの囚人たちは、窪みの向こう側にシャベルを立てて壁を作っていた。俺はシャベルを泥の中に踏み込み、片膝を支えにして柄をぐいっと押し下げた。そして、いつのまにか覚え込んだタイミングをはかり、泥のひと固まりを砲弾のように、上にいるやつのシャベルにペシャッとはね飛ばした。そいつが泥を押さえているうちに、俺はたてつづけにもう三杯放り上げた。上ではそれをきれいにならしはじめた。俺は掘った穴を埋め、監視員に許可をもらってから、列の先頭に移動した。

しかし、ジャクソンとイーグルは、無闇やたらにシャベルを振りまわしていた。うまくバランスをとってての要領を使わないので、泥はたいして遠くへ飛ばない。だからいっそう躍起になっていた。肩で息をしながら、動きはますます激しく、狂ったようになった。俺たちは辛抱強くコツを見せてやり、追いつけないでいるときは、戻ってやつらの分を手伝ってやった。こうして、新入りたちがときどきアリの行進のように斜面を上って泥を運ぶ一方で、俺たちは軽々と泥を放り上げて作業していた。

陽が高くなり、暑くなってきた。みんな上着とシャツを脱いで道端に置き、ラビットがそれを運んでいった。しかし、新入りたちの青白い肌は、太陽に焼かれるとたちまち火ぶくれになった。汗が目に入り、頭痛がして、視界がぼやける。吐き気を覚え、膝がガクガクして足元がおぼつかない。休憩時間になるころには、二人ともへとへとになっていた。

だが、どんなやつだってなんとか一日を乗り切れるものだ。そして、ようやく一日が終わるときが来た。ゴッドフリーが時計を引っ張りだし、ひと言つぶやくと、みんなが用具運搬トラックに押し寄せ、ジムとラビットにシャベルを渡してから、護送トラックに転がり込んだ。ゴッドフリーが扉に鍵をかけ、俺たちは刑務所への帰路についた。

トラックの中はにぎやかだった。俺たちにとっては楽な一日だった。冗談を飛ばして大笑いし、タバコに火をつけて、晩飯は何が出るだろうと考えたりしていた。自分の上着とシャツを探しだして着ると、膝をついて座席にもたれ、通り過ぎる外の景色を鉄格子越しにのぞくやつもいた。新入りたちは疲れ果て、肩を落としてじっと座っていた。やつらの手にはマメができ、日に焼けた背中はほてって、体じゅうの筋肉が引きつり、こわばっている。

しかし俺たちは、車が町の黒人居住区にさしかかると落ち着きがなくなり、興奮しはじめた。黒人の女たちが歩道をぶらついたり、表のポーチに腰掛けたりしているのを血走った目で眺めた。

生唾を飲み込んで、ぶつぶつと勝手に女たちを値踏みし、薄い木綿の服を突き上げる見事な尻やでかい胸を見つけると、隣のやつを腕や肘で小突いて教え合った。薄汚れてまだらになった顔で鉄格子の奥からなめるように見つめ、女から微笑みやウインクでも返ってこようものなら、お預けをくった犬のようにもがき苦しんだ。

　刑務所に戻って車から降りると一列に並び、体をまさぐられたあと、番号を言いながらゲートを入った。晩飯が済むといっせいにシャワーに押しかける。二人の新入りたちはその集団での入浴に二の足を踏んでいたが、ジャクソンは石鹸を手に、平然としてど真ん中に入っていった。

　そのとき、やつの傷が見えた。両脚に砲弾の破片でできたギザギザの傷がいくつもあった。左の脇腹から長く下に延びる傷跡は、腰のところでわずかに途切れて尻の横まで続いていた。俺たちはその傷に見とれながらも何も言わなかった。やつは、まだただの新入りだった。

　その一週間は、〝穴ぼこだらけの道〟をアリの行進のようにして埋めていく作業ばかりだった。新入りたちはシャワーを浴びて、ベッドに転がり込むだけの夜が続いた。背中も脚も腕も手も、みんな凝《こ》りかたまり、日焼けして火ぶくれになっていた。

　そして、土曜日になった。監視員は一日じゅう塀の四隅にあるそれぞれの監視デッキに座っていて、俺たちは庭を自由に歩きまわることができる。建物のあちこちからにぎやかに騒ぎたてる声が聞こえた。みんな日頃のうさを晴らし、羽目をはずしていた。汚れた服を調理場のわきの塀越しに投げ込み、釘にかかった洗濯済みの服を取って着替えた。

みんな髭を剃って、髪をとかし、裸足で歩きまわって足の疲れをほぐした。皺だらけだが清潔でさっぱりした服を着て上機嫌だ。財布作りは活気づいていた。飾り紐、裏当て、サイドポケット、内袋は羊や子牛の革を切り抜いたものをゴムのりでくっつけたり、パンチ穴を開けてくっつけたりして仕上げ、シャバへ出荷される。

だが、そのくらいで俺たちの気晴らしはおさまらない。決まってレスリングが始まり、二人で取っ組みあってベッドの柱にぶつかりながら床を転げまわり、相手のパンツをはぎ取ろうとする。勝ったやつはぶん取ったパンツを頭の上で振りまわしながらそこいらじゅうを駆けまわり、負けたやつは顔を真っ赤にして、尻をまる出しにしたまま追いかけた。

外の芝生の上ではボクシングが始まることもある。建物の中では、まず間違いなくシャワーのある一角でサイコロばくちが、テーブルではポーカーが始まる。ラジオはボリュームを目いっぱい上げられ、がなり立てていた。床の中央では、二人の鎖つきの囚人が靴を脱ぎ、上半身裸でジルバを踊っている。足を跳ね上げ、あちこち動かすたびに、足首の鎖が激しく床板にこすれ、ジャラジャラと狂喜乱舞するような音を立てた。このダンスが始まると、ほかのやつらはまわりをとり囲んで、その狂おしく派手なリズムに合わせて手拍子をした。

ココはムショの床屋だ。やつは週末になると、ごみ箱の上に板を載せて即席の椅子をしつらえる。それから客の首にタオルを巻きつけ、使い古してくたびれたバリカンとなまくら鋏で仕事にかかる。料金は二十五セントだが、手持ちがなければツケがきく。金が入るあてもないやつにはただでやってくれる。

日曜の昼飯は豪勢だ。ビーフシチューに桃の缶詰が出る。しかし、晩飯はまた煮豆とコーンブレッドに戻る。

つぎの週も、新入りたちは、ドブの中で息を切らし、もがきながら、なんとかその日その日を乗り切っていた。俺たちは泥をすくい、運んだり投げ上げたりして穴を埋め、前に進んでまた同じ作業を繰り返した。新入りたちの肌は赤くなって皮がむけ、火ぶくれは血が吹き出していた。手のマメはつぶれ、傷口に汗がしみる。

しかし、新入りたちが穴を掘り続けてぶっ倒れようと、助けるものはいなかった。俺たちはまだ決めかねていた。やつらの動作をじっと眺め、声に耳を傾け、どんな顔で俺たちを見るのかをうかがっていた。俺たちはやつらに、ここの生活の込み入った規則や掟をみんな教えてやった。だが、まだ作業をするときの相棒は変わらなかったし、休憩時間や昼飯に集まる顔ぶれも同じだった。

毎日昼になると、ラビットが監視員や金のある囚人から買い出しの注文をとってまわる。やつは監視長のゴッドフリーとトラックに乗って出かけ、二十分ほどで戻ってくる。買ってくるのは、ペプシコーラや牛乳、クラッカー、タバコ、キャンディーバー、それに、ジゴロや変態、強姦魔、艶っぽい話があふれ返るヌード雑誌や安っぽいエロ本。俺たちは就寝の鐘のあと、目をギラギラさせてそれを読み、想像をふくらませる。

火曜日になって、新入りたちはゴッドフリーの射撃の腕を見せつけられることになった。やつが持っている狙撃用のライフルは自分のもので、いつも護送トラックの運転席に置いてある。だが、囚人にそんなものを持って逃亡されたら困るので、弾とボルト《滑走棒》はポケットに入れていた。

買い出しの注文をとる時間が来て、ゴッドフリーとラビットが車で出かけた。三十分ほどして、トラックはゆうに六十キロを超えるスピードでガタガタ飛び跳ねながら戻ってきた。ちょうど、右手の広々した畑の上空高く、一羽の白い鶴が逆の方向に飛んでいた。突然、運転席の窓からライフルが突き出るのが見えた。とくに狙いを定めるでもなく、こうと決めた方向にぴたりと銃身を向けただけで、ゴッドフリーは引き金を引いた。

鶴は空中でぴくっとのけ反り、わずかに羽をまき散らした。それから、羽ばたきひとつせず、まるで死神が直接手を下したかのように、グニャリとのっぺりした白いかたまりとなって、真っ逆様にキャベツヤシの茂みの中に落ちた。

俺たちはシャベルを動かすのも忘れて、その場に立っていた。と、ジャクソンがはじめて口を開いた。そのわざとらしく驚いてみせる声は、つぶやくように小さかったので、近くにいるやつにしか聞こえなかった。

「ほお、やるじゃねえか。あいつもこのルーク並みの腕だな」

かすかに微笑みを浮かべ、やつは地面にシャベルを突き刺して踏み込むと、膝を支えに柄をぐっと押し下げてすくい、泥を放り上げた。路肩にいたイヤーズは窪みにシャベルを立てたまま口をぽかんと開けて突っ立っていた。泥の固まりがまともにブレードに当たり、ベシャッという音がすると、はっと我に返った。

俺たちはこんな調子で毎日を送り、刑期を過ごしていた。ジャクソンたち新入りは力強くなっていった。肌は浅黒くなり、手のマメはタコになって、筋肉もたくましくなった。いろいろな決まりにも慣れて、おどおどしたところがなくなり、寛げるようになっていた。

ジャクソンはだんだんと変わってきた。すこしずつ、どんなことも小馬鹿にするような態度が見えはじめた。地面を這いまわるアリも、太陽も、道路を走り去る車もあざ笑うようだった。みんなが命令を待ちかまえているとき、やつは決まって帽子を目深にかぶり、シャベルに寄りかかって、小声でつぶやいていた。

「さあ。さっさといこうぜ、ルーク。やっつけちまおう」

ジャクソンは毎晩ポーカーに入り、就寝の鐘のあともカーがゲームをお開きにするまでつき合うようになっていた。そして、その腕はずば抜けていることがわかった。やつがつぎにどう出るかはまったく予測できなかった。持ち札を伏せたまま三十分もじっと座っているかと思うと、突然自信たっぷりにコールする。それは相手の賭金を吊り上げる、とんでもないハッタリかもしれないし、そこそこの札を持っているのかもしれない。しかし、どんな手を持っていようとも、やつは相手の目を正面から見据えて、微笑んでいた。

ある晩、みんなは降りて、やつとドラッグのサシの勝負になった。ドラッグは賭金を出し、配られた札のままで続けていた。ジャクソンは三枚引いた。ドラッグはニヤッと笑って、上限の一ドルを賭けた。ジャクソンは自分の札に目を落とし、ドラッグに目をやり、そして賭金を見てからさらに一ドル出した。ドラッグは座ったままいやな顔をして、かすれた声で毒づくと、テーブルを片手でコンコンと叩いた。ジャクソンは相手を見て微笑んでいる。そのうちやっと、あのいつものつぶやくような声で言った。

「さあ、どうした。やるのか、やらねえのか」

「やるさ……いや、その……考えてるんだ。クソ、ハッタリかましやがって。勝負！」

ドラッグの手はクイーンが頭のストレートだった。

ジャクソンは三のフォアカードだった。

翌日、休憩時間にドラッグラインとココがジャクソンのそばにやって来た。ココは、ジャクソンの戦争話や傷や勲章のこと、それから北アフリカ、イタリア、フランス、ドイツで寝た女のことを聞きたがった。ドラッグラインは何も言わずに寝転がっていた。やつ自身も、戦争中は補給トラックの運転手として、ペルシャ湾沿いの港から山脈を越えてロシアまで往復していた。前夜ポーカーに負けたことで、まだふくれっ面をしている。しかしココは、どうにも我慢できずに盛んにせっついた。

「なあ、ジャクソン。でっかい勲章はどうやってもらったんだよ。シルバースターとかいうやつだ。どんな手柄を立てたんだ」

「なあに、べつに。何もしちゃいないさ。みんな気違いのように走りまわってた。バンバンぶっぱなして、手榴弾を投げてな。ギャーギャーわめいたり、叫んだり。そこいらのものがみんなふっ飛んで、燃えちまった。トラックや戦車や飛行機が、夜昼かまわずウロチョロしてた。そんななかで、俺はクールにやっただけだ」

休憩のあと、ジャクソンはドラッグラインとココといっしょに仕事を始めた。三人で泥を掘り、小声で無駄口を叩き合っているうちに、ゴッドフリーがラビットを連れて買い出しに出かけた。ゴッドフリーがいなくなるとすぐ、ドラッグラインは仕事の手を休め、噛みタバコを取り出して叫んだ。

「タバコ噛みます、ポールさん」

「よし。いいぞ、ドラッグ」

ドラッグラインはつぶれた箱から、質の悪いスカスカのタバコをひとつまみ取り出して口に放り込むと、くちゃくちゃ噛んで丸め、片方の頬を膨らませた。やつはつぎに、その箱をココに渡した。ココは一口噛んでから、わざと聞こえるような声で言った。

「じきにゴッドフリーも帰ってくるな。とすると飯はもうすぐだ。今何時だと思う、ドラッグ」

ドラッグラインが手を止めた。横を向いてピューッと黒い唾を吐くと、舌で噛みタバコを転がし、そばに立っているポール監視員のほうを向いてウインクした。

「おめえの勘なんか当てになるか」

「冷えたのを一本賭けねえか」

「冷えたのを一本だって。たった一本か。てめえは俺の神通力に、けちな五セントの飲み物一本の値打ちしかねえっていうのか。見くびるんじゃねえぜ」

「じゃあ、いくらだ」

「二十五セントは譲れねえ」

「二十五セント。冗談だろ。俺はそんないい身分じゃねえぜ」

「その気がねえなら、やめだ」

「わかったよ。じゃ二十五セントでいこう」

「よう、そこの若いの。ポーカー名人のジャクソンさんよ。おめえも乗るか」

「ああ、いいぜ。二十五セントだな」

「へっ、ツイてるぜ。そっくりいただきだな」

「さあ、ドラッグ。何時だよ」ココが言った。

「いや待て。おめえたちが先に言え。俺が二分とはずれねえことは知ってるだろ。おめえたちは俺の見当を一分ずつずらして、まぐれで勝っちまうかもしれねえじゃねえか」

「じゃあこの話はなしだ。俺たちは不利なんだぜ。あんたみたいに妙な腹時計があるわけじゃないんだ」

「へえ、おめえも知ってるのか。まあ、そういうことなら、おめえらド素人相手だ、こっちも太っ腹になってやろうじゃねえか。いいぜ、先に言ってやる」

「よし、決まった」ココが言った。

「さあ。いつでもいいぜ、ドラッグさんよ」ジャクソンが続けた。

ドラッグラインは太陽を見上げて目を細めた。帽子を脱ぎ、それで顔を拭ってから、おかしな角度にかぶり直す。シャベルを突き立て、柄の上に拳をのせて親指を立て、地面の影を見据えながらゆっくりとまわりを歩いた。それから物差しのように指を広げ、シャベルのブレードから影の端までの長さを測った。やつはペッと噛みタバコの唾を吐くと、口をもぐもぐさせて、指で測った長さを計算しはじめた。

俺たちはニヤニヤ笑っていた。ポールたち監視員はこの複雑怪奇なしぐさに見とれていたが、実は、やつはそうやって巧妙に、わずかでも作業を休もうとしていたのだ。こんなことができるのはドラッグラインしかいない。だから俺たちは、のろのろと形だけ、しかし絶対に手を休めることなく、シャベルを動かしていた。

ジャクソンはシャベルにもたれて立ったまま、微笑《わら》っていた。

「さあ、さっさとけりをつけようぜ。こんなものやるかやられるかのふたつにひとつだ。それがいやなら、このルーク軍曹に頭を下げな」

ペッと噛みタバコの唾が吐かれた。ドラッグラインが眉間にしわを寄せ、鼻をかいて、難しい顔をした。片目をつぶり、振り返ってココをにらんだ。

「きっかり午前十時四十七分だ」

「東部夏時間でだな」

「そうよ、当たりめえじゃねえか」

「ドラッグ、気は確かか。だって、十時に休憩だったろう。作業に戻ったのは十時十五分だ。二十分してラビットが注文をとりに来たじゃねえか。やっとゴッドフリーが出かけてから、もう三十分は経ってるぜ。どう考えても、十一時十五分てとこだ」

「ああ、いいぜ。そう思うんなら、おめえは十一時十五分でいいな」

「ちょっと待ってくれ。あんたは十時四十七分だろ……じゃあ、俺は、ええと……十一時きっかりにする」

「そっちはどうだ、三のフォアカードさんよ。おめえは何時にする」

「そうだな。俺もこの頭でっかちのミスター・ココナッツの言うとおりだと思うな。十一時五分てとこだ」

「はは、もらったぜ。おめえらの負けだ」

ドラッグラインは道路をざっと見渡すと、ショットガンを水平に肩に担ぎ、ニヤニヤしている監視員のポールにうれしそうに声をかけた。

「ねえ、ポールさん。聞いてくださいよ。トウシロウのくせに、俺と時間当てで張り合おうってのがふたり出てきやがった。お利口さんのココと、こっちにいる新入りだ。パーキング・メーター泥棒ですよ。自分じゃルークなんていってる野郎だ」

　ポールは突っ立ったまま動かなかった。

「頼みますよ、ポールさん。だれも見てやしねえって」

　ポールは銃を持っていないほうの腕をゆっくり伸ばして、あくびをすると、時計をポケットから引っ張りだし、またしまい込んでニヤッと笑った。俺たちはじっと待った。そのうち、やつはこっそりとささやいた。

「十時四十八分だ、ドラッグ」

「それみろ、ココ。言ったとおりだ。なあ。ミスター・ルーク、どうだい。俺の勘に狂いはねえのさ。おてんと様の気持ちがわかるんだ、いつだってな」

「わかった。やられたよ。二十五セントの借りだな」

「借り？　ふざけんじゃねえ。さっさと出せ。たった二十五セントだ。おい、おめえもだ、ミスター・ルーク。ポールさん、ブラウンさん。集金します」

「よし」

「いいぞ」

「さっさともらえ、ドラッグ」

　大はしゃぎのドラッグラインは、ココとジャクソンからそれぞれ二十五セント硬貨を取り上げた。こうして決着はついた。トラックが道路を戻ってくるのが見えると、俺たちはみんな黙りこくってまた作業を始めた。

昼になると、ドラッグラインとココとジャクソンは、青々としたカシの木陰で飯を食った。それからというもの、いつも三人いっしょに仕事をするようになった。新入りは完全に仲間として受け入れられた。ただし、やつの名前はルークに変わっていた。

しかし、そのうちルークはポーカーが強いだけでなく、相当な大食いであることがわかった。やつは信じられないような量の煮豆とコーンブレッドをたいらげた。ラビットが注文をとりに来ると、ポーカーで稼いだ金で、リンゴやバナナ、クッキー、生のニンジンやイワシの缶詰など、ありとあらゆるシャバの食い物を頼んで買ってきてもらう。牛乳一リットルは毎日だった。やつは上着を地面に敷いて仰向けに寝転がると、牛乳の瓶を開け、一リットルを一気にゴクゴクと飲み干した。

ジャクソンはもともと素質があったのだが、それに磨きをかけたのはカーリーだった。カーリーは、それまで刑務所一の大食いだった自分を脅かすルークを見込んで、食い方のコツをいろいろと教えた。特大のスプーンをルークに持たせたのはカーリーだった。予備としてロッカーの奥にしまい込んでいたのを渡しながら、やつはいかにもうれしそうに言った。

「さあ、ルーク。こいつをやるよ。そんなおもちゃみてえのじゃ、まだるっこしくていけねえ」

カーリーはよく食ったが、それに見合う仕事もした。だから、以前にいつまでも晩飯を食っていて、ほかの連中がみんな夜の点呼を済ませ建物に入ってしまったときも、懲罰小屋には入れられなかった。そのときはカーと看守がポーチで待ち、監視員たちは監視デッキに戻り、所長は事務所の前のロッキングチェアーに揺られて唾を吐いていた。調理係や雑用係は厨房に突っ立ったままで、監視長が食堂にたったひとり残って飯を食っているカーリーをにらんで座っていた。

こうしてカーリーは、所長じきじきの指示によって、飯のときは堂々と列の一番前に並ぶことを許されていた。

しかし、その特別待遇も見直されるときがきた。それは暑い日で、囚人たちはドブの中で一日じゅう腰まで水に漬かり、生い茂るイバラやヤナギ、キャベツヤシを斧で切り倒した。ルークはものすごい勢いで斧を左右に振りまわして枝葉を払い、ほかのやつの倍の速さで、憑かれたように作業をした。しかし、気温が高いのと、作業場が刑務所からそれほど離れていなかったので、俺たちの班が一番早く引き上げてくることになった。

ルークは泥水が染み込んだズボンと靴のまま、ふらふら歩いていって最初に食堂の入口にたどり着いた。みんなほかの班が帰ってくるのを待っていた。そのうちようやくカーリーたちの班が戻ってきて、やつがニヤッと笑いながらルークの前に割り込んだ。

みんな冗談を言い、軽口を叩き合っていた。二人の大食漢は沈む太陽にぴかぴか光るスプーンを手に、用意万端じりじりしながら戸口で待ちかまえていた。

その晩はヒギンズが食堂の警備責任者だった。やつは中に入って厨房の入口に陣取ると、合図を出した。

カーリーとルークがそれぞれ皿をつかみ、いくつも並んだ鍋の前に駆け寄った。二人の給仕係から豚肉の塩漬けと厚焼ビスケットをもらう。その晩はポテトシチューがメイン料理で、ドッグボーイがすくっていた。煮過ぎて歯応えはないが、味はまあまあだ。しかし大食いたちにとっては、ほんの口汚し程度でしかなかった。やつらはたいてい、食い物を頬張ると二回噛むだけで飲み込むが、その晩のはまったく噛む必要もなかった。

六人目のやつが食堂に入ってくるころには、もうカーリーとルークは悪びれる様子もなく空の皿をぶらさげて入口のそばに並んでいた。やつらは、俺たちの苦笑や渋い顔、不満のささやきなどどこ吹く風で、列のうしろで静かに待ち、順番が来ると二杯目をよそってもらった。

大盛りの皿を手にまた急いで席に戻ると、目にも止まらぬ速さでスプーンを使い、音を立てて猛然と口にすくい込んで飲みくだし、それから、また先を争って三杯目をもらいにとって返した。今度はドッグボーイが皿に山のように盛り上げた。やつはそれが全部食えるわけはないと思っていたし、そのうち意地を張り合う二人に監視長が口を出し、ひと騒動起こるのを期待してにんまりしていた。

しかし、その三杯目もあっという間に皿の底を見せて、二人はまた戻ってきた。そのとき俺たちは、この三年あまり守り通してきたカーリーの地位が、はじめてぐらついているのを感じた。

すべては終始無言のまま進んだ。俺たちは大声ではやし立てることも、賭けることもできなかったが、目配せしてうなずき合い、指差してにやついては、大いに楽しみ、そしてはらはらしていた。

　そのうち俺たちは残念ながら、みじめなほどささやかな自分の分を食い終わってしまった。つぎつぎに席を立ち、外に出て蛇口でスプーンを洗う。靴を脱ぎ、ポケットの中のものを出して、カーに体を検査された。食堂には、この前代未聞の競争を見届けようと、監視員にどやされる危険を承知で居座る恐いもの知らずがわずかに残るだけとなった。

　四杯、五杯。ドッグボーイの声がだんだんと大きく、皮肉っぽい調子になった。雑用係は食堂の中で大声でしゃべることが許されている。おまけに、やつは猟犬の世話をしていて、脱走囚を追いかけさせる裏切り者だし、根っからの悪党ときているから、このがつがつ食い続ける二人を痛い目に遭わせようと躍起になっていた。

「まったく、こんな大食らいは見たこともねえ。その調子でいったら、おめえら二人で州の予算もパンクしちまうぜ。ほらよ。まだいけるか。これでどうだ」

　しかし、監視長のヒギンズは隅の椅子に腰掛け、潰瘍のある腹を手でつかんで成り行きを見守っているだけだった。そのうち、我慢できなくなって小声でつぶやいた。

「こいつらは一、二を争うほど馬力があるからな。ゴッドフリーの話じゃ、ルークは班で一番の働きっぷりだそうだ。まあ、食わなきゃ動けねえもんさ。俺もこいつらみてえに食えりゃなあ。しみじみそう思うぜ」

　ドッグボーイはこの言葉で口を閉ざし、危うく墓穴を掘るのを免れた。

それぞれが六皿たいらげたところで、鍋が空になった。カーリーは物足りなそうに溜息をもらすと立ち上がりかけた。が、そのとき調理係のジャーボが、監視員の朝食の残りのプルーン・シチューを、アルミの大皿二枚に入れて運んできた。やつはそれをカーリーとルークの前に置くと、向かいの長椅子に座り、肘をつき、顎をのせて眺めた。ババルガッツが最後まで食堂に居座っていた。しかし、さすがにやつもじっとしていられなくなって外に飛び出すと、窓の格子や金網にかじりついてやきもきしている俺たちに、事の次第を伝えにきた。

二人は同時に最後のプルーンの種を吐き出し、アルミ皿にチャリンという明るい和音を響かせた。ジャーボはせせら笑って、もう一杯持ってこようかともちかけたが、さすがにカーリーもその辺のところは心得ていた。調子に乗り過ぎるとろくなことにならないことはわかっていた。もう十分楽しんだ。潮時だった。

やつらは痛々しいほどふくらんだ腹を抱え、小股でぎこちなく歩きながら食堂をあとにした。カーリーは途中で立ち止まり、そのがっしりした上体をひねると、ほれぼれするような屁を一発した。ニヤッとしたルークが右脚を上げ、夕暮れの薄暗いオレンジ林に朗々と響き渡るラッパのような屁で答えた。

引き分けだった。

しかし、カーリーとやり合って引き分けに持ち込んだのは目を見張ることだったから、ルークの名はたちまち知れ渡った。まもなくカーリーは雑用係を命じられた。いつも銃口を向けられて働かなくてもよくなると、やつの大食漢ぶりも衰えを見せ、負けて引退したわけではないが、ルークが大食いの新チャンピオンとなった。

そんなある晩、ルークはポーカーで得意のハッタリをかまし、一ドル六十五セントの賭金をみんなかっさらったことがあった。みんな降りていたが、ペテン師のビルというやつだけがエースのワンペアを抱えて頑張っていた。だが、ルークが最後に一ドルを賭けると、そいつはコールできずにあきらめた。ルークはジャラジャラと硬貨をかき集めてから、相手に手を見せた。ワンペアすらなかった。やつは微笑みながら静かにつぶやいた。

「いいか。どこで何をしようと肝心なのは、とことんクールにやることさ」

その晩から、やつはクール・ハンド・ルークと呼ばれるようになった。

9

何か月か経った。刑期を終えて出ていったやつもいれば、新入りもやって来た。ある日、囚人たちは昼飯のあとタバコをふかして木陰で寝転んでいた。会話はいつしかルークの底無しの胃袋のことになった。俺のすぐそばにいたドラッグラインが、ソサエティー・レッドというボストンの若い学生に話していた。こいつは、当座預金がすっからかんになったのに、何軒ものナイトクラブやレストラン、ホテルで紙切れ同然の小切手を五千ドルも使い、マイアミビーチから送られてきていた。

ドラッグラインはルークの大食漢ぶりを、相棒というだけで、まるで自分のことのように自慢し、話を大げさにして勝手に楽しんでいた。

「食うなんてもんじゃねえぜ。あんなやつにはちょっとお目にかかれねえ。土曜にな、ルークとカーリーが金を出し合ってアイスクリームを四リットル分頼んだことがあった。ところが、町へ出かけた洗濯係と所長が手間取って、晩飯が終わっても帰って来ねえ。その日の晩飯はなかなか豪勢で、肉やなんか出たんだ。やつらアイスクリームが来ねえもんだから、三人前も食いやがった。もう風船みてえにパンパンよ。それでいてアイスクリームが届いたとなると、やつらガキみてえにポーチに座り込んでよお。二人で半リットル入りを八個だぜ、きれいさっぱり食いやがった」

「冗談はよせよ、ドラッグ」ソサエティー・レッドが言った。

「食えねえってのか、いつかの晩なんか、やつはチョコレート・バー十本とペプシ七本を、たった十五分で片づけたぜ」

「チョコレート・バー十本とペプシ七本を十五分だって。いいか、俺をそこらのやつと同じだと思ってなめるなよ。ただの新入りとはわけが違うんだ」

「信じねえってのか」

ドラッグラインは上体を起こすと、片手でドンとひとつ自分の胸を叩いた。

「この二つの目ん玉でしっかり見たんだ。間違いねえ」

「いい加減にしろよ、クラレンス」

「クラレンスだと。クラレンスと言いやがったな。何様のつもりだ。おめえ、俺をうそつき呼ばわりする気か。いいか、俺の相棒は食うと言ったら食うんだ。一メートルの材木だって丸のみだ。錆びた釘だって、ガラス瓶だってバリバリやって腹におさめちまう。おめえ、なんならその役に立たねえ頭をちょん切ってみるか、やつが片づけてくれるぜ」

ルークはすこし離れたところで横になり、この騒動には無関心だった。穏やかにタバコをくゆらせ、じっと雲を見上げていた。そのうち静かに、乾いた声でさらりと言った。

「五ドル賭けないか。ゆで卵を五十個食ってみせるぜ」

「五十個か」ソサエティー・レッドが思わず身を乗り出した。

ぎょっとしたドラッグラインが目をぱちぱちさせ、唖然とした表情でクール・ハンド・ルークを見つめると、ごくりと唾を飲み込んで頭を振った。それから気を取り直してうなずくと、ソサエティー・レッドを指で小突いて念を押した。

「絶対食うぜ。やつはやると言ったらやるんだ。俺はやつが食うほうにもう五ドル賭ける」

ソサエティーはすっくと立ち上がると、帽子をかぶり直し、考え込むように目を細めた。

「よし、南部紳士ふたりがそこまで言うなら仕方ねえ。その勝負乗るぜ」

まもなくゴッドフリーから作業に戻る命令が出て、話はここで中断した。すぐにドラッグラインが猛然とシャベルを動かしながらルークのほうへにじり寄ってきた。

「おい、ルーク。どういうつもりだ。おめえが食うってほうに大枚十ドルも賭けちまったぜ。チクショウ、もう考えたくもねえ。卵を五十個食うだって。五十個とはな。たしかに俺はおめえを持ち上げたさ。だが分かりそうなもんだ。いつものことじゃねえか。相棒だろ。なのによ、ルーク、おめえときたら、どういうつもりなんだ」

「心配するな、ドラッグ。勝負は五分だ。負けやしない」

「負けねえって。暑さで頭をやられてやしねえよな」

「すっきりしてる」

「そ、そうかい。俺だって、相棒を見捨てたなんて言われたくねえさ。けどよ、ルーク、五十個だぜ。よーく考えてみろってんだ」

「考えてるさ、ドラッグ。楽に稼ぐにはもってこいじゃないか。俺だってシャバのものをごっそり買えるしな。ただとことんクールにやればいいのさ」

「クールだって。よくいうぜ、あんな無茶な賭けをしといて。ああ、神様、俺が何をしたって言うんです。そりゃ、金を盗んだこともあるし、うそをついたこともある。隣人を愛するついでに、その女房も愛しちまったさ。でも、どうしてこんな馬鹿らしいことに平和な我が家を引っかきまわされて、汗水たらして手に入れたパンを持っていかれなきゃならねえんだ」

しかし、それは俺たちにとっても楽に金を稼ぐチャンスだった。噂は、その日の午後にはドブの端から端まで伝わっていた。それから一週間というもの、俺たちは口を開けばその話だった。まず時間が決められ、さらに細かな点まで話を詰めていった。時間は一時間以内ということになった。卵は中ぐらいの大きさのものを五分間茹で、負けたほうが代金を払う。ルークが卵を食えばいいのか腹に溜め込んでおくのか、という〝形式的〟な点が問題となった。延々と真面目くさった議論をしたすえに、ルークはテーブルを離れ、いつでも便所に行っていいということに決まった。卵を食えば、消化してクソになって出ていくのは当たりまえだ。ただし、やつが吐いたら、即座に負けということになった。

刑務所じゅうが、どっちに勝ち目があるかで騒然となった。こういうことにはうるさいカーリーは、すぐにルークが勝つ見込みについて予想を聞かれたが、やつは顔色ひとつ変えず、言葉少なにほのめかしただけだった。

「あいつ何で流し込むつもりなんだ。茹で卵は二十個も食えば、ぼそぼそで胸が詰まっちまうぞ」

二週間いろいろ準備を進め、決行は日曜日と決まった。日曜日にはいつも、雑用係が買い出しリストを持って隣の町に出かけ、アイスクリーム、本、刻みタバコ、針と糸など、囚人のために様々なものを買ってきた。今度の日曜には、五十四個の卵も買ってくることになる。

一方、ドラッグラインは週末を利用して宣伝活動に精を出していた。洗濯したばかりの、さっぱりした皺くちゃズボンをはき、裸足で建物じゅうを歩きまわり、勇ましく拳で裸の胸を叩いて吹聴した。

「ルークはやるぜ。俺はいつもいっしょに仕事してるんだ。あいつは信用できる相棒だからな。みんな俺が仕込んだんだ。所長の事務所にゃ、やつが勝つってほうにピン札で五十ドル集まってら。だれがいくら賭けたってかまわねえぜ」

しかし、ソサエティー・レッドの冷静な読みにも説得力があった。やつは理詰めで予想し、客観的に分析した。そして、俺たちの気持ちを大きくぐらつかせたのは、ココでさえもソサエティーの側にいるらしいことだった。

そのときはわからなかったが、ココはこっそりと〝さくら〟を演じていた。やつはドラッグラインと裏でつるんでいながら、卵五十個は三リットル分の量があるし、少なくとも三キロの重さはあると力説した。卵は腹の中で膨らみ、皮を破ってパンクするに決まってると言い張った。ルークは詰め込みすぎて苦しくなり、食えなくなるか気絶するだろうと言った。ドラッグラインはそんなものに耳を貸さず、俺たちみんなを盛んにけしかけていた。

そうやって激しくけしかけられると、俺たちはどうしていいかわからなくなった。なにか胡散《うさん》臭いとは感じていたが、とてもそんなことができるとは思えなかった。だから俺たちは、脅し、すかされたあげく、いいように金を賭けさせられることになった。

最後の一週間、ルークはトレーニングに励んだ。外の作業ではドラッグラインが常に寄り添い、昼には煮豆とコーンブレッドを盛り上げた皿を手に、母親のように世話を焼いた。

「さあ、食いな。水も飲むんだ。今夜はキャンディーバーはだめだぞ。あと三日しかねえんだ。

腹ん中をすっきりさせておかなきゃいけねえ。体調を整えるんだ。でっかく膨らませておくのよ」

「歯もないくせにいい気なもんだ。俺もおまえみたいな腹だったら、こんな苦労はしなくても済むんだがな」

「こんな腹してたって、俺はそんなに食わねえ」

「だろうな。でも、その腹はたいしたもんだ」

「いいか、教えてやろうか。こいつはな、情が深いってしるしだ」

「へえ。じゃあ、象みたいなもんか」

「まあ、そんなとこだ。本で読んだことがあるぜ。象ってのはさかりがついたら、二日二晩オッ立てたままだそうだ。だが、あれがやってるとこは見ものだな」

「おまえもそうか」

「まさか。俺は情は深いが、できそこないだ。そんなに頑張れねえ」

週末が来た。土曜日、俺たちはいつものように過ごした。しかし、クール・ハンド・ルークとドラッグラインは、うろついたりポーカーをしたりせずに、外の芝生の上で午前中いっぱい、古いすり切れたグローブをはめてスパーリングをした。ルークは昼飯をほとんど食わなかった。午後は柔軟体操をして建物を歩きまわり、何度も蛇口のところへ行っては、手で水をすくって飲んだ。

やがて、思いもよらなかったことが始まった。ルークは晩飯を食わなかった。そのあと、建物の中に入ってから、カーに頼んで看守に胃薬と下剤をもらった。

ソサエティー・レッドが文句を言いだした。出走前の馬に興奮剤を打つのと同じだというのだ。しかし、決めごとでは薬のことは何も触れていなかった。きわどいやり方だと思いながらも、俺たちは認めざるを得なかった。こうして俺たちは、その晩から翌朝まで、ルークが何度も便所へ通うのを渋い顔で眺めることになった。

運命の日曜日。案の定、ルークは朝飯をとらなかった。水を飲み、腕立て伏せをして、ドラッグラインとのスパーリングに汗を流した。昼近くになって、雑用係と守衛が買い出しを済ませて町から戻ってきた。

時間がたてばたつほどルークが腹をすかせていくのがわかっていたから、ぐずぐずしてはいられなかった。数人が選ばれて調理役となり、建物の裏に走っていった。そこには、囚人たちの服を煮沸洗濯するでかい鉄鍋がレンガのかまどの上に置いてあった。その鍋も準備は万端だった。あらかじめホースで半分まで水を入れ、脂っぽい松の木を焚き付けにして火を燃やしていた。買い出しの品が届くころには、それがもう煮立ちはじめていた。

俺たちは注意してダンボール箱から卵をすべて取りだし、大きな紙袋の中に入れた。そして、舌を突きだし、息を殺すようにして慎重に紙袋を持ち上げ、そのまま鍋の中にゆっくりと下ろした。紙はすぐに溶けて、卵は静かに鍋の底に沈んだ。ババルガッツが塀ぎわの監視デッキにいる監視員のショーティーのところまで行き、時間を計ってくれるように頼んだ。それから、鍋を囲んで立ったりしゃがんだりしている俺たちのところへ戻ってくると、沸騰するのを熱心に見守った。

ショーティーが大声で五分経ったことを告げた。俺たちは、洗濯係が洗剤を量るコーヒーの空き缶で湯をすくい出し、火を消した。卵が顔を出すと、スプーンですくったり、木の棒を箸のように使って取りだし、地面に置いて冷ました。

もう袋はなかったので、帽子に入れて中に運ぶことにした。五、六人が両手でそっと帽子を抱え、ぞろぞろと建物に入ってくるさまは、珍しい鳥の巣でも運ぶようだった。俺たちはその壊れやすい荷物をテーブルに置いてほっと胸をなでおろすと、数を数え、余分な四個をわきにどけ、それから、もう一度数を確認した。

テーブルの上はきれいにされ、みんなはすこし離れて立っていた。ルークとそのコーチおよびトレーナーは椅子に座ってもいいことになっていた。ここで驚きの事実が判明した。ココが前に出て、自分はみんながルークの負けに賭けるように仕組んだと明かしたのだ。それで、やつは、しかつめらしい顔でテーブルについたカーリーとドラッグラインの隣に座ることを認められた。

そのあと、またちょっとした問題が起こった。ルークの介添人たちが卵の殻をむくと言いだしたからだ。話し合いが始まり、ソサエティー・レッドは金切り声を上げて反対した。しかし結局やつも、賭けの内容は〝一時間以内で卵を食う〟ことだけだと言われれば、言葉がなかった。もっとも、俺たちだって黙って言いなりになっていたわけではない。やつらに、時間がスタートしてから殻をむきはじめるという条件を飲ませた。

こうしてすべての準備が整った。

ショーティーは、ショットガンと拳銃を持った別の監視員と交代したあと、ヒギンズと連れ立って中の様子を見に入ってきた。ひとり残らずまわりに集まっていた。サイコロばくちやポーカー、ボクシング、読書、財布作りに散髪、そんな普段の週末の光景はどこにもなかった。騒いでふざけ合うやつも、眠るやつも、ラジオを聞いたり手紙を書いたりするやつも、そして、マッチ棒を何本もくっつけ、やすりがけして小物入れを作るやつもいなかった。みんな静かに、じっと待っていた。外からは、ルークが準備体操で地面を蹴る足音と深呼吸する息づかいが聞こえていた。と、それが止まった。

俺たちは、座ったり突っ立ったりしたままで待っていた。汗をかいたルークが入ってきた。やつは、自分のベッドまでいってタオルをとり、服を脱ぐと静かに歩いてシャワーに向かった。あたりが息を殺していることなど気づかないかのように、ゆったり、落ち着いて石鹸をつけ、体を洗った。俺たちはそのひとつひとつの動作を目で追った。やつの体はここに来てからずいぶん大きくなり、肌は褐色に変わっていた。傷跡が見えた。まだ息荒くうねる腹は、すっかりへこんでいる。

ルークは体を拭くと、隅にある割れた鏡に映して髪をとかし、念入りに額のニキビを絞りだした。鏡の姿に一瞬目を細めてから、タオルを腰に巻いて自分のベッドに戻る。まもなく、ズボンをはいてゆっくりとこっちに歩いてきた。テーブルの前まで来ると、かしこまって自分を見つめる仲間たちにニヤリと笑って言った。

「みんな用意はいいな」

ドラッグラインが弾《はじ》かれたように立ち上がり、ルークの腕をつかんで前に引き出すと、自慢げに胸を張って、顎を突き出した。拳で胸を叩き、得意満面で口を開く。

「さあ、色男の登場だぜ」

大騒ぎになった。最後の賭けの申し込みが始まった。俺たちはルークを見て、つぎにテーブルの上に並ぶ薄汚れた縞の帽子に入った、燦然《さんぜん》と光り輝くような卵の山に目を向けた。それから、ありったけの小銭を集め、仕送りを当てに借用書を書き、これから作る財布を形《かた》に入れ、金を借りるかわりに雑用をする証文を入れた。賭金はすべて介添人たちが責任をもって精算する。負ければ、やつらは、残りの刑期を借金にまみれて過ごすことになる。

すべての準備が整った。ルークが三人の介添人たちと向かい合ってテーブルの真ん中に座った。足の位置を決め、つま先をピクッと動かした。腹の筋肉は波打ち、絶えず生唾を飲み込んでいる。テーブルのへりをつかんだ指は震えていた。

監視員のショーティーが神妙な顔で、手にした懐中時計の秒針をじっと見据えた。一時十秒前に右手を上げ、それから下ろした。

五十人の喉の奥から地鳴りのような声がもれて、三人の殻むきがいっせいに卵をつかみ、テーブルの表面にぶつけて割りはじめた。指が素早く動いて殻をむき、その下の薄皮をとる。しかし、やつらもかろうじて追いつくのが精一杯だった。ルークの顎は獰猛にかぶりつき、むしゃむしゃとやるので、断裁機の前の職工さながらの危険な仕事となった。ルークは噛みもしない。顎の筋肉が力強く伸縮し、歯で卵を押しつぶしてひと飲みすると、もう何もない――口をあんぐり開けてつぎを待つ。

介添人たちは必死になってそれに応え、飲み込まれるたびに大声で数を数えた。カーリーは気の利いた無駄のない動作で、平らにした手のひらに卵を載せて出していた。しかし、ココはこの危なっかしい役目におよび腰で、いやいや卵を差し出し、ルークがそれをつかむたびにびくびくしていた。一方、ドラッグラインの仕事はかいがいしかった。やつはそのだらしなく垂れた唇を舌でなめまわし、にこにこしながら、小指を立て、こまやかな気遣いで、大きく開けたルークの口の中にやさしく卵を放り込んでいた。まるで、自分で見つけて手なずけた恐竜かなにかに餌をやっているような風情だった。

「はち、きゅう、じゅう……」

俺たちはモロに落ち込んでいた。こんな見事な調和のとれた動きと計算された戦術は見たことがなかった。開始から三分で、十二個の卵が七面鳥が水を飲むように、むさぼり食われて消えた。それから一定のペースに落ち着きはじめ、ルークは、一分間に二個の割合でずっと飲み込み続けた。ココは監視員のショーティーから借りた時計と首っぴきでペース配分を確認していた。ルークが無表情で卵にかぶりつき、もぐもぐやって飲み込むたびに、単調に時間を読み上げる声が聞こえる。そんなことが十分も続いた。

「……にじゅうしち……あと二十秒……十秒……にじゅうはち……あと二十秒……十秒……にじゅうく……」

　ココの声だけが響いていた。俺たちは立ったまま、あるいは座ったりしゃがんだりしたままの姿勢で固まっていた。のろまのブロンディーはぽかんと口を開けていた。ポッサムは指の爪を噛んでいた。ババルガッツはにやけた顔を凍りつかせて座っていた。トランプは帽子を握りつぶしていた。ラビットは火のついていないタバコを力なくくわえたまま、目を飛び出させていた。オニオンヘッドは目をつぶり、声を出さずに唇を動かしていた。腕組みをし、肩を落として俯いているやつもいる。ポケットに両手を突っ込んで、片脚に体重を預けているやつもいた。しかしソサエティー・レッドは、我慢できなくなって立ち上がるとあたりを歩きまわりはじめた。

　ルークはむさぼり食うだけの機械と化していた。もうやつの口と胃と直腸は、取り入れ口と消化器と排泄口でしかなかった。

　三十二個目を食い終わったとき、ルークの動きが止まった。ゆっくりとテーブルから立ち上がり、両腕を高々と上げて伸ばすとあくびをした。ふくれた腹は妊婦のようだ。よたよたした足取りで静かに水道の蛇口のほうへ向かう。俺たちは大きく息を飲んだ。断崖の縁を千鳥足で歩く男のように見えたからだ。が、やつは俺たちの期待を裏切り、口に水を含んでうがいをしただけで、飲みもしなかった。

　しかし、片手を蛇口の下に置いて、もう一杯口に含もうとしたとき、やつは勝利を高らかに奏でるラッパのように、プーッと大きく響き渡る屁をした。とたんに俺たちは蜂の巣をつついたようになった。互いを掻き分け、あわてふためいてドタバタと出口に押し寄せた。外の監視デッキにいる監視員たちは、囚人たちが大笑いし、叫んだり、はやし立てたり、おどけたりしながら芝生の上に飛び出してきて、それからすこしずつ、大げさに警戒して中をのぞきに戻る様子にびっくりして、神経質に銃をいじくりまわしていた。

ルークは伸びをしながら、一歩一歩確かめるように脚を上げて建物の中を歩きまわっていた。行ったり来たりしては、ときどき足を止め、プーッとやっている。しばらくそんなことが続くと、俺たちはやきもきしてきた。しかし、ルークはまったく動じない様子で、静かに落ち着いてふらふら歩いていた。貴重な時間が十五分過ぎた。俺たちは気が気ではなかった。そのうちようやく、やつはテーブルの前に座り、また食いはじめた。屁の臭いが消え、息苦しさもなくなると、俺たちはまた恐る恐る中に入った。

今度はゆっくりと、明らかに苦しそうな様子で、ルークは二分に一個のペースで卵を飲み込んでいった。そうやって、とうとう残りは八個だけとなった。しかし、時間はわずかに九分しかない。それに、どう見ても動きは鈍くなっていた。飲み込むのがひどく辛そうだった。腹はパンパンにふくらんでいる。ドラッグラインは唇をぶざまにゆがめてじっと見つめていた。ルークの顔には玉の汗が吹き出している。だれも口を開かない。ココがルークの首筋や肩を揉みだした。そのうち、カーリーがルークを立たせ、ドラッグラインと両わきを支えて部屋をあちこち歩かせはじめた。ドラッグラインが切羽つまった声で励ました。

「さあ、頑張れ。いけるって。ちょっとだけ休もう。腹の力を抜け。ちょっとゆるめて、気を楽にするんだ。あとたったの八個だ。そうすりゃ、あとは遊んで暮らせるぜ。たかがちっぽけな卵八個だ。鳩の卵ぐれえのもんだ。いや、魚の卵みてえなもんよ」

二人はルークをまた座らせると、ズボンをゆるめ、心配そうにココの持っている時計を確認した。残りわずか四分。ドラッグラインは卵をひとつむくと、歯のない口を優しくキスするようにすぼめてルークに差し出した。

「さあ、いい子だ。だだをこねるなよ。そのワニみてえな口を開けてみな」

するとルークは食いはじめた。その一個を飲み込んだあとは、どんどんスピードを上げるかのように勢いづいて、つぎからつぎへとたいらげていった。

こうしてその瞬間が来た。それを目《ま》のあたりにした俺たちは、爪が食い込むほど自分の腕を握りしめ、背を向けて拳を手のひらに打ちつけ、あたりかまわず罵り、打ちひしがれて互いの顔をにらみ合った。

ルークは最後の三個をきっちり三十三秒で飲み下した。最後の一個は、ココが錯乱したように裸足でフラメンコを舞い、ドラッグラインが耳元で絶叫するなかで、残りわずかに二秒というところで飲み込んだ。

「さあ、食うんだ。かみつけ。ガブッといけ。片づけろ。そうだ。噛め、噛め、噛むんだ」

そしてルークは失神した。うーん、とうなって両腕をテーブルの上に置くと、それに顔を伏せた。腹はコンクリートのように固く、スイカのように丸々と醜くふくらんで垂れ下がっていた。

ソサエティー・レッドが大声を上げて文句をつけた。

「おい、ちょっと待て。だめだ。やつは最後のを飲み込んでない。飲み込んでないぞ」

「飲み込んでねえって」ドラッグラインが怒鳴った。「黙ってろ、このキザ野郎。目ん玉をひんむいて、よく見やがれ」

かっとなったドラッグラインは、ルークの髪の毛をつかんで頭を起こすと、その口に指を引っかけて無理やり開け、まわりのやつが納得するまでじっくりと喉の奥を見せた。それが済むと、ルークの頭はまた腕の上に戻された。やつの手はテーブルを埋めつくす山のような卵の殻をつかんでいた。

刑務所じゅうが大騒ぎになった。俺たち負け組は床を踏み鳴らして歩きまわり、持っていきようのない憤懣を抱えて当たり散らした。わめくやつ、悲しげに歌いだすやつ、そしてすすり泣くやつがいた。だが、有頂天の勝ち組はうきうきして賭金を集め、肩を小突き合ってにんまりしながら、そこいらじゅうを踊るように飛び跳ねていた。やつらは残った卵をひとつずつ仰々しく手にとると、満面の笑みでわざとぴちゃぴちゃ音を立てて食い、見せびらかすように腹をなでた。ドラッグラインは最後に残った卵を一個つかみ、ベッドに座ってタバコを吸っていたソサエティー・レッドに持っていった。

「ほらよ、ソサエティー。五十四個目だ。こいつはおめえがとっとけよ。金はたっぷり払ってもらったんだからな」

ソサエティー・レッドは気の抜けた様子でそれを手にとると、無言で座ったままじっと見つめていた。

しばらくは、テーブルのまわりをうろついて、ルークの苦しげに身をよじる姿を尊敬と驚きの目で眺めるやつらがあとを絶たなかった。だが、俺たちはしっかりそれを見届けていた。間違いなかった。あれほど食うやつにはお目にかかったことがなかった。それに、なんといっても、刑務所じゅうをパンクさせちまうとは。俺たちはスッカラカンだった。おかげで、それからたっぷりひと月はポーカーをやるやつがいなくなった。賭けで決着をつけられないから、言い争いもうやむやに終わった。ペプシコーラとキャンディーバーは売れなくなった。俺たちは一杯くわされた。まんまと出し抜かれたわけだ。

みんな肩を落とし、頭を振り、目をしばたたかせ、途方にくれた顔で、悲しげに、そして親しみをこめて、つぶやいた……

「クール・ハンド・ルーク」

10

それから何日かが過ぎ、また月曜日になった。囚人たちは道路に連れ出されて、また一週間が始まろうとしていた。用具運搬トラックと護送トラックは州の幹線道路と支道をガタガタ揺られて走り、途中でわきにそれて〝熊街道〟と呼ばれる道に出た。

トラックが寂しい田舎の細い道をくねくね走りだすと、俺たちは戸惑って互いに顔を見合わせた。砂だらけの低い丘を越え、まばらに生えたオレンジ林を抜けて、前後左右に揺すぶられて走っているあいだ、こんなところでいったいどんな作業をするのだろうと考えていた。ドブの雑草はもう刈り取られ、山に積んで乾かしてから燃やされていた。雨期は終わり、土砂が流れた窪みを埋める必要もない。鎌で刈るような草もなかった。

車は森や草原や荒れた畑の中を二十五キロも走り続けた。すでに気温は上がり、鬱蒼とした木の茂みが風を遮って、草いきれでむっとする暑さだった。

この人里離れた場所で重労働させられて、これまでに熱射病や日射病の餌食になったやつは数知れなかった。筋肉は痙攣し、口がカラカラになり、顔は冷たいのに汗が吹き出し、胃がしめつけられ、吐き気がする。めまいがし、目がかすむ。体の力が抜け、ふらふらする。そのうち喉までやられて、かすれた声しか出なくなる。

だから、俺たちは顔を見合わせ、どうするのかと思っていた。そのうちトラックは、道のなくなるところまで来て止まった。行き止まりだった。舗装は深く生い茂った草むらにぶつかって、そこで途切れていた。あわてて最後のタバコに火をつけてくわえ、急いで車から降りる。監視員たちが散らばり、俺たちはジムからシャベルを受けとると、道の片側に集まって立ったまま、合図を待った。しかし、ゴッドフリーは何か指示をするでもなく、合図も出さなかった。

どうするのかわからず十五分ほど突っ立っていると、一台の黄色い小型トラックが走ってきて、路肩に寄って止まった。ドアには〝州道路局〟の文字があった。ゴッドフリーがゆっくりと近づき、運転手たちと話を始めた。やつらは道路とその先の地平線のほうをしきりに手で差し示した。

だが、依然として命令は出なかった。俺たちはタバコをくわえ、シャベルの柄にもたれてひそひそ話しながら、手持ち無沙汰にしていた。やがて、目の前に現われたのはタンク車だった。こいつは、熱い、どろどろのアスファルトを撒いて路面を新しくする車だから、厄介なことになったと思った。もっとも、アスファルトに強度と厚みを加えるためには砂がいる。たいていは何台ものダンプカーがきれいな浜砂を運んできて道端に積み上げていく。俺たちはタンク車のあとを歩きながら、その砂をシャベルで路面に振り撒いて広げる。これにはちょっとしたコツがあって、シャベルを振り抜く瞬間に柄をさっと返すと、砂は扇状に広がって万遍なく散らばる。

しかし今回は砂の山がなかった。ドブの底の草と表土をどけて、灰色のフロリダローム層の砂を撒いていくのだった。

ドラッグラインは噛みタバコの汁をペッと吐き、頭を振ると、わざと聞こえるようにつぶやいた。

「おいおい。今日は大当たりってとこだな」

タンク車が行き止まりで向きを変えて戻ると、道路のど真ん中に止まった。二人の作業員が降りて、前のバンパーについた可動式の棒を伸ばして調節した。棒の先に垂直に立つアンテナは、車の位置を一定に保つ目標になる。それからうしろの操作台に乗ると、レバーやハンドルをいじってバルブを調整し、計器類を確認した。タンクの下の炉では、ごうごうと火が燃えていた。蒸気と煙が立ち込め、鼻をつく熱いタールの臭いがした。後部に延びた太いパイプからは、十センチほどの間隔で噴霧口が並んでいる。パイプの両端は手動で位置をずらせて道路の幅に合わせられるようになっていた。

温度と圧力が十分になると、作業員のひとりが運転席に乗り、エンジンをかけた。こっちも用意はできていた。上着やシャツはもうラビットが運んでいっていた。俺たちは約三メートル間隔で道路の両側に立ち、そのうしろのかなり離れた土手の上に監視員たちが並んでいた。ズボンを引き上げ、帽子をかぶり直して、固唾《かたず》を飲んで待ちかまえる。

大型のディーゼルエンジンがポンポンとうなりを上げ、プシュッという空気の排出音とともに、タンク車は噴霧口から大量のタールを吐いて、熱くぎらぎらする黒い帯を残しながら動きだした。

囚人たちの作業が始まった。

道路の両側で、いくつものシャベルのブレードがきらきら輝く弧を描いて揺れ、砂が撒かれていく。しなやかに振る腕、キュッと締まる胸の筋肉、曲がっては伸びる背中、繊細な動きで返す手首――路面に広がる黒いタールの上に、あちこちで軽やかに砂が舞い、表面を覆っていく。俺たち十七人は夢中になって作業をしながら、いつもの休憩時間はもらえないだろうと考えていた。休めるのは、タンク車がアスファルトを補給しに戻るときだけだ。

だから俺たちは働き続けた。

そうやって、狂ったようにもがき、奮闘して、一週間働きづめることになった。シャベルの柄は汗でべとべとになり、体は泥だらけで、強烈なタールの臭いと熱さ、そして背後にもうもうと立ちのぼる砂ぼこりで息が苦しくなった。

タンク車はおよそ十五分で空になり、補給のためオークランドにある州道路局の資材置場に戻っていく。俺たちは一回につき四百メートルほどの距離をできるだけ早く済ませる。そうすれば、わずかな時間でも土手に座ったり、大の字に寝たりして、水を飲み、タバコを巻いて吸うことができるからだ。だが、タンク車はたちまち戻ってきて、俺たちは立ち上がってそれぞれの位置に並ぶように命令され、散布が始まるのを待つことになった。

みんなシャベルにもたれて思い思いの姿勢で立っていた。わきの下に柄を挟んだり、組んだ両腕をのせ顎を支えたり、腕を伸ばして持ったりしている。両足を開いて立つのもいれば、片足をブレードにかけているやつもいた。みんな重い体をなんとか支え、無駄口も叩かずにタンク車が動きだすのを待った。

たいして休憩をとっていないのでまだ息が弾み、体じゅうに吹き出した汗はズボンに染みて、グショグショになっている。安全靴の中に溜まった汗は、よろよろと一歩踏み出すごとにグシュグシュッと音を立てた。みんなふらふらで疲れきっていた。まわりのものがかすんで見えにくくなり、焦点が定まらない。やぶの中をうろつく熊の群れが今にも襲いかかってくる、そんなおぞましい想像が背筋をぞっとさせ、その巨大な腕で締めつけるように俺たちをとらえて離さない。

しかし、作業が進めば進むほどオークランドに近づき、それだけタンク車が戻ってくる間隔は短くなった。一息つく暇もなくなり、もう俺たちだけでは追いつけなくなった。そこで、二日目の朝からはもうひと組の重罪犯の班が動員され、さらに午後からは軽犯囚の二班も合流した。翌日には雑用係までシャベルを持たされた。全員が揃ったわけだ。刑務所じゅうの力自慢たちが道路を挟んで陣取り、にらみ合う格好となった。

シャベル一本でどれほどのことができるか、どのくらい遠くまで、正確に、そして素早く砂を飛ばせるかなんて、やってみなければわからないものだ。その一週間というもの、この作業が競争になった。なぜなら、俺たちの上に覆いかぶさる圧倒的な力に対抗する方法があるとすれば、命令された以上のことをやってのけること、監視員を見下すほど速く、どんどんがむしゃらに働くこと、全能の神気どりのやつらの命令に快く汗をかいて従い、それを楽しむまでになってやることだったからだ。

こうして、熱気と舞い上がるほこりの中に、勇ましい声と戦いの雄叫びが飛び交いはじめた。沈黙の決まりは破られた。まわりには家もなく、シャバの人間に会うこともないし、懲罰小屋に入れられることもたいして気にならなかった。かりにそうなったら、いい休みになるし、胸を張って入ってやろうとさえ思った。

二人、三人、四人と集まってチームができた。クール・ハンド・ルークとドラッグラインとコが組んで、道路の反対側にいるやつらとだれかれかまわず作業の速さを競い合った。先に自分たちの持ち場を済ませると、さっさと行列の先頭にいってつぎの場所にかかる。今までの規則がなおざりにされ、いちいち大声で前進の許可を得る必要もなくなった。今や猛烈三人組はせかせかと駆け足までして前に進み、またシャベルを動かしはじめるようになっていた。

砂がぱっと宙を飛び、かすかな音を残し、ねじれた軌跡が素早く交差して、ほこりを舞い上げながら路面のアスファルトをはね飛ばして落ちる。あちこちで、息巻いて叫ぶ、あのチェーン・ギャングお決まりの威勢のいい掛け声が聞こえてきた。

「ふんばれ、野郎ども。気合いを入れろ」

「やれといわれりゃ、とことんやるぜ」

「いまのうちだぜ、楽しもうじゃねえか」

「シャバじゃできるかこんなこと」

「泥だ、泥よこせ。じゃんじゃんよこしな」

監視員たちは足早に歩いてやっと俺たちに追いついていた。やつらは道路わきのオレンジ林の中や、雑草や茂みの中を進みながら、なにか危険な雰囲気を感じ、問題が起こらないかと心配していた。縦長に散らばる囚人たちの先頭には、二人の監視員がそれぞれ道の両側をうしろ向きで歩いていた。同じように二人が列の最後を監視し、ほかのやつらは広がって、俺たちの背後から包囲し、いつでも銃を撃てる態勢で目を光らせていた。

監視員のキーンは噛みタバコを噛みながら、目を細め、不安そうな顔つきだった。ポールはいつものように、ニヤついている。ショーティーはパイプをくゆらせ、肩に水平に担いだショットガンに両手をかけながら、雑草とキャベツヤシの中を用心深くうしろ向きで歩いていた。スミスは口の端につばを溜め、眉をひそめて俺たちをにらんでいた。拳銃をさげたベルトを骨っぽい片方の尻の下まで不格好に垂らしていた。

一方、班の監視長たちは、二列になった囚人たちのあとに続くゴッドフリーの指示に従っていた。やつはタールと砂が撒かれた道路の真ん中を歩き、むらを見つけては杖で指し示した。まるで、魔法使いが杖を振ると、どこにでも砂がどさっと現われるようだった。やつはそうやって一日じゅう、砂ぼこりが舞い上がる中をぶらぶら歩きまわり、たまに思い立つとその杖で灼熱の砂漠を作り上げていた。

時間のたつのが途方もなく遅く、一日一日が長かった。火曜の午後には、ひとりの新入りが急にシャベルを放り出し、よろめいてくるりと一回転すると、ドブの中に仰向けにひっくり返った。目の玉をくるくると回し、口を開けて、浅い息で小刻みにぜいぜいしている。ジムとラビットがそいつを護送トラックまで運んで中に押し込み、ゴッドフリーが扉の鍵をかけた。

暑さが増した。水くみ係たちがバケツをさげてあちこち走りまわり、車の通らない道の両側で狂ったように働く男たちの底なしの渇きを満たした。囚人たちは足早に進んではシャベルを踏み込んで砂をすくい、タコでつるつるになった手で柄を握って器用に返しながら、放り上げ、ばら撒いていた。激しい歓喜の笑いとともに悲痛なうめき声をもらし、列の先頭に進んではまた同じ作業を繰り返した。

やがて一日が終わり、俺たちは車に乗り込んだ。護送トラック、幌のないトラック、用具運搬トラック、そして監視員のトレーラーが一定の間隔で四百メートルも連なり、田舎道や幹線道路、郡道を走った。日が暮れて宿舎に戻ると車を降り、班ごとに歩道に並んで、所持品検査を待った。服も体も泥だらけのまま所長に向かって帽子を脱いで立っていると、耳鳴りと頭痛とめまいに襲われた。やがて守衛がゲートを開け、みんな入りはじめる。だが、口と喉はカラカラで、番号を言う声は締めつけられたようにかすれていた。よろよろと庭に入っても、食堂の入口で晩飯の列に並ぶのもひと苦労だ。まわりのものがぼんやりとかすんでよく見えず、焦点が定まらない。

俺たちはくたくただった。例外なく、みんなが、ひとり残らず。

晩飯を済ませると、這うようにして建物の中に入り、シャワーを浴びてベッドに倒れ込んだ。背中や脚の筋肉が固く突っ張り、手はヒリヒリするし、頭痛がした。死んだように眠るやつもいれば、一晩じゅう夢の中でシャベルを振り続け、頭や手足をびくっと動かすやつもいた。朝、起床の鐘が鳴ると、なんとか体を起こし、湿った靴とズボンをはいてから、まだ暗く肌寒い庭によろよろと這い出て、食堂に行って朝飯を食った。それから並んで番号を言いながらゲートを出てまた整列し、猟犬のビッグブルーが吠える声を聞き、夢うつつで立ったまま待つ。四班に分かれてそれぞれのトラックに乗り込み、朝飯の後片づけを手伝った雑用係たちがすこし遅れて出てくると、また一日の始まりだ。再び四人全員がトラックに揺られ、兵士のように〝熊街道〟の戦場に向かった。

みんな狩り出されていた。

酒の密造をしたアグリーレッド。娘をレイプして服役している鼻めがねのジョー。リトルグリークはターポン・スプリングスで寸借詐欺をやり、偽小切手を使った。銀行強盗のビッグスティーブ。ラビット、クーン、ポッサム、ゲイター、イーグルたちはみんな、南部の昔話に登場する名前だ。スリーピーは七人の小人のひとりで、ほかの六人の仲間たちは警官が来たらさっさと逃げてしまった。オニオンヘッド、バーヘッド、のろまのブロンディー、まぬけのブロンディー、大まぬけのブロンディー。チーフはブラックフット族のインディアンだ。ぽん引きで、大嘘つきだが、みんなが羨む経験をしているから、ついつい話に引き込まれてしまう。イヤーズはとてつもなく耳がでかくて、まるで両側のドアを開けたまま走ってくるタクシーのようだ。やつは俺たちの中でただひとりの終身刑だ。ココは二十三才のカナダ人で、強盗を働いてまだ十二年の刑期が残っている。コットントップはオクラホマ出身のいかれ野郎。前科四犯のババルガッツは、マイアミのアル・カポネの弟の屋敷に忍び込んで五年をくらった。ブラインドディックは自称セックス中毒で、コロネット誌を自慢げに見せる。そこには、エバーグレイズの沼地を三日間逃げまわったすえに警官隊に痛めつけられたときの、やつの写真と記事が載っている。アリバイモウ、トランプ、ペテン師のビル。プリーチャーの母親はジャクソンビルで警官をしている。やつは牛を盗んで三年くらっている。おしゃべりスティーブは若いチンピラ。ソサエティー・レッド。重婚罪のブラッキー。ダイナマイトは車泥棒でくらった一年の刑を終えて釈放されたが、一週間後に、また車を盗んでコネチカットの家に帰る途中で事故を起こし、三年の刑となった——みんな狩り出されていた。図体のでかいやつ、小柄なやつ、人見知りするぐず、無口なやつ、小心者、札つき。厚かましいのがいるかと思えば、陰気なやつや名前もないやつがいた。蛮族の戦士の名をもらっている、やたらに喧嘩早いやつもいた。

これが俺たちのファミリーだ。わかり合える仲間だった。全部で五十四人、何でも経験してきた。どんな夢だって見てきた。ありとあらゆる犯罪に手を染めてきた。

俺たちは朝出かけて一日じゅう働き、またトラックに乗り込んで戻ってきた。しかし水曜日になって、トラックの隊列は途中で道順を変えて抜け道に入り、アポプカ湖岸に出た。護送トラックはファーンデイルあたりの交差点で曲がることになったが、南へ向かう車が何台も続くので、やりすごすのに手間どった。うしろには、黒と黄色のトラックの隊列が、エンジンをふかしながら間を詰めて止まり、監視員が目を光らせるなか、幌のない荷台に乗った囚人たちが蜜蜂のように肩を寄せ合っていた。

交差点の角には軽食堂があり、表にポンコツが三台止まっていた。窓に赤いネオンで〝バドワイザー〟の文字が浮かび、下のほうが大きく破れた網戸からは、ジュークボックスの音楽がもれ聞こえてきた。そのうち大柄な女がひとり出てきて、砕いた貝殻を敷いた、わだちだらけの庭を歩いてきた。でかい胸をしたブルネットで、メイドのエプロン姿でこちらに近づきながら、愛想よくにこにこしている。俺たちは固唾を飲んで見守った。疲れきった体のことなど忘れ、女の顔、胸、脚に釘づけになった。

女は一匹の灰色の子猫を手に抱いていた。護送トラックが動きだすと、突然その猫を高々と掲げ、大声で俺たちみんなに向かって言った。

「ねえ、子猫《プッシー》ちゃんいらない」

即座に、何のためらいもなく、俺たちは腹の底、胸の内、喉の奥から一斉に、あたりに響き渡る大きな声を上げた。そのたったひと言の甲高い叫びは、車のギアやピストンの軋みをかき消し、チェーン・ギャングの規則など何もかも無視して、熱気と欲望と大胆さと苦悩を絞り出すような激しい遠吠えになって、みんなの口から吐き出された。

「ほ・し・い！――――」

しかし、刑務所に戻った俺たちには何のお咎めもなかった。懲罰小屋送りになるやつも出なかった。規則を破ったのに、何の問題にもならなかった。

翌日の木曜日もまた同じ作業が始まった。俺たちはタンク車のあとを歩き、それぞれが目の前に敷かれたばかりのアスファルトの上に砂を撒きながら、ゴッドフリーが杖で差す場所にシャベル一杯を放り投げ、列の先頭に移動しては同じことを繰り返した。

クール・ハンド・ルークはもうみんなから一目置かれる存在になっていた。やつの右に出るものはいなかった。まる一日ものすごい勢いで動きまわる、桁外れのペースについていけるものはだれひとりいなかった。どんなに体のでかいやつも、タフなやつも、そして手ぎわのいいやつでも、ルークの猛烈な仕事ぶりには追いつけず、置いていかれた。ココは肩で息をしながら、膝を震わせてあきらめ、ほかのやつと同じ平凡なペースに落とすしかなかった。ドラッグラインでさえついていけなかった。

だが、ルークは相棒が脱落するのも気にせず、どんどん先に進んでいった。ほかの班のやつらはみんな必死になってルークと競い、そのスピードに追いつき、技をまね、自分たちも雄叫びと歓喜の声を上げようと懸命になった。しかし、ルークのシャベルは陽の光の中でアラベスク模様のような軌跡を残し躍《おど》っていた。ルークはブレードに足をかけて踏み込むことも、膝を支えにすくい上げ、勢いをつけて投げながら体をひねることもしなかった。やつはただ、シャベルを地面に突き通して持ち上げ、大きくなめらかに回転して、腕を返して一気に放り投げるだけだった。

こうして作業は続き、金曜日には人家が近いところまで来た。シャバの人間たちが農家のポーチやしゃれた家のテラスに座り、冷たいものを飲んだり、うちわで扇《あお》いだりしながら、まる一週間中部フロリダに猛威を振るった四十度の熱波の余韻を冷まそうと、日陰で寛《くつろ》いでいた。雑用係が持つ赤い旗のうしろには渋滞ができ、ピカピカの新車が並んでいた。そのわきを空のタンク車が走り去ると、土ぼこりがもうもうと舞い上がって漂った。その漂うほこりの中で、俺たち陽気な悪魔は上半身裸で踊るように働いていた。だんだん近づくにつれて、あんたらの耳にジャラジャラと鎖を引きずる音が聞こえてくる。そして、鉄格子付きのトラック、銃を持った監視員たちの何気ないしぐさ、ぐっしょり濡れたズボンのサイドにある白い縞、その尻に書かれた番号が目に入る。

ルークはそんな俺たちの先頭にいた。胸は泥と汗と飛び散ったタールでまだらになり、シャベルは激しく痙攣するようにきらめき、輝いていた。監視員と囚人たちが通り過ぎていく。その長い行列のうしろに、長身の監視長の姿がぼんやりと現われた。黒い帽子をかぶり、目を見せない男。ゴッドフリーは細かい砂と立ち込める蒸気の中を進みながら、その杖を動かしては奇跡を起こしていた。こっちでパシャッ、そっちでバサッ、あっちでドサッ。足の下に見事に広がっていく巨大な灰色の絨毯を眺めながら、そのなかをふらふらと歩いていく。

11

俺たちは春のあいだずっと、〝ハード・ロード〟の割り当て区域を隅から隅まで移動して作業をこなした。絶えず鎌やシャベルや斧を振りまわしていた。レイク郡全域、オレンジ郡とサンプター郡の周辺を、大きな町から小さな村にいたるまで歩きつくした――リーズバーグ、タバーリス、アポプカ、ゼルウッド、クロウズブラフ、レディーレイク、オカンプカ、ユーマティラ、アスタツーラ、ハウインザヒルズ。

そのうち、俺たちが〝目の保養街道〟と呼ぶ国道四四一号線に来た。そこで一週間、路肩の勾配をなめらかにする作業をした。舗装が落ち着くうちにはみ出した土を削り、草で盛り上がった部分をそぎ落とす。どちらも、雨が降ると反り返った皿の縁のようになって、道路に水を溜めてしまうからだ。杭を打って紐を張り、水準器と測量士の定規を使って一定の角度を測り、路肩をシャベルでそぎ落として、なだらかに土手に続く勾配をつけた。

たまに夕立で土砂を流された窪みを見つけると、ドブから泥をすくって放り込んだ。そういうときは、俺たちのうしろから地ならし職人たちが来て、土手の仕上げをしてくれる。やつらは剃刀の刃にも似た鋭いシャベルを、長年使い込んだ職人の道具のように振るい、神業のような正確さでならしていった。きっちりとなめらかになった地面の上には、仕上げに砂が薄く万遍なく撒かれ、ビリヤード台のような完璧な出来栄えとなる。

その地ならし職人というのは、あの猛烈三人組、ココとドラッグラインとルークだ。やつらは技術も馬力もあるし、何といっても、だれにも文句を言わせないだけの実績があった。当然、やつらには責任もあったが、シャバを眺めるといううまみも手に入れていた。おおっぴらに認められたわけではないから堂々とはできないが、なかなかの役得だ。

重労働を受けもつ俺たちはというと、しんがりのこの特権階級の露払いのようなものだ。だが、俺たちだって〝目の保養街道〟のうっとりする光景に指をくわえているわけにはいかない。長年こんな仕事をしていれば、技は身に染み込んでいた。はた目には足元をにらんだまま、一日じゅうシャベルを振るうことに没頭しているようにしか見えない。しかし、ピカピカのシャベルのブレードには、道路を走り去る車の銀色のホイールキャップがしっかり映し出されている。そして、ほんの一瞬ちらっと見やっただけで、ずっとうしろのほうにある家の窓を目に焼きつけることができる。さらには、窓枠の奥にあるドアのノブがきらめき、その丸い表面に、女が部屋着を脱いでブラジャーをつける姿がゆがんで映し出される。

俺たちはまる一週間〝目の保養街道〟で作業をした。目に入るものに手が届かないもどかしさに、胸の内、喉の奥、そしてズボンの中にも切なくふくらむ思いがあった。が、そんな素振りはいっさい見せず、仏頂面で黙々と作業に集中し、小ぎれいな家、キャデラック、子供たち、庭、レストラン、バー、そそる広告板、ブロンドにブルネット、スポーツウェア姿の女――そんなものは気にも留めないような顔をしていた。しかし、こっそりと目は大きく見開き、神経を尖らせていた。車が通るたびに、スカートがずり上がって下着が見えないか、肩紐で吊る服や胸元の大きく開いたドレスを着た女がいないかと目を皿のようにしていた。

なんとも興奮させられた一週間だった。奇跡のようなことが毎日起こった。プリマスのオレンジジュースの缶詰工場からアポプカまでの五キロほどは、まさに天国だった。うまい具合に新入りが四人入ったばかりで、監視の目は俺たちに甘く、たっぷりあたりを眺めることができた。

俺たちはシャバの人間が見向きもしないものにどれほど魅力があるかを知っている。雨上がりの街に光る信号機の明かりはエメラルドやルビーのようだ。ぶらりと銀行へ立ち寄る平凡な男が、シーザーのような威厳を漂わせる。犬を連れた太って不細工な女が、通りすがりにウインクでもしてくれようものなら、絶世の美女になる。おっと、ビールの看板だ。雑貨屋があるじゃないか。あっちのウインドウにはピカピカの靴が並んでいる。

火曜日の午後になってまもなく、全員が道路を渡って反対側で作業をすることになった。監視員たちが配置を変え、渡る合図が出るまで、俺たちは集まって立ったまま待っていた。道路は渋滞して車がのろのろ走っていたので、ビュイックやシボレーやフォードの窓をのぞき込んで、女の豊かな胸元や太腿、それから明るい色の夏服が張りついた腰のあたりを眺めることができた。

そのうちに、一台のオープンカーが渋滞につかまってトラックのうしろに止まった。俺たちはじっとしていた。顔色ひとつ変えなかった。しかし、できることなら手を伸ばし、視線を感じてスカートの裾を膝の下まで引っ張るブロンドの肉感的な女を撫でまわしたいと思っていた。

車はまた動き出し、続いてセミトレーラー、小型トラック、バスなどが通り過ぎた。車が途切れたところで合図が出され、俺たちは道路を渡り、作業を始めた。だが、たっぷり十五分間、頭の中にはさっきの光景が渦巻き、鼻は香水とウイスキーの香りで満ち、息苦しいほど濃厚に漂ってきたあの女の股ぐらと肌の匂いを嗅いでいた。みんなひと言もしゃべらず作業していたが、この暑苦しく、泥と汗にまみれた俺たちの世界とは場違いな香り――口紅やほお紅、フェイスパウダー、みずみずしくきれいな肌、オーデコロン、ウイスキー――そんな様々な香りをせっせと吸い込み、嗅ぎ分けていた。

ドラッグラインが俺たちみんなの気持ちを口にした。

「チクショウ、チェーン・ギャングも長くやってると、猟犬みてえに鼻がきくぜ」

その翌日、ドラッグラインはどこかのドブで拾ったひび割れたサングラスをかけて作業に出た。片方のアームがないので、紐で耳にかけていた。ルークはそれを見て笑いながら言った。

「よっ、クラーク・ゲーブルばりのやつが仲間入りしたぞ。どう見てもいつものデブにしか見えねえがな」

ドラッグラインはルークをにらみつけた。

「おめえはなんにもわかっちゃいねえな。こいつはのぞき見の小道具だ。ゴッドフリーのサングラスと同じさ。そこいらじゅうを腰振って歩いてるカワイコちゃんを穴の開くほど見てやるんだ。こいつをかけてりゃ、監視員の野郎だって俺がどこを見ているかわかりゃしねえさ。どうだ、恐れいったか」

やがて、これまでにない強烈な印象を残す出来事が起こった。それはあとあとまで噂になり、夢見心地で語られ、巧みに脚色、増幅されて、この上なく魅力的な伝説となった。

午後三時ごろになって、十六ぐらいの女の子がスクールバスを降り、本を腕に抱えて歩いてきて、道路の両側にいる俺たちのど真ん中を平然と通っていった。腰を振り、胸を揺らしながら、何食わぬ顔でわざとらしく口をとがらせ、こっちのことなど気にもしていない素振りだった。

それからは信じ難いような光景が立て続けに展開した。女は門を通り抜け、芝生の庭を横切って家の中に入った。しかし、ものの五分もすると、小さなビキニ一枚という姿でまた出てきた。女は、俺たち十七人の囚人と四人の監視員が三十メートル足らずのところで目をギラギラさせているのもどこ吹く風で、芝生にシートを広げ、けだるそうに横になって日光浴を始めた。

ドラッグラインはポカンと口を開けたまま、シャベルを持つ手が固まっていた。ココが作業を続けるふりをしながら、シュッと口を鳴らして注意した。

「おい、ゴッドフリーににらまれるぞ」

「かまうもんか。たまんねえぜ、見てみろ」

「気をつけろ、ドラッグ。あんまりキョロキョロすると懲罰小屋に叩き込まれるぞ」

「うるせえ。懲罰小屋にでも何でも入ってやろうじゃねえか。俺はあの女に決めたぞ。ムショを出たら真っ直ぐここに来て、あの女と結婚する。本気だぜ」

「リタ・ヘイワースと結婚するんじゃなかったのか」

「女房は何人いても困らねえさ。あのブラッキーみてえにな。それでまたぶちこまれるなら本望だ」

そのとき、ゴッドフリーが囚人たちの手を止めさせているものに気づいた。やつは土手の下まで歩いていくと、その家の門のわきに立つ電話線の柱に寄りかかり、神経質そうに杖を振りながら俺たちをにらんだ。だが、作業の手は相変わらず止まりがちで、監視員たちでさえ女を見ていた。するとゴッドフリーも振り返ってうしろを見た。同時に、十七人の頭が紐でつながったようにやつにならってそっちを向き、みんなの思いがひとつに一致した。ゴッドフリーが向き直ると、俺たちはまたシャベルに目を落とした。ココとルークとドラッグラインは列のうしろのほうで突っ立ったまま、泣く子も黙る〝ハード・ロード〟の規則を堂々と破っていた。

やがて、女は背中に手をまわすとブラジャーの紐を解いた。腹這いになり、両腕を前に組んで上体を起こし、映画雑誌を眺める素振りをする。ドラッグラインが狂ったように毒づき、サングラスをむしり取って地面に叩きつけると、腹立たしげに踏みつぶした。

「クソ、よく見えやしねえ」

ルークはシャベルの柄をせわしなく握り直して何やらぶつぶつとつぶやいていた。ココは魅入られたように女を凝視したまま、あたりかまわず砂をぶちまけていた。

「ドラッグ、見ろよ。おっぱいのあいだを見てるぜ」

「ああ、ああ。チクショウ。今度は背中をかいてやがる。クソ、どうしようってんだ。俺を殺す気か。おい、笑ったぞ。俺を見て笑ったぞ」

「何言ってやがる、デブ。おまえなんか見てるもんか」

「おめえたちにわかってたまるか。あの女はな、ちゃんと男を見る目があるんだ。おい、起き上がったぞ。片手でブラジャーを押さえてやがる」

「ああ。いやでも目に入ってくら」

「俺にもしっかり見えるぜ。なんだよ、はみ出しそうじゃねえか。見ろ、片方ずれたぞ。もうがまんできねえ。ズボンがはちきれそうだぜ」

「ありゃ、わざとだ。じらしてるんだ」

「俺の女にケチつけるな。その薄汚ねえケツをぶっとばされてえか。おい、中に入っちまうぞ。あばよ、カワイコちゃん。またな、ルシール」

「ルシールだって。なんでルシールってわかる」

「なんでかだと。あんな尻とでかいおっぱいの女はな、ルシールって名に決まってるんだ」

こうしてすべてが終わった。女はゲームに飽きて立ち上がり、家の中へ戻っていった。最後に腰を挑発的にひと振りして、姿は見えなくなった。

俺たちはみんな休憩時間を待つのももどかしく、あれは現実なのか、それとも疲れきったすえの幻覚なのかと互いに顔を見合わせた。そして、いったい何人が懲罰小屋に入ることになるのかと考えていた。

あの女子学生は、自分の体を惜しげもなくさらして俺たちをどれほど悩ませたかわかっていない。それから何週間も、女の姿は俺たちの頭の中に鮮明に焼きついていた。その日の夜などは、だれもが揺れる尻を思い浮かべただけで寝返りを打って横を向き、こっそりと夢中で小刻みに手を動かさずにはいられなかった。

俺たちは、二段ベッドの揺れに気を配り、上や下のやつにひそかな楽しみを悟られないかとびくびくしながら、固く、マメだらけの手で自分を慰めなければならない惨めさを噛みしめた。まわりのベッドがことごとく不自然に揺れるなかで、頭に浮かんだ悩ましい肢体を逃すまいと懸命になった。俺たちの体の中の熱気が凝縮し、解き放たれ、エーテルのようにふわふわ立ちのぼって、靴や汗のすえた臭い、便所から漂う糞の臭いと混じり合っていた。

あちこちから、間のびしたかすかな声が聞こえた。それは男が絶頂を迎えたときの、うなりやいななくような声でもなく、満足して静かにうめいたり、ほっとする溜め息でもなかった。ただほんのかすかな息づかい、心臓の高鳴りと突き上げる興奮を押し殺した、控え目なくぐもった声だった。

と、かすれた声が上がった。

「カー、起きてもいいか」

「よし、いいぞ」

いびきが響き渡る薄暗い中で、ともったままの白熱電球が太陽のような光を放っていた。だれかが寝返りを打つたびにベッドが軋み、足の鎖がシーツに絡まった。ゴム底の靴をはいたカーが、また葉巻をくわえ、ぞっとするような形相で考え込みながら、ゆっくりと歩きまわっていた。やつはそうやって十五年間眠れぬ夜を過ごす羽目になる前のことを振り返っている。ジャクソンビルで強盗を働いたとき、自分が何を考え、どんな夢を見ていたのかをひとつひとつ思い起こしていた。

外の暗闇からは猟犬たちの鳴く声が聞こえてきた。満月に吠えるビッグブルーのバリトンが響く。俺はベッドに起き上がった。

「起きるぞ」

「ああ」

立ち上がって腰にタオルを巻き、裸足で便所へ歩いていった。暑苦しく、いやな臭いがする。規則を叩き込むために壁に貼った、シミだらけのボール紙が目に入った。

『便器の中に吸い殻を捨てるな。捨てたものは懲罰小屋に入れる。守衛』

俺はベッドに戻り、ほっと一息ついて、布団の端の湿ったところをよけながら疲れきった体を横にした。見上げると、古くなってペンキがボロボロにはげた天井と裸電球、上のやつの重みでたわんだ布団があった。

また声がした。

「ああ」

「おお」

俺たちはまだ終わったわけじゃない。道路を車がひっきりなしに走るシャバには、まだまだ希望と失望が待っていた。勝っても負けても喧嘩を繰り返し、当てにならないうまい話を追いかけ、フラれるのを覚悟で女にすり寄る生活があるはずだった。

建物の中に、夜の闇に、そして塀や銃を持つ監視員を飛び越えて、夜空の星にまで響き渡るようなカーの声が、俺たちみんなに答えていた……

「オオー――――」

12

そして今日、教会の庭で昼飯を食う俺たちに聞こえてくる声も、そう言っているかのようだった。ゴスペルの歌声は甲高く熱を帯びていた。それはひたすらリズムに酔うばかりで、希望の中にいくつもの絶望感を表現していたが、はっきりと救済について語ることはなかった。

そんな歌声のなかで、ドラッグラインは話し続けていた。まわりの囚人たちは横向きに寝転んだり、腹這いになったりして、みんなドラッグラインのほうに顔を向けていた。その視線が一点に集中する様子はまるで、時を越えて過去に遡《さかのぼ》る、伝説の紡ぎ車を見るようだった。ドラッグラインは小声で話しながら、ときどき、杖をそばに置いてシートの上にじっと横たわるゴッドフリーに目をやっていた。やつのサングラスには薄灰色の雲と青い空が映っていた。

「ほんとによ。あのルークって野郎は何をやっても負けたためしがなかったぜ。仕事も食うのも一番よ。とんでもねえ大ぼら吹きで、とても口にできねえような歌も歌ってたな。それから、やつの屁はすごかった。ケツの穴からむわっときたら、覚悟するしかねえ。一発やられたら、涙は出るし、歯なんか腐っちまう。あたりにゃ十五年間草も生えねえってもんだ。ここにいるやつはだれもあのルークにゃついていけなかった。俺以外はな。俺はやつに言ったもんさ『おめえの話なら何でも聞いてやるぜ』ってな。なんたって、やつは相棒だった。それもとびっきりのな」

俺はドラッグラインの話を聞きながら、またパイプを詰めて火をつけ、足首の赤くなった虫刺されの跡を掻いた。それからまた目を閉じた。のろまのブロンディーはもう鎌を研ぎ終わっていたが、道路を走り去る車の音は相変わらず聞こえていた。音楽も続いていた。ピアノとトランペットとバンジョーと。そうだ、間違いない。あの中でだれかがバンジョーを弾いていた。ルークがいつも弾いていたように。

それを持ってきたのはやつの母親だった。ある日曜日に、やつの兄貴とその八歳の息子を連れて面会に来たときだ。前もって受けとっていた手紙には、五百キロ近くあるから夜明け前に向こうを出て、正午の面会時間に間に合わせるように着くと書いてあった。

その日、ルークは午前中ずっとそわそわしていた。母親には、数年前にアラバマを離れてから会っていなかった。やつがレイフォード刑務所に送られ、それから〝ハード・ロード〟に移送されてから家へ手紙を書くまで、母親は、こんなことになっていることはもちろん知らなかった。だから、ルークは髭を剃って、髪をとかし、建物の中を行ったり来たりしていた。洗濯済みの服を引っ張ったりこすったりして皺を延ばしていた。

表のポーチには、暇な連中がじっと座ったり立ったりしたまま、塀の向こうの泥道やオレンジ林を眺めていた。所長の事務所の前には、低いカシの木が何本か青々と茂り、その木陰にピクニック・テーブルと椅子が据えられていた。暑い日で、カシの木に垂れ下がった蔦がかすかにそよぐほどの風しかなかった。その週末は、ゴッドフリーが面会場の警備責任者だった。五、六メートル離れて監視員のスミスが椅子に座って脚を組み、目立たないように腿の上に置いた拳銃に両手をのせていた。

真新しい車が一台走ってきて、身なりのいい婦人が降りた。雑用係がドアを開け、食料品の入った紙袋を運んでやっている。やつはその紙袋をゴッドフリーのところまで持ってきた。ゴッドフリーは無造作に中を掻きまわしてから、持っていってもいいというしぐさをした。それからゲートに近づき、名前を呼んだ。

「スティーブ」

しかし、おしゃべりスティーブは建物の中でベッドに寝転び、漫画を読んでいた。ポーチにいる仲間が大声で叫んだ。

「おい、スティーブ。出てこい。おふくろさんが来てるぞ」

だれかがこっそりと憎まれ口を叩いた。

「あの野郎、毎週ぬけぬけと面会しやがって。俺だってシャバからあんな差し入れをしてもらいてえぜ。たかがガキじゃねえか」

そのうち、おしゃべりスティーブが出てきて、すねたような顔でよたよた歩道を歩いていき、塀の隅の監視デッキに座っていたキーンに向かって叫んだ。

「出ます」

「よし、スティーブ。いいぞ」

ゴッドフリーがゲートを開け、やつを出してから、また閉めた。スティーブは芝生の上を歩いていき、近づいてきた母親のキスに頬を向けて応えた。二人はピクニックテーブルに座り、ゴッドフリーは二メートルほど離れた椅子にうしろ向きに座って、両腕を組んで背もたれにのせた。

すこしたって、カーリーの女房と二人の子供がオーランドからやって来た。やつの女房はカーリーのそばで生活するために、三年前からそこで仕事を見つけ、家を借りていた。そのあと、タ一ポン・スプリングスからリトルグリークの両親が来た。さらに三十分たって、旧式の小型トラックが一台、様々な色のほこりを舞い上げて泥道を走ってきた。ほかの車の近くに止まると、一方のドアから男の子と年とった婦人が降り、反対側のドアから男が降りてきて、ゴッドフリーに話しかけた。

ポーチで待っていたルークは、名前を呼ばれると背筋を伸ばし、真っ直ぐ前を見て、庭をさっさと歩いていった。痩せた母親は無地の綿の服を着て、白髪の目立つ髪をうしろに束ね、骨ばった肩をすぼませるようにして立っていた。ルークの兄貴がにこにこして歩み寄り、握手をして、母親のところへ連れていくと、抱き合う二人をそばで見守った。老いた母親は泣き声を抑えていたが、涙が止めどなく流れていた。ルークは母親を抱き締め、背中をさすっていた。やがて、嗚咽がなんとか落ち着くと、みんなでテーブルのほうへ移動した。

建物の中では、ラジオが盛んにがなり立てていた。プリーチャーが讃美歌を聞いているそばで、イヤーズは自分のラジオをジャズに合わせ、その音をかき消してしまっていた。ポーカーや財布作りに励むやつもいたが、それ以外はポーチに立ったり、入口の階段に座ったりして、タバコをふかし、あたりを眺めながら、昔のことを——というよりも、昔の夢を思い起こしていた。俺たちは、面会場のあちこちで昼食をとっているやつらの様子を、身を乗り出すようにして見た。そこでは刑期や犯した罪のことも、また、それを後悔しているかどうかというような話も一切出ないのはわかっていた。仮釈放のことを除いて、会話はごく平凡な世間話だ。もっとも、十五メートルも離れていたから、音を消して午後のメロドラマを見ているようなものだった。それでも、俺たちはあとになっておしゃべりスティーブから、ルークのテーブルでどんな話がされたのか詳しく報告を受けることになった。やつが母親と座ったテーブルがルークたちの隣だったからだ。

ルークは母親が籠に入れて持ってきた昼食をゆっくり時間をかけ、遠慮がちに食べた。父親の横に座った甥っ子は、体をよじり首を伸ばしては、まわりの銃や縞の入った囚人のズボン、塀のあたりを眺めていた。振り返って、真うしろに座るゴッドフリーと目が合うと、あわててまた前に向き直った。

ルークの兄貴は努めて明るく振る舞い、近所の話や最近仕入れた冗談を披露していた。そのうち鼻をすすり、親指の爪で歯をほじりながら言った。

「このあいだ、ヘレンに会ったよ」

ルークは皿に目を落とし、手にしていたチキンを思いきりかじっただけで口を開かなかった。

「かわいい子が生まれたそうだ。男の子だ」

ルークは何も言わなかった。兄貴も黙り込み、何か別の話題を探すように、振り返ってあたりを眺めた。その視線の先には、ゴッドフリーがくたびれた黒い帽子を目深にかぶり、鏡のようなサングラスをかけている姿があった。口には葉巻をくわえ、組んだ腕を椅子の背もたれに預けてじっと座っていた。

兄貴はまたルークに視線を戻し、母親を見て、そして地面に目を落とした。

「よろしくって言ってたよ」

ルークがまたチキンをかじった。

ルークの兄貴は白いワイシャツにネクタイを締め、背広を着ていた。ポマードで光る髪をぺったりと頭になでつけている。が、俺にはポーチからでも、やつが農夫だということが手にとるようにわかった。つなぎの服に作業靴、ボロボロの麦藁帽子でもかぶっているように思えた。その手、日に焼けた顔の色つや、ぎこちない動作を見れば察しがつく。ジャクソン一家は、アパラチア山脈のいちばんはずれ、テネシー州やジョージア州と接するアラバマの最北東の山あいに住んでいた。そこの住民は厳しい環境のもとで、鉱夫やきこり、そして牧畜を営むことでかろうじて生計を立てていた。

だから俺は、ルークの母親がそういう山岳地帯に住む人間特有の、芯が強く、じっと耐える女だとわかった。年をとり、体が言うことをきかなくなっても、その表情には、長いあいだ甘んじて苦難に立ち向かってきた意志の強さが表われていた。
二、三日後、ルークがいないところで、スティーブが俺たちにそれを裏付けるような話をしてくれた。母親はただルークをじっと見守り、たくさん食べさせようとするだけで、ほとんど口を開かず、まわりの刑務所の様子や物音、近くで聞き耳を立てるゴッドフリーや拳銃を持った監視員も目に入らないかのようだった。
「久しぶりね、ロイド」

「ああ、母さん」ルークが答えた。

「三年になるかしら。戦争が終わってからだから」

「そうだね」

「昔みたいに飲んでいるの」

「母さん、やめなって」ルークの兄貴が割って入った。「酒は飲めないんだよ……その……ここにいるあいだは」

「そんなつもりで言ったんじゃないの。わかってくれてるわよ」

「ああ。わかってるよ、母さん」

「すこしは信じる気持ちになってくれたの。頼んだことがあったでしょ、軍隊に入る前だったわね。ねえ、ロイド、どこで何をしていても、ちょっとでいいから、主のことを思って。ほんのちょっとの時間でいいんだよ」

ルークは黙っていた。ハックルベリーパイに手を伸ばし、フォークをとった。が、その手を止めて……

「母さん、だからね……それは……」

二人は顔を見つめ合っていたが、ルークのほうが目をそらした。

「ロイド。おまえの気持ちはわかるわ。でもね、父さんのことは忘れて。もうずっと昔、おまえがまだ子供だったときのことじゃない」

ルークは返事をしなかった。

「父さんはどうしようもなかったのよ。このわたしが許しているんだから、おまえも許してあげて」

ルークはそっぽを向いた。

「ロイド。どうしようもなかったのよ」

「どうしようもなかったって。父さんは牧師《プリーチャー》だったんだよ」

「そう。けれど、みんなと同じ人間でもあったのよ」

「みんなと同じ? でも、自分から聖職者の道を選んだんじゃないのかい。福音を説いただろ。ひとのものを盗むな、殺すな、うそをつくな、罪を犯すな、と教えていたじゃないか。勤勉に働き、教会へ通い、信仰を尽くせ。酒も、ダンスも、音楽もいけない。何もかもだめだと言っていたじゃないか。今だにどこかで説教してるさ。きっと疑うことを知らない哀れな人たちに囲まれてね」

「お願い、ロイド」

「ごめん、母さん。こんな話やめよう。いらいらするだけだから」

あとは他愛もない会話が続いた。面会人の中には、話が尽きてしまうものたちもいた。カーリーは子供を遊ばせていた。グリークは両親が手を握り合って考え込んでいるのを前に、落ち着かない様子だった。スティーブはというと、さっさと切り上げて中に戻り、母親の差し入れを売りとばしてポーカーを始めたくてうずうずしていた。ゴッドフリーが立ち上がり、時計を見た。何も言わなくても、どういうことかはわかった。二時間の面会時間が終わったのだ。みんながあわただしく言葉をかけ合い、つぎに来る日を告げ、体を気遣って、入り用なものを確認した。互いにキスし合い、遊んでいた子供を呼び戻し、男たちは握手を交わした。

突然、ルークの兄貴が息子を呼んでトラックまで走っていくと、果物や野菜のびん詰を段ボール一杯運んできた。そのうしろからは、息子がにこにこしながら、古い、傷だらけのおんぼろバンジョーを両腕で抱えてきた。ルークはそれを受けとると、すこし離して持ってじっくり眺め、驚いたように微笑んだ。

別れの挨拶とキスが交わされ、涙を見せるものもいた。囚人たちはゲートの前に集まり、片手で包みや袋を抱えたまま、控え目に手を振った。そのしぐさは、恥ずかしさと名残り惜しさと、悲痛な思いが入り交じってぎこちなかった。芝生の向こう側の面会人たちは振り返って手を振り、投げキスをしながら車に乗り込み、子供たちは大声でさよならを言っていた。

ゴッドフリーが歩いてきてゲートを開けた。囚人たちが中に入り、ポーチに立つころには、車は一列になって泥道を遠ざかりながらクラクションを鳴らし、窓という窓から腕が突き出て手を振っている。ポーチに立つ囚人の中には、みんな同じ灰色の服で区別もつかないだろうと、いい加減に手を振るやつもいた。そうやって見送ってしまうと建物の中に入り、それぞれのベッドに戻って差し入れの中身を確かめる。面会のなかった俺たちはしばらく外に残り、込み上げるものをぐっとこらえて何くわぬ顔を装っていた。

俺たちは気持ちを落ち着けてから中に入り、ルークのベッドのまわりに集まった。また何かすばらしいことが始まる予感がした。みんなまわりを囲んで息を殺していた。ルークは壁を背にして床にあぐらをかいて座った。はじめは腿の上に置いたバンジョーを眺めながら、両手でなでまわし、あちこちをさすっていた。やがて、低い声でつぶやきだした。

「軍隊をやめたときから、こいつを弾いてないんだ。一九四五年だ。ジョージア州のマクファーソン陸軍駐屯地だったな。家に持って帰って、しまい込んで、それっきりさ。俺は家を出て、タンパに腰を落ち着けた。まさか家の者が持ってきてくれるとはな。まったく久しぶりだぜ。ちょっと弾いてみるか」

さっそく、ココが中古のギターを持ちだし、ギタリスト気取りで、ときどき下手な伴奏をつけた。二十四回分の散髪料をチャラにしたうえに、三ドルとワニ皮の財布をつけて、シャバに戻るやつから買った代物だ。

そのうち、ドラッグラインが外に駆けだしていってロッカーをがさごそやり、以前にドブの中で拾った錆びたハーモニカを引っ張りだしてきた。建物の中に戻ってきたときにはもう、両手で包み込んだハーモニカを歯のない口でくわえ、ふがふがプープーやっていた。ルークはゆっくりと指で弦を弾き、ペグを回して音を調整した。耳障りな音を出していた弦が、だんだんと心地よい響きに変わっていった。

ルークは、ひとつひとつ確かめるようにゆっくりと、ちょっと爪弾《つまび》いては手を離し、指先を動かして柔らかくしたり、手首を振ってみたりしてから、とうとう弾きはじめた。そして、俺たちはまたも度肝を抜かれることになった。ルークの弾きっぷりは本物だった。見事な腕前だった。

ココのお粗末なギターやドラッグラインの垢抜けないハーモニカなど、ルークのバンジョーに比べたら問題にならなかった。やつの指はすっかりほぐれ、かつての技を思い出して、力強くも繊細な動きで、しっかりと弦を操りはじめた。何かの曲の断片、短い即興のメロディー、ディキシーランド・ジャズ、黒人霊歌、山岳地方の讃美歌、そして、長く複雑なブルーグラス風の名曲のさわりなど、つぎからつぎへと軽やかに爪弾《つまび》いた。

普段の日の晩はカーの目が光っていて静かにしなければならないので、ルークの演奏が聞けるのは週末に限られた。やつは裸足に上半身裸の姿でベッドのわきの床にあぐらをかき、目を閉じると、上向き加減で白い歯をちょっと見せて柔らかく微笑んだ。弦を振るわせて弾きはじめると、ルークの表情は一変し、その荒々しく、りりしい若さがひときわ輝きを見せた。それは次第にやつを離れて漂い、弦を操る手とは別人になっていった。

そしてルークは歌った。そのどこか遠いところから導かれるような物憂げな歌声に、指が軽やかに舞ってメロディーをつけた。やつは自分の言ってきたことをそのまま繰り返していたのかもしれない。いや、思ったままを口に出し、何かを伝えるというよりも、自分の声のリズムに合わせ、無意味な言葉を散りばめていたのかもしれない。そのおどけて話すような歌声は高く低く、強く弱くなりながら、独特の口調で語りかける、やつだけのトーキング・ブルースのようなものになっていった。

俺たちははじめて、ルークがどんなふうに生きてきたかを知ることになった。とぎれとぎれの言葉の中にも、やつの過去は垣間見えた。しかしバンジョーの伴奏がつくと、それが見事に物語としてつながった。ルークは歌を歌っているのでも、身の上話を聞かせているのでもなかった。やつはただ、独り言のように、自分自身に語りかけているのだった。

さあさあ、みんな集まって。ルークおじさんが戦争の話をしてやろう。覚えているかい、あのでっかい戦争を。やたらにドカンドカン、バンバン、たまにポットンなんていうのもあったっけ。

でも肝心なのは、クールにやることさ。

もちろん俺もあちこちで人を殺さなきゃならなかった。それが仕事だったんだ。父さんはいつも言ってたっけ、仕事はしっかりしなさいってね。父さんは牧師《プリーチャー》とかいうやつでね、聖書を持ち歩いてたんだ。俺はいつも言われたとおりにしたよ。なかなかうまくやったし、昇進して伍長にもなった。

でもクールにやるんだ。それが一番さ。

牧師《プリーチャー》の息子だし、きちんとしてた。しっかり信仰するのは当たり前さ。たまに酒を飲んでも、だれにも迷惑をかけたりしない。タフで、勇敢で、銃の腕も確かなもんだ。

でも、何よりまず、俺はとことんクールだった。

そんな調子で戦争は続いたものだから、俺たちはあっちへ行ったり、こっちへ来たり。ちょっと歩いては穴を掘り、また歩くんだ。そのうち座って待ってると、トラックに乗せられた。しばらく走りまわってやっと止まったと思ったら、また待たされた。でも、俺はほかの連中みたいにいらいらなんかしない。どっちみち、ルーク様は撃ちまくるか、降参するしかないんだから。なんてったって、牧師《プリーチャー》の息子だ。きちんとして、強くて、無口ときてる。だから、俺はバンジョーで流行りの曲を弾いてたんだ。爪弾《つまび》き、かき鳴らし、とことんクールにな。

クールにやるんだ。それが一番さ。

そのうち、俺たちは陸で戦うのに飽きちまったから、船に乗ったんだ。イギリス、アフリカ、シシリー島にも行ったよ。でも、どこへ行っても、みんな俺たちを狙って撃ってくるみたいなんだ。こっちはきちんとした人間だと言っても、ぜんぜんやめやしない。やがて俺たちはイタリアに上陸することになった。でっかい鉄の船を降りて、小さい鉄の船に乗ってね。そうやって揺られていくあいだも、やつらは撃ちっぱなしさ。俺は揚陸艇の中の、でっかいおんぼろ戦車の上に座って、まわりの様子を眺めてみた。悪いやつらがよく見えた。みんな狂ったようにあたりかまわずぶっぱなしてた。まわりのものがふっ飛んで、水しぶきが上がった。飛行機が飛びまわって、みんなびくびくしてた。だから俺はちょっとバンジョーを弾いてみたのさ。仲間に向かって歌い、話してやった。俺はアラバマから来たんだって。そう、膝にバンジョーを置いてね。

みんなは俺がバンジョーを弾いて、撃たれないでいるのを見ると、世の中そう捨てたものでもないと思ったのさ。それで、ちょっと元気が出て、怖がらなくなったってわけだ。

クールにやるのが一番さ。頭は冷やしておかなくちゃ。

あとになって、それがみんな大佐の耳に入ったんだ。俺がバンジョーを弾いてどうなったかということが。それで、あいつはなかなか優秀だということになって、自分がいらなくなった勲章をひとつくれたんだ。スター勲章だぞ、ブロンズのなって言われたよ。銅像を作るときのあれさ。

ルークは週末になるといつもバンジョーを弾きながら歌った。俺たちはそのまわりに集まって熱心に耳を傾けた。ほんとにそうだと思ったし、バンジョーが俺たちに語りかけるものは真理だと感じたからだ。

その古いバンジョーは、ありふれた代物だった。それはひと目でわかる。ネックのとても長い四弦で、開拓時代の旧式モデルだ。ルークはそれを、一族が幾世代にも渡って受け継いできたように、ピックで弾いた。ヘッド部分は干した子牛の革で作られ、フレットボードには彩色した木と貝殻が埋め込まれ、スペード、ハート、ダイヤ、クラブというトランプカードの形が浮き出ている。ルークの話では、南北戦争前に作られたものらしかった。

上のほうのフレットのひとつは、木を詰めて修理してあった。しかし、ネックの穴の裏側はザラザラにひび割れたままで、その傷は昔ルークがサレルノの北のオリーブ林で休んでいて、あの左わき腹から腰に長く延びる弾痕を残すことになったときのものだった。ある日曜日、ルークはポーチの階段に座って、いつもと同じように俺たちに弾き語ってくれた。

そうやって、戦争はいつまでも続いたよ。兵隊たちは休む暇もない。悪いやつらがうようよいた。そこいらじゅうにね。制服を着てるやつ、作業服を着てるやつ、中にはドレス姿なんてのもいたよ。町を占領するたびに、みんなが花を持って歌いながら出てくるんだ。だれかれかまわずにキスし合って、極上のワインで乾杯さ。そのうち、こっちのお偉がたがしゃしゃり出てきた。この連中はきちんとした人間だけど、悪いやつらがいるあいだは隠れていたのさ。敵の協力者たちがどんどん家から引きずり出されたよ。悪いやつらとよろしくやった人間さ。庁舎の壁ぎわに並ばされて、牧師《プリーチャー》がちょっと声をかけて、それからバンバン。そのあと足を縛って吊されるんだ。みんなまわりに立って、そのさかさまにぶらぶらしたのを見ておもしろがった。とくに、女の姿はね。だって、頭にスカートがすっぽりかぶさってるんだ。ピクリともしない。

それが済めば、みんなもうひと安心。またワインを飲んで、歌を歌い、キスし合った。

でも、俺はずっとバンジョーを弾いてクールにしてたのさ。

それから俺たちはまた歩きまわり、もっとたくさん穴を掘った。じっと待ったり、銃を撃ったり。家が焼かれ、何人も殺された。みんな馬車や自転車に乗ったり、手押し車を押したりして、走りまわってたよ。俺たちが外で飯の支度をするたびに、たくさんの人が鍋や空き缶を持って集まってきた。とくに子供は多かったな。ごっそりいた。俺たちはいつも、自分の分をすこしだけ残し、子供を呼んで、缶の中に入れてやった。やつらはそれを掘立て小屋や穴蔵みたいなところに持って帰るのさ。待っている母親や兄弟姉妹《きょうだい》なんかのためにね。

でもある日、新任の中尉が来て、その様子を見て言った。「軍曹、この騒ぎは何ごとかね」軍曹は答えた。「中尉殿、イタ公のガキが残り物をあさっているのであります」すると、この中尉殿は、それはいかんとおっしゃった。兵隊の食料だから、そんなふうに子供にやって無駄にしてはいけないというわけだ。作戦に影響するし、軍事行動を妨げる恐れがある。だいいち、子供が残飯を食べるのは衛生上よろしくない。それで中尉殿は命令した。「軍曹、三名を選んで大きな穴を掘り、そこに残飯を捨てるようにしろ」とね。

ところが、残り物がその穴に放り込まれると、子供たちは一斉にうなり声を上げて中に飛び込んでいった。すこしぐらい泥がついていることなんか気にもしない。それで、穴の縁にロープを張って、入れないようにした。でも、子供たちは頭をひょいっとかがめて飛び込んで、泥だらけですべったり転んだり、叫んだり泣いたり、そりゃあもう大騒ぎさ。

そこで、中尉殿は軍曹に命じてすぐに穴を埋めさせた。すると子供たちは手で土を掘りはじめたんだ。それで中尉殿は、土を突き固め、トラックで上を走らせたあと、警備兵を立たせることにした。昼も夜もね。これじゃさすがにすばしっこい子供たちも手が出せなくなった。もう泥だらけの食べ物にありつくことはできない。

中尉殿はクールにやっただけさ。それが仕事なんだから。

こうして俺たちは戦争のことを知り、ルークのことを知った。その苦悩と悲痛な思いに満ちた弾き語りを通して、きれぎれに思い出す、戦闘という悪夢にうなされて見聞きした出来事の数々を、生々しく聞いた。

　バンジョーは、勝利に酔ってローマに入る様子を教えてくれた。つぎの週末には、集中砲火を浴び、ルークが弾の破片を受けて基地の病院に二か月間入院したいきさつを聞いた。それからも、フランスの山岳地帯で、農民たちが荷車や馬車、牛に引かせた車や自転車に乗ったり、リュックを背負ったりして道にあふれ、退却するドイツ軍の焦土作戦を恐れて後方に逃れたことを知った。

　かき鳴らされ響き渡るバンジョーの音色は、ひたすら待つ単調な日々、空腹、暑さ、寒さ、雨、垢まみれの体、酒を飲んでの馬鹿騒ぎ、冗談、苦悶、恐怖――そんな様々なものを語っていた。みんな爆撃を受け、焼かれ、虐殺された。ドイツ人とアメリカ人だけではない。フランス人も、イギリス人も、イタリア人も。一般人は人質やスパイとして、そして運が悪かったというだけで撃ち殺された。子供の内臓がえぐり出され、女の首が切り落とされた。

　ルークは村や農家を占領するたびに仲間と酒を探しはじめた。あるとき、軍曹の命令で、包囲したドイツ軍の野戦救護所に踏み込んだルークの分隊は、負傷兵に付き添っていた二人の看護婦に襲いかかり、やつもそれに加わった。また、その数週間後、農家を急襲した分隊は、壊れた家具と死体、空の弾薬箱や銃が散らばった室内で、錯乱した三人のフランス人女を発見し、やつはまた仲間といっしょに襲いかかった。

　だが、その師団で真っ先にドイツ軍の中に飛び込んでいったのは、ルークと軍曹だった。二人は全速力で走りながら、橋に仕掛けた爆薬の導火線に必死に火をつけようとしている敵の爆破工作隊に、M‐1ライフルで弾丸を浴びせかけた。よろめきながら弾薬を詰め、また撃ちまくって突進した。縮み上がって隠れる仲間を怒鳴りつけ、あわてて導火線に火をつけて撃ち返しながら逃げ出すドイツ兵を毒づいた。そして、爆薬を川に蹴り落とし、縛った紐を切って、燃えている導火線を引き抜いて、また猛然と撃ち続けた。

敵の銃弾が雨のように降り注ぐ中でもなんとか無事でいられたのは、ひとえに見境もなく突進し続けたからだった。頭の中は敵を倒すという意識だけで、危険や痛みは感じなくなっていた。軍曹はヘルメットを吹き飛ばされたのも気づかなかったし、ルークは左脚に銃弾を受けてもつまづいたぐらいにしか思わず、起き上がってぐらつきながら走り続け、軍曹に従って橋のたもとの機関銃座に向かって猛進した。鉄橋の橋梁の陰から射手を二人倒したあと、残る二人を追い払うと砂袋を積んだ機関銃座に飛び込み、周囲を掃射した。弾薬ベルトを送っていた軍曹は、三発目のバズーカ砲が欄干の端に命中して爆発した拍子に頭の上半分をふっ飛ばされた。それからは、ルークがひとりで狂ったように撃ちまくり、反撃態勢を整えて橋を爆破しようとする敵兵を食い止めた。装填した弾が尽きると、新しい弾薬缶を開けて撃ち続け、それもなくなると自分のライフルをつかんでまた撃った。

ルークを救ったのは戦車だった。ゴトゴトと走ってきた味方の戦車隊が攻撃を始めるとドイツ軍は後退し、隠れていたルークの分隊が橋を渡ってきて、やつを後方まで連れて戻った。こうしてルークはまた入院し、もうひとつ勲章をもらうことになった。今度はきちんとした叙勲式が行われ、陸軍中将が列席し、軍楽隊と衛兵がついた。そして勲章の色はシルバーだった。

ルークは分隊を指揮する軍曹として再び最前線に送られた。バンジョーは相変わらずリュックに吊して持っていったが、それを弾く暇はほとんどなかった。代わりに酒の量が多くなっていった。ルークたちはドイツ領内に深く進攻した。戦局は目まぐるしく変わり、混乱の中で、肉欲と錯乱と破壊が頂点に達した。強制収容所が解放されはじめ、焼却炉が発見された。ドイツ軍は相次いで降伏し、また、あくまで抵抗して全滅する部隊も出てきた。敵前逃亡した兵士が殺されて街灯の柱に吊るされ、胸に〝ドイツの面汚し〟と書かれていた。少年たちが狼のように夜の町をさまよっていた。

ルークの分隊は猛烈な勢いでひたすら前進し続け、征服の満足感と自分たちの力に酔いしれて、顔を洗い髭を剃ることも、そして考えることもなく、感情も失っていた。リュックには酒瓶が入っていた。取り上げた民間人の車で、血迷った騎兵隊のように敵を追跡して牧場や畑に乗り入れ、あたりかまわず走りまわった。捕虜は食料を与えることもあれば、撃ち殺すこともあった。女はチョコレートをやったり、強姦したりした。みなし子は避難所に送った。民家に押し入り、略奪もした。

激しい戦闘が三日間続き、兵の四分の一を失ったルークの隊は、名も知らぬ川沿いの村の丘に建つ城で野営して、しばらく休息をとることになった。しかし、兵隊たちは休むことを忘れていた。指揮官の大尉はその前日ジープに乗っていて、対戦車地雷に腕と脚をふっ飛ばされていた。代わりに指揮をとっていた中尉が何も言わないのをいいことに、ルークたちは手当たり次第に略奪を始めた。銀食器を奪い、タンスの中身をぶちまけて、踏みつけた。だれだか偉い将校の肖像画を撃ち落とし、それに小便をひっかけて大笑いした。シャンデリアを撃ち、食器棚をこじ開けて酒をがぶ飲みした。銃剣でソファを切り裂き、窓ガラスを割って、粉々にした家具を暖炉にくべて燃やした。老人がひとりよたよたと入ってきて、大声で文句を言ったが、ライフルの台尻で顎を砕かれた。顔を引きつらせた子供たちが、年寄りの子守女といっしょに部屋に身を隠していた。やがて、メイドたちに混じって伯爵夫人とその家族がひとかたまりになっているのが見つかった。ルークたちは、悲鳴を上げて暴れる女たちを片っ端から引きずり出して、あちこちの部屋へ連れていき、服をはぎ取り、殴りつけ、何度も凌辱した。

ルークは、そういう女たちのひとりが逃げようとするのを追って、曲がりくねった階段を上っていった。下の大広間では、酔っ払った仲間たちが大声を上げ、ナチの敬礼のしぐさをしてはやし立て、怒鳴ったり笑いころげたりしていた。ルークは女のあとを追いながら、バンジョーで陽気なメロディーを弾いていた。女は執拗に迫る冷酷なバンジョーの音色を聞きながら、破れた服で必死に体を隠し、悲鳴をあげてどんどん上の階に逃げていった。そのうち塔の一番上まで来ると、鍵をかけて部屋の中に閉じこもった。しかしルークはあきらめず、バンジョーを弾きながら扉を蹴り開け、その古めかしい調度品で埋まる、狭く薄暗い部屋に入った。

女は床に縮こまり、両腕に顔を伏して、髭面の汚らしい敵兵が悪魔のような楽器を鳴らして戸口に立つのを見ないようにしていた。

そのとき、ルークが動きを止めた。壁の高いところに巨大な十字架があり、中世風の荒々しく不気味なキリストの姿が彫られていた。木は長いあいだに黒ずみ、汚れ、ひび割れて、キリストの表情は険しく、苦痛にゆがんでいた。

ルークはそれを見て立ちつくしていた。そして女を見下ろした。しばらくじっとそうしていてから、やつはうなだれ、考え込み、静かにバンジョーを肩に担ぐと部屋を出た。

13

俺たちはそうやって春じゅうずっと〝ハード・ロード〟に出て、刑期を勤め上げていた。だが、音楽が生活の一部になったことで何か新たな気分で毎日を迎えるようになり、炎天下での作業も、アリやカに食われることも、そして体が凝り固まり、手足にタコができることも気にならなかった。ルークの音楽は、俺たちに、脚の鎖の音にメロディーを感じ、カーの足音にリズムを刻み、通り過ぎる車の音を管楽器になぞらえることを教えてくれていた。そして、それらすべてが和音となったことがあった。俺たちが番号を言う声、小便や前進の許可、糞をするために穴を掘る許可を求める叫び声も、果てしなく続く、複雑にからみあった讃美歌の一部となっていると思えた。

やがて、いまいましいドブの下生えを斧でなぎ倒す季節が来た。斧の柄は長さが一メートル二十センチほどある。先に四十五センチ幅の両刃の刃がついて、片方は曲がって尖っている。ルークはこの斧をまるで手に馴染んだ楽器のように使いこなしていた。澱んだ泥水に胸まで漬かり、イバラ、つる草、キャベツヤシ、ミズヤナギなどを刈り払うたびに、ぞくぞく震える興奮が、やつの腕から肩、そして脳へと荒々しい歓びを伝えているように見えた。

暑い夏だった。俺たちはいつも幻覚に悩まされながら、猛暑の中で無意識に斧を振りまわしてはよろめいていた。なんとか一日の作業を終えるとトラックに乗り込み、頭を垂れ、肩を落として刑務所まで揺られて帰った。座席に座っていると、疲れた脚が急にピクンと跳ね上がった。靴もズボンも体も泥だらけだった。

しかし、ルークはこういう仕事が一番好きだった。やつは曲がった刃のついた斧を大きく、しなやかに振り上げ、きらめかせながら、左右に振りまわした。こっちはやつのようなわけにはいかなかった。臭い水に腰まで漬かって斧を振っていると、カやアブが猛烈に襲ってきて、俺たちは手で払い、泥沼の中であがき、汗まみれで毒づきながら、ガリガリボリボリと体じゅうを掻きむしった。

しかし、ルークは手のマメやタコ、引っ掻き傷や暑さも気にせず枝や茂った葉を払い、わきにどけては、さらに先のやぶに分け入った。上体をひねり、もがきながら、まわりにのたくって盛り上がる黒々とした茂みを、さながら怪物の首をはね、踏みしだくようにして進んだ。

そんな調子だから、ルークはいつも、ほかのだれよりもずっと広い場所をこなすことになった。やつは真っ先に自分の持ち場を終え、必死になって土手を這い上がると、ずぶ濡れの靴とズボンを引きずり、せかせかと大股で道路を歩いていって列の先頭に出た。

素早く手首を動かして斧の柄を回転させると、磨かれた刃が太陽の光にきらめいた。やつは自分の力を勝ち誇り、太陽とその神に挑むような大声をあたりに響かせた。

「移動します」

ゴッドフリーはそういうルークを絶えずじっと見ていた。囚人たちの中には、その滑らかで感情のない鏡のようなサングラスの奥に、めらめらと燃えるものを感じとるやつもでてきた。しかし、ゴッドフリーはそんな素振りをいっさい見せなかった——あの日までは。やつはその日、囚人たちのずっと先の道端に立って、片手をポケットに入れて小銭をじゃらじゃら鳴らしながら、もう片方の手で杖にもたれていた。俺たちは、イトスギの生えた湿地沿いのドブを、茂みを払いのけて前進していた。

けだるそうな声をわずかに張り上げて、ゴッドフリーが口を開いた。

「ラビット。おい、ラビット。ライフルを持ってこい」

ラビットは車が一台通り過ぎるのを待ってから、道路を渡って護送トラックまで行くとドアを開け、運転席の床に置いてあるライフルを引っ張りだした。それからまた車をやりすごして道路を渡り、ゴッドフリーに近づいて、両手で水平に捧げるようにして差し出した。

ゴッドフリーは杖をつかみ、ぐいぐいとねじりながら湿って柔らかい地面に真っ直ぐに突きさした。それから左手でライフルを持ち上げ、右手でズボンの尻ポケットを探った。手慣れた動作で弾のカートリッジとボルト《滑走棒》が押し込まれ、カチッと小気味よい音を立てた。レバーを手前に一度引き、また前に押し出すと、カートリッジが銃尾に滑り込んで収まった。

やつはライフルを左肩の上からすうっと斜めに振り下ろすと向きを変えた。と、素早く引き金を引く。

湿地のほうに飛んでいった弾がプシュッという鈍い音を立てた。俺たちはぽかんとして立ち、耳鳴りを感じながら硝煙の臭いを嗅いでいた。ゴッドフリーがレバーを手前に引くと、空の薬莢が飛び出し、輝いてくるくる回りながら地面に落ちた。やつはカートリッジとボルト《滑走棒》を引き抜いてまたポケットにしまい、そばに立っていたラビットに言った。

「カメを拾ってこい。池の岸の枯れ木のかげだ。ジムに言って、俺の昼飯用に料理させろ」

ラビットはしぶしぶ土手を下り、ドブの中に入ると、泥水の感触に身を縮み上がらせた。滑ったり、もがいたりしてなんとか反対側の土手にたどりつき、よじ上ってから、鉄条網を広げ、体をかがめて通り抜けた。池の岸まで来ると、毒ヘビを気にして絶えずぬかるんだ足元をキョロキョロ見回していた。しかし、いつまでもそうしているわけにはいかない。やつは池に倒れ込んだ枯れ木近くの草の中をのぞき込み、用心深くヒヤシンスの茂みに踏み込んでいった。それから手を突っ込み、しっぽを持って死んだカメをつまみ上げると、高くかかげて叫んだ。

「ゴッドフリーさん、見つけました。くたばってますぜ」

ゴッドフリーはそれに答えもせず、ライフルを無造作に肩に担ぎ上げたまま突っ立っていた。囚人ひとりひとりの様子を監視しているようでもあり、何も見ていないようでもあった。みんなは休むことなく働き、自分の持ち場を終えるとドブから這い出て路肩に上がり、ゴッドフリーのいる場所をぐるっと遠まわりして列の先頭に行って、またドブに入り作業していた。

ルークは例の猛烈な勢いでどんどん斧を振るっていたので、前のやつは常に間隔を広くとっていた。ラビットが道路まで戻ったとき、俺はちょうどルークのうしろで作業していて、列の一番最後だった。戻って足踏みするラビットのズボンはぐっしょり濡れ、股のところまで泥水で真っ黒に染まっていた。ジムがカメを受けとり、かざして見ながらニヤリと笑った。カミツキガメだった。とてつもなく大きな頭と恐ろしい歯をもつ凶暴なカメは、甲羅のど真ん中を撃ち抜かれている。ジムがまたニヤリと笑って、それをラビットのほうに近づけた。ラビットはあわてて飛びのいた。ジムは棒きれを拾い上げ、カメの鼻先をコンコンと叩いた。死んでいるにもかかわらず、反射的に口が開いて棒に噛みつき、引っ張ってもなかなか離れなかった。

ゴッドフリーからライフルを受けとったラビットは、ジムといっしょに道路を渡って護送トラックのほうへ歩きだした。ジムがまたカメをラビットに近づけた。ラビットは縮み上がって情けない声を上げた。

「おい、よせ。よせったら」

俺は自分の範囲を終えると、やっとのことで泥水の中から這い出て、刈って積み上げた枝をよけて土手を上った。道路に上がるとほっとして帽子をかぶり直し、斧を肩に担いでから、一歩踏み出すごとに靴の中の水をグシュグシュ染み出させて歩きはじめた。ルークも同時に終わっていて、俺よりちょっと早く路肩にたどりついていた。ゴッドフリーは近くに立って、葉巻に火をつけようとしていた。

突然ルークが手を伸ばし、ゴッドフリーの杖を地面から引き抜くと、臆した様子もなく差し出した。

「杖を忘れてますよ」

俺は足を止め、その場に固まった。ゴッドフリーは火のついたマッチを持ったまま、その目のない顔を真っ直ぐルークに向けてためらっていた。ルークはゴッドフリーのサングラスをのぞき込み、いたってのんきに微笑《ほほえ》みながら突っ立っていた。俺もやつのサングラスをのぞいたが、見えたのはマッチの炎のゆらめきだけだった。思わず目をそらし、大きく、はっきりした声で監視員に叫んだ。

「移動します」

「よし、セイラー。移動しろ」

俺は二人をさけ、道路の端を遠回りして前に進んだが、完全に通り過ぎたところでこっそり振り返って様子を見た。ルークは相変わらず片手で杖を差し出し、もう一方の手に斧を持って微笑《ほほえ》んでいた。しかし、ゴッドフリーはまだ葉巻に火をつけようとしている。何度かスパスパ吸い込み、煙を吐くと、またマッチの火を葉巻の先にもっていった。それでようやく満足したのか、マッチ棒を放り投げると、箱をシャツのポケットにしまった。くわえた葉巻の位置を直し、端を二度なめてから、またくわえる。黙ってルークの手から杖をとると、その先を路面に突いて、体重を預けて寄りかかった。ルークは監視員に呼びかけてから歩きだし、がぼがぼという靴音をさせて俺のあとからついてきた。

俺は作業に戻ったが、異様な光景を目《ま》の当たりにした興奮をいっさい悟られないようにした。下を向いたままやぶを払い、黙りこくっていた。

昼飯の時間が近づき、ジムとラビットが二台のトラックを道路の先のほうの乾いた場所に移動させて、準備を始めた。ジムは自分のナイフと用具運搬トラックから持ってきた斧でカミツキガメの腹の甲羅を剥ぎ、肉を取りだして切り分けた。その肉のかたまりを生の木の枝に刺し、監視員の昼食のためにラビットが起こした火で焼きはじめた。

食事をする俺たちは無口だった。いまいましいドブの中での作業はみんなの生気を失わせ、気温は高くてもずぶ濡れの体は冷え、べとついて気持ち悪かった。ときおり立ち上がり、やすりを持ってきて斧を研ぎはじめるやつもいた。だが俺たちのほとんどは、じっと座ったり、上着を敷いて横になったりして、空を見上げてタバコをふかしていた。オニオンヘッドとのろまのブロンディーが箱の中に皿をしまい、コーンブレッドとシロップを片づけた。そのうち、オニオンヘッドがカメの死骸のそばに行ってしゃがみ込み、甲羅や内臓を棒でつつき、それから切られた頭を草の上で転がした。

「よう、こいつ見てみろよ。ほら」

大きな目をむいて開いたままだったカメの口が、ゆっくりと閉じて棒に噛みついた。オニオンヘッドは棒を持ち上げ、ぶらさがった獰猛な頭が、首の切り口からぽたぽた血をしたたらせているのを見ていた。

ルークは片肘をついて地面に寝転がっていたが、それを目にすると独り言のようにつぶやいた。

「さあ、噛みつけ。思い切りがぶっといけ」

と、棒がパキッと折れて、カメの頭は地面に落ちた。

みんなまた作業に戻った。しかし、俺はその日ずっとルークから離れていた。やつが怖かった。やつの無頓着さ、ふざけた様子というか、何か神を恐れぬ態度にはついていけなかった。

しかし数日後、俺はまたルークの右うしろで作業することになった。この日は朝から例の〝ガラガラヘビ街道〟に連れてこられていた。また振り子鎌を使い、少しずつ横にずれて並んで作業をしていた。

じめじめして、朝靄が立ち込めていた。作業を始めて二時間ほど経つとあたりは湿地になり、ドブには水草が茂って、足首まで水に漬かるようになった。一定のリズムで鎌を左右に振りながらも、足は冷たく、靴は泥にまみれて重くなり、意識はぼんやりと遠のいていた。

ルークが振り上げた鎌を途中で止めたかと思うと、素早く水の中に突き入れた。と、ガラガラヘビが頭を鎌の刃で押さえつけられ、その黄色と茶のまだらの長い胴体を水面から出し、俺の前二メートル足らずのところで激しくのたうっていた。俺は瞬間的に飛びのいて、危うくうしろのやつの鎌にぶつかりそうになった。しかし、ルークはその場に立ったまま、ニヤッと笑って監視員のポールに呼びかけた。

「捕まえます」

ポールは返事もせず、ショットガンを腕に抱えてニヤニヤしながら立っていた。ルークは手を伸ばしてヘビのしっぽをつかむと、いたってクールにつまみ上げ、くねくねとのたうつヘビをしばらくかざしていた。そして、水を入れたバケツを持って道路を歩いてきたラビットに、ヘビをぶらぶら揺らしながら声をかけた。

「おい、ラビット。受けとれ」

ルークが放り投げたヘビが、路肩にいるラビットのほうにくるくる回って飛んでいった。ラビットは悲鳴を上げてバケツを投げ出し、道路を走って逃げた。その先には、ゴッドフリーが片手でポケットの小銭をじゃらじゃら鳴らしながら、もう片方の手を杖に置いて、トラックの前にじっと立っていた。

俺の目には、あの朝靄の中に立つルークの姿が焼きついている。無造作にぶらさげた毒ヘビが大きく口を開いて、シュッシュッと威嚇し、のたうち、からまって、ぼんやりとかすんだ太陽に噛みついていた。それは、まさにクール・ハンド・ルークという男そのものだった。

14

その週の土曜日、ルークは朝飯のあとすぐにバンジョーを持ちだして弾きはじめた。俺はベッドに横になり、やつが同時にふたつのメロディーを弾くのを感心して聞いていた。たった四本の弦で、どうしてそんなにいろいろな音が出るのかまったくわからなかった。とにかく、ルークのやることにはいつも不思議な魅力があった。やつがただの囚人だったら、俺も口を出さなかっただろう。しかし、俺はルークが気に入っていたから、忠告せずにはいられなかった。

「なあ、ルーク。おまえが何をしようと俺の知ったことじゃない。だがな、ここは俺のほうが長いんだ、ひとこと言わせてもらうぜ。このあいだのあれは考えものだ。ほら、ゴッドフリーに杖を渡しただろ。ありゃ、まずい。そばに行って、いきなりやつのタマをひっつかむようなもんだ」

しかし、ルークは微笑《ほほえ》んで目を閉じ、指を躍らせて鈍い音を鳴らしていた。

「ああ、セイラー。そうだろうな」

「あんまりむきになるなよ。おまえは長くくらったわけじゃない。あっという間に出られるんだ」

「むきになるなって？　よせよ、セイラー。俺がいつだってとことんクールなのは知ってるだろ」

俺はあきらめた。ルークには何を言っても無駄だった。やつはそういう男だった。しかし、俺のような不安を感じるやつはほかにもいた。ドラッグラインでさえ不安げな顔を見せはじめ、いっしょに働くのが迷惑そうにむっつり黙って自分の作業に没頭した。今日、教会の庭で話しているドラッグラインは、やつらしい言葉でそのときの気持ちを囚人たちにしゃべっていた。

「うそじゃねえ。やつには悪魔が取り憑いていた。ことによると人間じゃねえのかもしれねえとまで思ったぜ。あのバンジョーの弾きっぷりからしてそうだ。ただ弾くってだけなら、どうってことねえさ。だが、やつのは弾くっていうんじゃねえ。弦を弾きもしねえんだ。ただ何か考えながらちょこちょこっと撫でるだけだった。そんなまねができるのは悪魔だ。やつはどっかで悪魔と話をつけていたとしか思えねえ。どんな話かはさっぱりわからねえがな。だいいち、やつは神様に腹を立ててたんだ。間違いねえ。平気で食ってかかってやがった。正気じゃねえ。いかれてやがった。あんまり痛い目に遭いすぎたんだ。そこいらのろくでもねえ野郎ってわけじゃねえのさ。俺に言わせれば、罪人《つみびと》ってやつだ。だが、おめえらの同類じゃねえぞ。いいか、神様に腹を立てるってことはな、そうよな、ユダとか、ヨナとか、ローマ人みてえなもんよ」

月曜日になり、俺たちはまた作業に連れ出された。そして、再びいまいましいドブの中に入ることになった。午前中いっぱい、汗ですべる斧の柄を握り、ぶつぶつ文句を言いながらアブやカと格闘し、絡み合った下生えを刈りとばした。午後になると、遠くに雷雲が現われ、湿った暑い空気があたりに漂いはじめた。

　地平線に稲光が走り、ゴロゴロと弾ける音が轟いて、雷雨が近づいていた。不気味な雲が迫り、急に風が強くなって、熱い空気を体に吹きつけた。ルークはちょっと手を休めて雷雲を見上げ、何かひそかに楽しむように微笑《ほほえ》んだ。斧を泥水に突き立て、一番近くにいた監視員に向かって叫ぶ。

「汗ふきます」

　ルークは帽子を脱ぐと、それで顔をふき、目に入る汗を拭った。それからまたかぶり直したが、まびさしを引き下げておどけたかぶり方だった。また雷鳴がして、雲間に乾いた音が響き渡った。ルークはもう一度ちらっと空を見上げて微笑《ほほえ》んだ。ドラッグラインはやつのすぐ前にいて、自分の持ち場を終えようとしていた。と、ルークがみんなに聞こえるような大声で言った。

「なあ、ドラッグ。老いぼれ神様が小便したくてうずうずしてるぜ」

　ドラッグラインはちょうど斧を振り上げていたが、目標を失ったようにドサッとわきの地面に突き刺してしまった。空を見上げ、振り返ってぼそぼそと答えた。

「おい、ルーク。口を慎め。おめえ気でも狂ったか。神様にそんな言い方するんじゃねえ」

「驚いたな。おまえ、まだ雲の上にあんな髭面野郎がいると信じてるのか」

　ドラッグラインは口をぽかんと開け、空を見上げ、足元を見て、それからまわりに目をやった。二、三度でたらめに斧を振るったが、水をはね飛ばし、もう刈った草を撒き散らすばかりだった。

「いいか、そんな口のきき方するんじゃねえ。こんな稲光がするときにゃなおさらだ。雷が落っこちるぞ。神様が怒り狂って、ドカンときてお陀仏だ。そうなるのがオチよ。おめえのは神を冒瀆《とく》するってことだ。恐ろしくねえのか」

ルークは薄笑いを浮かべて頭を振ると、カシワの若木を切り倒してから斧の柄の両端を握り、体の前に水平に持った。

「へえ、殊勝なもんだな。ほんとにそんな神様がいるなら、すぐに雷が落ちそうなものじゃないか。そうだろ。かまわないぜ、俺は。さあ、やってみせろよ。いますぐ、ほら」

「ルーク、おめえ恐ろしくねえのか。死んで地獄へ行くんだぜ」

「死ぬことがか？ とんでもない。生きてるほうが恐ろしいぜ。こんなありがたい暮らしをしていても、天のじじいにいつ奪い取られるともかぎらないんだ。さあ、いつでもいいぜ。やれよ、神様。力を見せてみろよ、老いぼれ。証拠を見せてもらおうじゃないか。そこにいるなら、やってみろ」

ゴロゴロと鳴って、黒と灰色の雲がむくむくと盛り上がった。雷鳴は次第に大きくなって、まばゆい稲妻の閃光が空を切り裂いて地平線に走ってから、遠くで雷がたてつづけに三度落ちた。風がさらに強くなった。急に空気が冷たくなり、ぽたぽたと雨粒が落ちはじめた。

ドラッグラインは首をすくめてルークから離れた。わずかばかり残っていた茂みを乱暴に刈りとばすと、追い立てられるようにドブの縁に歩み寄り、道路までよじ上りはじめた。

「上がります、ポールさん。ルークはいかれてますぜ、神様を信じねえなんて。俺はこんなバチ当たりのそばで仕事するのはご免だ。雷に撃たれたくねえからな。そりゃ、俺だって罪人《つみびと》ですよ。だが、俺は信じてる。だれが何と言おうと信じてるんだ」

監視員のポールは左のわきの下にショットガンを挟んで突っ立ったまま、ルークを見下ろしてニヤニヤ笑っていた。ルークはものすごい勢いで斧を振りまわし、怒り狂ったようにやぶを払っていた。

雨が本降りになった。ゴッドフリーが前のほうの囚人たちに合図を出し、護送トラックに乗るよう指示した。それぞれの持ち場を終えると、みんなドブから這い上がってトラックまで戻り、中に入りはじめた。ゴッドフリーは片手に杖を持ち、開いた扉のわきの鉄格子に手を置いていた。

ドラッグラインはうしろを気にしながら道端を歩いてきたが、稲光が走ってあたりに雷鳴が轟くと恐怖に顔をひきつらせた。しかし、ルークは作業の手を止めて、どしゃ降りの雨の中で空を見上げ、大声で笑っていた。いろいろな規則も神の戒律もまったく眼中になく、ゴッドフリーや監視員にもひるまず、その銃や神のごとき力も恐れないかのようだった。

「おい、ドラッグ。雷はどこだ。おまえの偉大で意地の悪い神様はどこにいる。その神様ってのは力があって、怒りに燃えて復讐するのか。それとも愛で包んでくれるのか。もう忘れちまったぜ。いったいどっちなんだ」

ルークが斧を高く持ち上げた。泥水に漬かった縞のズボン、日に焼けたたくましい上体、両手でしっかり握って頭上高く掲げた斧の長い柄、さらにその上に、雷雨の中で輝く曲がった鋭い刃が、天と地のあいだで一直線になって伸びていた。

と、それが一気に傾き、斧が右、左と持ち上がり、振り下ろされた。ルークは腕をしなやかに縮めては伸ばし、泥水のドブをふさぐ生い茂った枝をなぎ倒した。雷鳴が轟き、稲光が走るなかで、やつはもがき苦しんで生きる姿そのままに腕や肩を躍動させていた。

ルークは自分の持ち場を終えると道路に這い上がってきた。俺たちはみんなもう車に乗り込んでいて、やつしか残っていなかった。いつもの笑みを浮かべて、用具運搬トラックまで行き、雨の中で震えながら待ちあぐんでいたラビットに斧を渡す。それから、俺たちをすっかり飲み込み、今度はやつを飲み込もうと待ちかまえる護送トラックの大きく開いた扉のほうに歩いてきた。

その大きな口のような扉の横には、ゴッドフリーが鉄格子に手をかけて立っていた。やつが振り返って空を見上げると、その鏡のサングラスに黒ずんだ嵐の雲が映り、目のない男が振り下ろす恐ろしい杖のように、稲妻が一瞬にして地面を撃った。

15

また週末がやってきた。日曜日の午前十一時ごろ、守衛が扉を開けて、建物の中まで入ってきた。背中を丸めて俯き、肩をすぼめる、あのしょぼくれた歩き方だった。ポーチでいったん立ち止まると、そこにいたゲイターをメガネの奥からうかがうように見やり、入れ歯をカタカタいわせながら言った。

「ルークはどこだ」

「中にいますぜ。ポーカーやってますよ」

守衛は中に入った。ラビットがカードを配っていて、ルークたち数人がそれぞれ自分の手をにらんでいた。守衛がテーブルのわきに立つと、みんなが顔を上げた。が、ルークだけはそうしなかった。やつは歯のあいだからヒューヒューと息を吐いて調子外れの口笛を吹きながら、手の中で無造作にカードを並べ直していた。守衛は黙って一通の電報を毛布の上に置くと、背中を向けて出ていった。

ルークは、すでに開封されている電報に目をやり、手にとって読んだ。じっとにらんでいたが、カードを放り出すと、立ち上がって自分のベッドのほうへ行ってしまった。しばらくして、ルークのバンジョーが聞こえてきた。一本の弦をかすかに鳴らし、古い讃美歌のゆっくりしたメロディーを爪弾《つまび》いていた。

何が起こったのかは、様子を見にいったココが教えてくれた。ルークは裸足で床にしゃがんでいた。バンジョーを弾きながら、涙が頬を伝い、裸の胸にしたたっていた。ココは床に落ちていた電報を見た。ルークの母親は、その日の朝早く、突然の心臓麻痺で亡くなっていた。

その日の午後は建物じゅうが静まり返っていた。ラジオの音は絞られ、話し声は遠慮がちだった。馬鹿騒ぎも、わめく声も、笑い声も聞こえなかった。ルークはたったひとりで考え込み、俺たちも声をかけなかった。身内にお祝いや災難、もめごとや不幸があったときに、この中にいなければならないのがどんなに辛いかわかるからだ。ルークは花を送ることも、悼《いた》む言葉を伝えることも、そして身内同士で同じ気持ちを分かち合うこともできなかった。

ルークは午後はずっと裏庭の地面に座り込み、できるだけ仲間と離れて静かに一本の弦で同じ讃美歌を繰り返し弾いていた。その週末の警備責任者だったキーンは、裏庭の隅にある洗濯小屋近くの監視デッキに詰めていた。やつは脚を組んで腰かけ、二連式ショットガンを膝に置いて噛みタバコを噛みながら、苦々しい顔でルークをにらんでいた。

月曜になり、また野外作業が始まっても、囚人たちはみんなピリピリして落ち着かなかった。動作がぎこちなく、仕事に身が入らない。休憩時間には、土手に座ったり、寝転んだりして地面に目を落とし、手で砂をすくってみたり、木の枝をもてあそんだりしていた。作業に戻る時間が来ると、むしろほっとした。斧や鎌を手にしていたほうがまだ気が楽だった。

ゴッドフリーはゆっくりと道路を行ったり来たりしながら、杖の柄を指先にひっかけてぶらぶらさせていた。列の一番端まで来ると立ち止まり、ゴミや土の固まりを杖ではね飛ばしては、またゆっくりと引き返しはじめる。

その日の作業も終わり、俺たちは車を降りて所持品検査のために並んでいた。すると、懲罰小屋の扉が開いていて、上に電球がともっているのに気づいた。前の格子のつい立てには、寝間着が一枚かかっていた。

みんな、だれが入るのかと懸命に心当たりを探った。よそ見をしたやつはいたか。だれか大声でしゃべったか。ベッドの下の床に吸い殻やマッチを捨てたやつは。間違って上のシーツを洗濯に出したやつがいたのか。

最後に懲罰小屋に入ったのは、作業中に口論をして取っ組み合いになった、おしゃべりスティーブとコットントップだった。その前は、ドブの中でわずかにウイスキーが入った瓶を見つけたアグリーレッドだった。やつはひざまずいて小便するふりをしてそれをぐいっとやろうとしたところを監視員に発見された。ここ最近は殴り合いも口喧嘩もなく、道具を壊したやつもいない。俺たちには見当がつかなかった。

ゴッドフリーがひとりずつ体を探っていった。隣のやつがほっと息を吐き、腕を下ろして向き直ると、帽子の中のものを取り出してポケットに戻すのがわかった。つぎに俺が自分の帽子を差し出すと、ゴッドフリーが中を探りはじめた。やつの手が、上げた両腕、わき腹をなで、ポケットを上から叩き、左脚の両側、つぎに右脚へと移っていった。一瞬の間があって、右肩がぽんと叩かれた。と、俺も安心してほっと息を吐いた。そして即座に、規則を破って罰を受ける悪ふざけ野郎、哀れな腕白坊主はだれかと考えはじめた。

所長と守衛は俺たちの数メートルうしろに立ち、何も言わずに待っていた。そのうしろには監視員のショーターがポンプアクションのライフルを持って立っている。雑用係がひとり、四リットルの水と簡易便器をせっせと懲罰小屋の中に運び込んでいた。

ゴッドフリーは並んだ四人の体を端から調べていって、とうとう班全員の検査を終えた。俺たちはまた息を飲んで緊張した。やつはゆっくりと歩いて所長のそばに行った。所長はタバコを深く吸って、三度唾を吐いた。

かすかにうなるような声でゴッドフリーが口を開いた。

「ルーク。前へ出ろ」

ルークはどうすればいいかわかっていた。黙って列を離れると、上着とシャツを脱ぎながら塀伝いに歩き、懲罰小屋まで行った。つい立ての陰に入ってズボンと靴を脱ぐと、雑用係がそれを持っていき、やつは古めかしい寝間着を頭からすっぽりかぶった。ルークは質問をするようなまねはしなかった。それに、相手が理由を説明してくれるとも思えなかった。

ルークは小屋の中に入り、守衛がドアを閉めて南京錠をかけた。さらに雑用係が頑丈な横棒を通して渡した。

守衛がのろのろと戻ってきて、入れ歯を鳴らしながらゲートを開けると、俺たちは番号を言いながら中に入った。すべていつもどおりだった。特別なことをしたり、余計なことをしゃべったりするやつはだれもいなかった。理由を聞くまでもなく、俺たちにはわかっていた。ルークが懲罰小屋に入れられたのは、やつが脱走して母親の葬式に出ようとするかもしれないからだった。

その晩は、小便に起きるやつがみんな、ベッドに戻る前に金網と網戸を通してちらっと窓の外をのぞいた。外には、懲罰小屋の明かりがともっていた。

みんなその小屋のことはわかっていた。ルークがどんな気持ちでいるかは容易に想像がついた。むきだしの木の床に寝転び、夜の冷気に震えながら、格子窓の外の電球に吸い寄せられて集まるカを払っているに違いなかった。体がつっぱり、痺れて眠ることができない。一日の作業で疲れ果て、泥だらけのままだ。腹が減り、タバコが吸いたくて仕方がないはずだ。

しかし、俺たちはまだルークというやつを知らなかった。まったくわかっていなかった。

調理係のひとりがその事件を教えてくれた。翌朝早く、起床の鐘の前に、守衛がその調理係と監視員を連れて懲罰小屋に行き、ルークに食い物と水をやって、便器の糞尿を始末しようとした。しかし、鍵をはずして扉を開けると、ルークは戸口に頭を向けて横になり、ぐっすり眠り込んでいた。

かっとなった守衛は、やつの顔を蹴りはじめた。

「この野郎、立て。俺が来たら立ってるんだ。いいか。この中じゃ、さがって立ってるのが決まりだ」

ルークは飛び起き、頭を振りながら、小屋の壁につかまろうともがいた。唇が切れて流れた血が、寝間着の前にしたたっている。目をしばたたかせ、ふらついて立っているルークを、守衛はカタカタと入れ歯を前後に動かしながらにらみつけた。それから何も言わずにドアを叩きつけるように閉めて、鍵をかけた。

その日、ルークは俺たちが作業に出ているあいだずっと懲罰小屋に入れられたままだった。俺たちは仕事を終えて戻ると、晩飯を食い、シャワーを浴びてベッドに入った。懲罰小屋の電球は一晩じゅうついていた。

水曜日の朝、守衛はまた雑用係と監視員を伴って小屋に行った。ドアを開けると、ルークは奥で腕を組んで立っていた。守衛が満足げに表情をくずしかけたとたん、ルークが迷惑そうな声を出した。

「ドアを閉めてくれないか。隙間風が入ってくるんだ」

守衛は固まった。信じられないという顔でルークを見据えたまま立っていた。そしてまた入れ歯をカタカタさせると、ドアを力まかせにバタンと閉めた。

俺たちはその日も、つぎの日も作業に出た。懲罰小屋の電球はまだともっていた。

四日目の朝、守衛が小屋を開けるときには、うしろで監視員のキーンが片目を細め、ショットガンの狙いをルークの腹のど真ん中に合わせて立った。老いぼれのキーンは体が震え、噛みタバコを噛みながら二連の筒先をゆらゆらと揺らしていた。

ルークは二日前とまったく同じように、小屋の奥で腕組みをして立っていた。ただ、目に生気はなく、顔は薄汚れて髭が伸びていた。

監視員たちがかわいがっている子犬のルドルフが長い耳を揺らして走ってくると、じゃれて吠えながらキーンの足元でクンクン鼻を鳴らした。やつは銃を構えたまま、タバコを噛む口も休めず、それを足で払いのけようとしている。守衛がニヤリとした。やつは厚焼のビスケットを一枚手にしていた。手のひらの上で重さを計るように放り上げて受けとめた。

「腹ぺこだろ、ルーク。焼きたてのビスケットだ、ほしいだろ。おまえのような大食らいじゃつらいよな。四日だからな。こいつはきっとうまいぜ。だが、ちょっと待った。このルドルフも腹をすかしてるんだ。かわいい子犬を放っておくわけにもいかねえだろ。そこでだ、このワン公と半分こにしようじゃねえか。いいだろ」

守衛はニヤッと笑うとビスケットを半分に割った。片方を左手に残しておいて、もう片方をルドルフの頭の上に持っていく。犬は吠えながらしっぽを振ってしゃがみ込むと、うまそうな餌をじっと見つめた。

「さあ、ルドルフ。吠えてみろ。さあ、いい子だ。ほら、ワンと言え。ワン、ワン」

ルドルフはワンと吠えて小首をかしげ、横目でビスケットをにらんだ。それから後ろ足で立ってビスケットをもらうと、夢中になって飲み込んだ。守衛は犬のわき腹をピタピタと叩いてからルークのほうに向き直った。

「さあて、ルーク。こいつはおまえの分だ。ゆっくり味わえよ。今日の分はこれだけだからな」

ルークはぐっと目を細めて見つめながら、低く乾いた声でつぶやいた。

「そいつもルドルフにやってくれ。あんまり腹が減ってないんだ」

守衛の下の入れ歯が思い切りずれて、左の頬がふくらんだ。

「言いやがったな。思い知らせてやる。覚悟しろ。ルドルフ、さあ、来い。なあ、キーンさん、こいつをよく見張っててくれよ。油断もすきもねえ野郎で、いつ逃げ出すかわからねえ。ちょっとでもおかしなまねしたら、遠慮はいらねえぜ」

頭に血が上った守衛は、前かがみで顔を突き出しながら所長事務所のほうへ歩いていった。五分ほどすると、下剤を溶かした水をアルミのお碗一杯に入れて戻ってきた。カサカサで皺だらけの顔がルークを見つめ、すぐに冷たく無表情になった。

「こいつを飲め。飲みたくねえとは言わせねえぞ。喉はからからのはずだ。キーンさんもおまえにぜひ飲んでもらいてえそうだ」

ルークは顔色ひとつ変えずにそれを一気に飲み干し、お碗を返した。小屋はまた鍵がかけられ、それからさらに三日が過ぎることになった。

俺たちのほうは相変わらずだった。金曜日も、朝から作業に出て一日を終えた。が、土曜と日曜には、ピーンと張りつめた雰囲気があった。いつもどおりに過ごしていても、刑務所じゅうに何かどうすることもできない重苦しい空気が漂っていた。おおっぴらにルークのことを口に出すやつはいなかったが、みんな考えていることは同じだった。

もちろん、それは懲罰小屋のことだった。日中は太陽がトタン屋根を容赦なく焼く。なんとか気をまぎらせ、外の物音——戸が軋んで開き、また閉まる音、人の話し声、トラックの動き出す気配——を頼りに懸命に様子をうかがう。何度も缶に入った水を飲む。たまに背伸びをして、壁の上のわずかな格子の隙間から外をのぞいて見たりする。そして日に何度かは、下剤のおかげで簡易便器に座り込まねばならず、暑く、むっとする空気の中で、自分の糞の強烈な臭いを嗅ぐことになる。

夜になると、ちょうど墓の中ほどの広さの暗い穴の底に仰向けに寝転がり、何でもいいから腹の痛さを忘れるようなことを必死になって考える。上の格子からは外の電球の明かりが差し込んで、金網が銀色の繊細なクモの巣のように輝く。

横になって震えながら虫の鳴き声を聞いている。巨大な波が押し寄せはじめ、潮流が変わるたびに溺れそうになる。どこからともなく大量の砂が吹き込み、砂時計の下にいるように埋められ、息苦しくなる。

月曜の朝、起床の鐘が鳴るちょっと前に、建物のドアの鍵をはずす音が聞こえ、カーと看守が内側の扉を開けて、また閉じた。と、そこにはルークが立っていた。寝間着を着て、自分の靴と服を腕に抱え、顔は一週間剃らなかった髭で覆われていた。

ルークは食堂へ連れていかれ、朝飯を食べさせられたあと、建物の中で一日休むことが許された。看守と雑用係は、体調が悪くて作業に出られない囚人と同じように扱ったが、胃薬や下剤は飲ませなかった。ルークのベッドは便所と蛇口の近くに運ばれ、片方の足首に三メートルの鎖がつけられた。鎖はベッドの支柱につながれている。その日の昼飯は雑用係が運んできたが、晩になって俺たちが作業から戻るころには鎖ははずされていた。ルークは俺たちといっしょに食堂で晩飯を食べ、そのあと髭を剃り、シャワーを浴びてベッドに入った。

つぎの日の火曜日にはもう、ルークはなんとかみんなと同じトラックに乗り込み、いつもの座席に座ると、黙って何本もタバコを吸っていた。作業場に着いて、鉄格子の扉が開くと、やつは這うように外に出て、片足を引きずりながら用具運搬トラックまで行き、ジムからシャベルを受けとった。その日のルークは無茶はしなかった。体が弱りきり、古傷が疼いていたからだ。一番遅いやつについていくだけで精一杯だった。

ゴッドフリーは一日じゅう杖にもたれて路肩に立ち、ドブの中で仕事をするルークを見下ろしていた。ルークが前に出るとゴッドフリーもそれに合わせて歩いていき、また作業を始めると同じ体勢に戻った。

その晩、ルークは晩飯をあまり食べなかった。胃袋が小さくなり、食欲もわかないほど疲れきっているのは明らかだった。やつはシャワーを浴びたあと、真っ直ぐベッドに入ってすぐに眠り込んだ。

翌朝、のろのろと起き上がって服を着るルークは、動くのがひどく辛そうだった。食堂を出るのも、ポーチに立つ仲間たちのところへ戻ってくるのも一番最後だった。暗闇に光るいくつものタバコの火が、さっと赤い弧を描いて止まると、黒い人影の中に孤独な顔がひとつ明るく浮き上がった。

俺たちは一列に並び、守衛に人数を確認されてから、大声で番号を言ってゲートを出た。ライトの明かりがトラックと監視員たちを照らしだして、いつもの朝の光景だった。俺たちは寝ぼけまなこで立ったまま、犬たちの鳴き声を聞いていた。所長がタバコを深くひと息吸ってから、口の端から空唾を吐いた。

「よし。出発だ」

俺たちは二人ずつ番号を言いながら護送トラックに乗り込みはじめた。ルークは一番最後だった。俺たちが中に入ってそれぞれの席につくあいだ、ゴッドフリーは扉のわきに片手を置いていた。ルークは片足を上げてステップにのせ、ためらってから扉の縁に手をかけた。やっとのことで体を引き上げ、一段上る。が、その動作はあまりにも鈍かった。俺たちには、所長がそれをじっと見ているのがわかった。ゴッドフリーもまた、所長が見ているのを知っていた。チェーン・ギャングは複雑な階級組織になっていて、ボスの上にはボスがいる。上へ上へと連なって所長につながり、行きつくところはフロリダ州都のタラハシーで指揮をとる長官だ。

ゴッドフリーが足を振り上げてルークのケツに蹴りを入れた。すかさず、杖が肩と背中に三度振り下ろされ、バシッという大きな音を立てた。ルークはステップに靴をぶつけ、こすり上げながら中に転がり込んだ。

だが、やつは奥に進んで席に座るどころか、入口で振り返ってゴッドフリーを見下ろし、その銀色に光るサングラスの目を、挑むように真正面からにらみつけた。

ゴッドフリーはルークの腹を目がけて拳を突き出した。ルークはうしろに飛びのいて、それをかろうじてよけた。ゴッドフリーは尻ポケットの警棒を抜きとると、ステップをかけ上がってきた。トラックの中は修羅場と化した。ゴッドフリーは執拗に警棒を振るった。俺たちは腕や脚を絡ませてドタバタとうろたえ、床をキューキューとこすり、鎖をジャラジャラ鳴らして必死に逃げまわった。ルークは床に倒れ、ごろごろ転がって座席の下に逃げ、両腕で頭を抱え込んで攻撃をよけた。ゴッドフリーは、狭い車内でその長身をかがめ、邪魔な囚人たちの体を掻き分けながら、ルークを蹴り上げ、パンチを浴びせて罵り、息を弾ませていた。

「この野郎、気取ったまねしやがって。何様のつもりだ。俺の前で粋《いき》がろうってのか、ええ？　その鼻っ柱をへし折ってやる！」

ルークは座席の下で顔を横に向けたまま動かなくなった。ゴッドフリーはとどめにもう一、二度蹴り上げてから、ずかずかと出口まで戻ってステップを降り、叩きつけるように扉を閉めて鍵をかけた。やつが運転席に飛び乗ると、トラックは轟音を響かせて走りだした。

16

しかし七月四日が近づくころには、すべてが落ち着きを取り戻していた。ゴッドフリーはもうルークを目の敵にすることもなくなり、次第に険悪な空気も消えはじめていた。ルークは普通に作業をして飯を食い、ほらを吹いたりして冗談を飛ばしたり、憎まれ口を叩いたりしていた。夜はいつもポーカーテーブルに座り、土曜の朝になれば、バンジョーを持ち出して調弦し、孤独な《ロンサム・》戦い《ロード》のメロディーを力強くかき鳴らしはじめた。

七月四日の祝日は、チェーン・ギャングはいつも思いきり楽しませてもらえる。俺たちみんなに熱い愛国心を感じさせ、法や秩序を重んじる気持ちを持たせるつもりらしい。とにかく、独立記念日は大イベントだ。だれも働かない。調理係のジャーボがでっかい木の樽に百リットル近いレモネードを作り、それを二人の雑用係に建物の中に運ばせた。午後には、町からスイカを満載したトラックが来て、囚人全員に二つ割りにしたものが配られた。

まさに〝栄光の七月四日〟だった。ラジオは一日じゅうがなり立てていた。俺たちはボクシングやレスリングをやり、ゲームに興じた。お祭り気分に浮かれた四人の囚人が鎖をジャラジャラさせながら床の真ん中で足を踏み鳴らし、飛び上がってくるくる回りながらジルバを踊っていた。

晩飯のあとはいつもどおりに並び、所持品検査を受けて建物の中に入った。しかし、普段なら八時の鐘で全員静かにベッドに入るところが、この日は十二時まで好きなだけ騒ぐことが許された。四つのラジオはボリュームをいっぱいに上げられ、それぞれ違った局から、ヒルビリー《南部の民謡》が切なく、感きわまった歌声を響かせていた。一方、例の猛烈三人組も懸命にがんばっていた。ルークのバンジョー、ココのおんぼろギター、そしてドラッグラインのハーモニカが一斉に、勝手なメロディーを奏でていた。囚人たちは生演奏のほうが気に入ったとみえて、ルークとココのベッドのあいだにはだんだんと人が集まりはじめた。

前のやつは床に座り、それを囲んで立つやつらは肩を寄せ合い、足で調子をとり、手拍子を打ちながら声を張り上げて歌っていた。

眠ってなどいられないし、本を読む雰囲気でもなかった。俺はとうとうあきらめて樽のところまで行き、ペプシコーラの空瓶に柄杓でレモネードをすくった。それから裸足のままで怪しげなフォークソング集会のほうに歩きだしたが、途中でカーと出くわしたので、わきにどいてそのでっぷりした体を通してやった。やつは葉巻をくわえ、いかつい肩を左右に揺すって偉そうに歩きながら、自分の夜警の仕事を呪うような険しい目をしていた。夜番のカーは一晩じゅうあたりを歩きまわっている。やつは囚人でありながら監視する側でもあり、有無を言わせず力を振るうロードス島のアポロン巨像のようにムショの港に仁王立ちしていた。俺たち小船はその股のあいだを行き来しているようなものだった。

俺はその浮かれた連中のそばまで行くと、レモネードをぐっとひと飲みしてからリトルグリークの肩越しに輪の中の楽団を眺めた。ちょうど真ん中に上半身裸のルークが立っていた。目を閉じ、あのかすかな微笑《ほほえ》みを口元に浮かべながら、猛烈な勢いでバンジョーをかき鳴らしていた。と、ソサエティー・レッドが目に入った。やつは四つん這いになり、床に開けた穴に錆びついた弓鋸の刃を差し込んでギコギコやっていた。

俺は歌詞などわからなかったがとにかく合唱に加わり、適当に声を張り上げた。必死にだれかと目を合わせようとしても、みんなリズムに乗って歌うことに夢中だった。下段のベッドの毛布がくしゃくしゃになって床まで垂れ下がり、褐色のたくましい筋肉の壁が看守とカーの視界を遮っていた。
それを目にした俺はレモネードで喉を潤し、足を踏み鳴らして歌った。ボロボロの弓鋸の刃が釘を引っかけてキーキーと音を立てるたびに、俺は肝を冷やした。しかし、絶えず楽器が調子外れの音を出していたし、みんなが顔を真っ赤にして大声を張り上げていたのでことなきを得た。

ああ、きみはこの谷を離れていくのか……

きみの輝く瞳と優しい微笑《ほほえ》みはもう見られない……

カーはギシギシと床を踏んであたりを歩きまわっていた。銀の指輪作りに精を出していた看守は、歌声に合わせるようにスプーンの背で二十五セント銀貨の縁を叩いていた。ラジオはときどきコマーシャルが入って途切れたりしたが、俺たちの歌は続いた。

天使の羽があったなら……

こんな刑務所の塀なんかひとっ飛び……

そのうち看守がスプーンを叩くのをやめ、時計を取り出して眺めてから大仰なしぐさで立ち上がると、電源を切ってすべてのラジオを止めた。ポーチに出て、垂木の上の鉄棒をつかむと、針金にぶら下がった古いブレーキドラムを打ち鳴らす。とたんに歌声は足並みを乱して小さくなり、ついにはかすかなつぶやきとなって聞こえなくなった。

一晩じゅう走り続け、一日じゅう走り続けて……

最後にバンジョーがポロンと鳴ってお開きになると、カーが俺たちを蹴散らすように追い立てながら低いうなり声を出した。
「予鈴。ベッドに入れ。お楽しみはお終《しま》いだ」
みんながベッドのあいだを渡り歩いて本やタバコをやり取りした。便所に殺到するやつもいて、ドタドタと床を踏む靴音が響いた。
一段落すると、みんなベッドの縁に腰かけたり、横になったりしていた。俺の場所からは部屋がずっと見通せて、ルークが上段のベッドでシーツを首まで引っ張り上げて寝ているのが見えた。

ココはその隣のベッドの下段で片肘を突いて上体を起こし、フクロウのような目でこっちを見ていた。二つのベッドのあいだの、さっきまでみんなが集まっていた床には、雑然と服が積まれ、きっちり四角に切られた穴を完全に隠していた。

五分後、看守が立ち上がり、出ていった。俺たちはやつがポーチの床板をこすって歩く足音を聞き、じっと待った。再び鐘が鳴り、カーが葉巻の煙をくゆらせ、しゃがれたうなり声を響かせて、シーンとした部屋の中央を歩きだした。

「就寝。就寝」

カーはベッドの列を端から端まで一往復して囚人の人数を数えた。そのあと、低くぶつぶつと看守に報告する声が聞こえた。

「五十四名です」

「五十四名だな。よし」

ドラッグラインはそんな時間でもまだ本を読んでいた。ベッドには安っぽいエロ本が大量に散らばっていて、そのうちの数冊は、姦通、処女喪失、売春、変態などが出てくる箇所に印をつけて開いていた。やつは丸々と目を見開いてページをペラペラめくり、どうでもいい性格や風景の細かい描写、つまらない会話や役に立たない心理分析をさっさと飛ばし、待ちきれないように何重にも印をつけた部分にかかる。読みだして五分もするとそれを放り投げつぎの本を手にするが、頭の中では、バラバラの話が見事にくっついてひとつの物語になっていた。

寝転がり、歯のない口のまわりを舌でなめながら、やつは両手を震わせて本を握りしめ、喉の奥から喘ぎ声を漏らしていた。カーが通り過ぎざまに、あの不気味で、冷たく突き放すような笑みを浮かべた。ドラッグラインは勿体ぶった様子でカーに合図を送ると、やたら大げさなしぐさで開いたページをのぞき込み、目玉をぎょろつかせ、舌を突き出して鼻息を荒くした。

カーは真面目くさった顔でベッドに近づいてきたが、ドラッグラインが興奮に身をよじり、本を何冊か下に落としながら寝返りを打つまぬけな様子を見ると、ニヤニヤと鼻の下を伸ばした。それから膝をつき、ドラッグラインが差し出した本をまんざらでもなさそうに受けとると、星やバツ印や波線があふれる箇所を読みはじめた。

「そっちはどんなのだ、ドラッグ」カーがささやいた。「またいいの買ったんだろ」

カーは葉巻に火をつけ、また読みはじめた。すぐににやけた笑みがこぼれる。

「起きるぞ、カー」

「よし」

クーンが起き上がり、よたよたと便所に向かった。やつは水を流してからベッドに戻った。そのあとつぎつぎに三人が小便に起きた。本に夢中になっていたカーは目も上げずにそれに答えた。看守は嗅ぎタバコを歯にこすりつけ、木片を削るのに没頭していた。

やがてドラッグラインが振り向き、奥のほうのベッドにいるルークを見やってウインクした。ルークはもう服を着ていて、シーツをまくり上げると、静かに下に降りた。同時に二つの便器の水が流された。またたれかが起きる許可を求めた。カーはそれがだれかを確かめもせず面倒臭そうに答えた。

「いいぞ」

俺は横になって片腕で顔を覆い、眠ったふりをしながら、その一部始終を見ていた。肘の下からずっとのぞいていた。ルークはベッドを降りると床の穴に脚をすべり込ませ、もぞもぞやって腰を通してから、頭と肩と腕を突き出したままでしゃがみ込んだ。ココはシーツにくるまって興奮を抑えながら、うれしそうに目をパチパチさせて眺めていた。ルークが微笑《ほほえ》んで敬礼した。やつが頭を穴の中に引っ込める前にささやいた言葉を、俺は唇の動きで読み取ることができた。

「あばよ、ココ。いいか、クールにやれよ」

ルークはそうやって逃げた。床はコンクリートの柱で支えられていて、地面とのあいだに一メートルほどの隙間があった。建物の周囲には、四十五センチ幅の金網が張りめぐらされている。しかし、その日の午後、ルークと仲間たちは隅のほうに死角になる場所を見つけ、あらかじめ釘をゆるめて金網がはずれるようにしていた。

俺は思わず笑いを噛み殺した。チェーン・ギャングの脱走といえば、野外作業のときに監視員のすきを狙い、やぶに飛び込んで一目散に逃げることと相場が決まっていた。が、ルークはそんな通りいっぺんのやり方では満足できなかった。やつはわざと建物から脱走するという厄介な方法を選び、みんなをあっと言わせたかったのだ。

あたりは何ひとつ普段と変わらないようだった。いびきが聞こえ、看守は木を削っていた。カーはドラッグラインのベッドのそばでエロ本に読み耽っていた。しかし、そうしているあいだにも、ルークは四つん這いになって暗い庭に抜け出て、シャバとを隔てる二メートル足らずの塀を前にしていた。

俺は身じろぎひとつせず横になり、つぎはだれだろうと考えていた。過去に何度か脱走を企てているココは、もういやというほどの刑期をくらっているので、またやるとは思えなかった。ドラッグラインが仮釈放の認められるのを待っているのはみんな知っていた。しかし、この計画にほかのだれが乗っているのかわからなかったし、渡りに船とばかりに便乗するやつがどれだけいるのかも見当がつかなかった。俺は目を閉じ、四人全員が見事な集団脱走を試み、暗闇の中をクモの子を散らすように四方八方に走り去る光景を想像して、ひとりほくそ笑んでいた。もっとも、俺自身はというと、そんなことはできるわけがないと思っていた。逃げるなんていう考えは、とうに無理な話とあきらめていた。

そのとき、ソサエティー・レッドが起き上がり、ベッドの縁に脚を下ろした。

「起きるぜ」

「ああ」

やつは便所へ行って用を足し、水を流すと、眠そうによろよろと戻ってきた。が、そのあと、しっかりとまとめた服と靴を抱えると、静かに部屋を横切って、穴の中にもぐって消えた。すかさず、ブラッキーが同じようにして穴にもぐり込んだ。ドラッグラインは別の本を手にすると盛んにページをめくり、カーの鼻先に近づけていた。一方、ココは横向きで寝転がって、この大脱出劇をじっと見ていた。俺には、やつが必死にもがき苦しみ、誘惑と戦っているのがわかった。目の前に、自由への抜け穴が大きく口を開いているのだ。やつの気持ちはよくわかる。俺だって、さっきまでの思いとは裏腹に、妙な考えがむずむずと頭をもたげかかっていたくらいだ。

と、外でガタガタという音がした。塀の高さは二メートル足らずとはいえ、支柱の上は鉄条網が内側に迫り出していて、乗り越えるのはそう簡単ではなかった。ルークはよじ上ろうとして靴をすべらせ、金網をこすって音を立てていた。聞きつけた看守が顔を上げ、耳を澄ましてから、あたりの静寂を引き裂くような大声を出した。

「おい、カー。何だあの音は」

ココが片脚をシーツの下からそっと出そうとしたそのとき、警報が鳴り響いた。やつはすぐに脚を引っ込めると、寝返りを打って知らん顔を決め込んだ。カーが本を放り出して窓にかけ寄り、つっかい棒で開いた木の鎧戸の下から、小手をかざして外をのぞいた。車庫の上から照らす小型サーチライトの薄明かりの中に、ルークがオレンジ林に飛び込んでいくのがちらっと見えた。

「だれか逃げやがった」

二人は、外に出る前に捕まった。ブラッキーは途中で思いとどまり、床下を這って戻って穴から頭を突き出した。カーがそれに気づいてしゃにむに飛びかかり、腕をつかんで引っ張り上げながら看守に大声で叫んだ。

「ひとり捕まえました。こんなとこに穴なんか開けやがって。床を切ってたんだ。でも、捕まえましたぜ。ブラッキーの野郎です」

ブラッキーはカーに押さえ込まれて、舞台の跳《は》ねぶたに挟まった操り人形のように惨めな姿をさらしていた。看守はポーチに走り出て、ガンガンと激しくブレーキドラムを打ち鳴らした。それから懐中電灯と拳銃を手に建物のまわりを探し、逃げようとしていたソサエティー・レッドを捕まえた。やつは腰にタオルを巻いて服と靴を抱えたまま、鳥のように塀の上に止まっていた。

みんなはわざとらしくいびきを響かせて、まったく知りませんという顔をしていた。ただし俺は、顔を隠してシーツを噛み、吹き出したくなるのを懸命にこらえていた。ドラッグラインなどは、こみ上げる笑いを隠そうとせず、クックッとかすれた声であえぎながら、でかい腹と胸を上下に揺らしていた。

監視員詰所の明かりがつき、あちこちで木の床やポーチを踏み鳴らす足音がした。ゲートが軋みながら開き、激しくドアを閉める音がして、車のエンジンがかかった。犬たちが狂ったように鳴きわめき、小屋の金網に飛びついている。庭のあちこちから、命令を出したり、質問したり、ぶつぶつ言ったりする声が聞こえてきた。さらに、がなり立てる声、怒鳴り散らす声、罵り、絶叫……

「逃げたぞ。オレンジ林の中だ」

「犬を連れて来い。早く。ドッグボーイもだ」

「ハイウェイ・パトロールに連絡しろ」

「保安官には知らせますか」

「いったいどいつが逃げたんだ」

「どいつだって。アラバマのいかれ野郎だ。クール・ハンド・ルークさ」

17

その晩は、まともに眠れなかった。騒ぎはいつまでも尾を引いた。みんな横になって何食わぬ顔をしているものの、事の成り行きを見極めたくてうずうずしていた。

カーはブラッキーを床の穴から引っ張り出すと、腕を背中にねじり上げてテーブルまで連れていき、強引に椅子に座らせた。それから部屋を端から端まで眺め渡し、両手をうしろに組んで固く握り、俺たちがその場を動かないよう、にらみを利かせていた。

まもなく看守が外のドアを開け、ソサエティー・レッドを押し込んだ。表には、監視員のブラウンがパンツ一枚で立ち、目をパチパチさせながら、ショットガンを握って緊張しきっていた。ソサエティー・レッドは中に引きずり込まれ、ブラッキーの隣に座らされた。二人はいたずらっ子が叱られるように俯いて座っていた。

カーがものすごい形相で歩きまわりはじめた。看守は神経質なしぐさで銃をいじくり、太鼓腹を上下させてハアハア言いながら、まだ弾む息を整えようとしていた。ところが、そんなさなかに小便の許可を求める声が上がった。コットントップだった。

「カー、起きてもいいか」

カーは立ち止まってコットントップをにらんだ。

「漏れちまいそうなんだ」

「ほう、そりゃ大変だ。どうぞ起きて、行ってくれ。だがな、さっさとやるんだぜ。それと、妙な気は起こさねえことだ。へたすると、スプリンクラーみてえに小便が漏れ出すようなことになっちまうからな」

俺たちはみんな、その白髪頭で色素の抜けた肌を紅潮させたコットントップがベッドから出て、タオルを腰に巻いて便所によたよた歩いていくのを見守った。顎を突き出し、はれぼったいまぶたを半開きにした顔は我関せずと落ち着いたものだった。やつは小便をして水を流し、くるりと向き直ると、まわりの視線や張りつめた空気など気にせぬ様子で戻ってきた。俺たちはというと、万が一コットントップがいきなり穴に飛び込みでもしたら、看守があたりかまわず撃ちまくって修羅場になりはしないかとびくびくし、いつでも飛び起きて床に伏せられるよう息を殺していた。

外の暗闇では、犬たちが猛り狂っていた。やつらもただならぬ気配を感じとっていて、盛んに吠えたり、うなったりして、追跡が始まるのを待っていた。ドッグボーイはもうシャツを着て、ベッドに座り、靴をはいていた。やつのベッドは俺たちのいじめに備えて看守室のすぐ隣にあった。

ドッグボーイはカーに言葉もかけず横柄に立ち上がると、けだるそうに床板をこすりながら便所まで歩いていった。蛇口から水を出して歯を磨き、顔を洗ってから、割れた鏡の前で念入りに髪をとかす。また戻ってきて上着をはおり、タバコに火をつけて扉の前まで行くと、腕を組んで、片足に体重をかけて立った。やつはニヤッと陰険に笑って俺たちみんなを見まわし、カーがルークのベッドから持ってきたシーツを受けとった。

数分後、銃を持った二人の監視員が追跡の支度を整えてポーチにやって来た。看守が扉の鍵を開けてドッグボーイを出し、また閉めるまで、カーはうしろに立って部屋の中に目を光らせた。ポーチで何ごとかささやく声と物音がした。監視員がドッグボーイに銃とベルトを渡したのに違いなかった。それから足音がして、黒い人影が庭を歩いていった。しばらくして、犬の鳴き声が一段と激しくなった。ビッグブルーの大きく、貫禄のある鳴き声はきわ立っていた。ドッグボーイが犬小屋の戸を開けたとき、ビッグブルーは猛然と飛び出していったに違いない。ドッグボーイが止める間もなかった。その大きく力強い鳴き声を、暑く熱気を帯びた危険な夜に響かせながら、ルークを追いかけて暗闇の中へ走り去った。

キャンキャン吠える犬の鳴き声と監視員たちの叫びや罵声が入り乱れるなか、腹を立てたドッグボーイが愛犬を呼び戻そうと必死に怒鳴るのがわかった。

「おい、ブルー。戻れ。戻って来い」

監視員たちは残った犬を叱りつけたり、叩いたりしてしばらく格闘し、なんとか首輪と革紐をつけた。ルークのシーツを嗅がせ、足跡が始まる外の塀ぎわまで連れていった。犬たちは臭いを嗅ぐとみんな急に鳴き声を変え、ドッグボーイを引きずりながらオレンジ林に分け入り、わき目も振らず追跡にかかった。

犬たちの声はだんだんと遠ざかっていった。カーは部屋の中を行ったり来たりしていた。看守が銃の安全装置をかけ、はずし、そしてまたかけた。ブラッキーとソサエティー・レッドはずっと座ったままだった。

すこしたって、監視員がひとり、銃ではなく道具箱と厚い板を持って入ってきた。カーがうしろで見守るなかで、監視員は鋸で板を短く何枚かに挽き、それで床の穴をふさいで釘を打った。それが済むと、ほうきの柄をつかんで床や壁をそこらじゅう叩き、窓の金網をこすり上げたりして調べた。

それから三十分あまりしてからだろうか、守衛と監視員のショーティーが足枷を二つと頭の丸いハンマー、それと五キロ近くある大ハンマーを持って入ってきた。続いて所長が入ってきた。守衛が入れ歯を左右に動かしながら、脱走囚たちに立つように命じた。二人は力なく立ち上がり、自分の足首を見下ろした。ショーティーがつぎつぎに足環をはめ、合わせ目の穴に十センチの釘を通した。さらに大ハンマーを金敷《かなしき》代わりにして、釘の両端を頭の丸いハンマーでつぶして止めた。

所長はその様子をじっと見ながらタバコを吸っていた。たまに口をすぼめて唾を吐く。カーはそのうしろに立ち、両手を腰に当て肘を張ってベッドのほうをにらんでいた。俺たちは微動だにせず横になっていた。所長がポケットに両手を突っ込んだままブラッキーに近づき、足枷を靴の先で小突いて確かめた。やつは振り返ると部屋の隅々までぐるりと眺め渡し、低い声で言った。

「こんなことをしでかして、おまえらみんな後悔することになるぞ。いいか、ただじゃすまんぞ」

所長の合図で扉が開き、ブラッキーとソサエティー・レッドは引っ張り出されて、懲罰小屋に連れていかれた。ひとしきり、簡易便器の蓋をガタガタやる音や扉を閉める音、鍵や横棒をかける音が聞こえたあと、あたりはシーンとなり、カーがゴム底の靴で静かに歩きまわるだけとなった。というわけで、俺たちはその夜眠れなかった。だが、寝返りを打っては隣のやつの様子をうかがい、シーツにもぐってニヤニヤしたりして、この騒ぎを思う存分楽しんでいた。

18

翌日作業に出ると、囚人全員が厳しく監視されているのを感じた。みんな多かれ少なかれそれに関わっていたし、ルークがたったひとりで逃げられるわけがなかったからだ。

晩に戻ってくると、懲罰小屋の前のつい立てに寝間着が二枚かかっていた。ブラッキーとソサエティー・レッドはまだ中にいたが、あと二人分の余裕があった。それで、鼻めがねのジョーとクーンが呼ばれた。

もっとも、俺たちは懲罰小屋に入ることなど気にもしていなかった。番号を言いながら整然とゲートをくぐったが、声はやたらに元気がよかったし、待ってましたとばかりにドタドタと建物の中になだれ込んだ。班に関係なくみんなが集まり、それぞれが仕入れたあやふやな情報をもとに勝手なことを話していた。しかし、犬はまだ追跡しているのか、ルークは発見されたのか、あるいは、どれくらいの人数で探しているのかというようなことは、だれも正確にわからなかった。

晩飯のときに、守衛が厨房のほうから入ってきて、戸口の椅子に座っている拳銃を持った監視員のわきに立った。やつは入れ歯を動かしながら、めがね越しに俺たちをにらみつけて言った。

「おまえらいい気になって騒ぐんじゃねえ。食堂のドアを閉めるときは音を立てるな。それで二人も懲罰小屋に送ってるんだ。あっちの仲間に入りたくなけりゃ、気をつけるこったな」

守衛は何度か入れ歯をもぐもぐ動かしてから、背中を向けて監視員食堂に戻っていった。俺たちは顔を見合わせ、クーンと鼻めがねのジョーがどうして呼ばれたかを知った。

囚人がほとんど所持品検査を終えて建物に入るころになって、ハイウェイ・パトロールの車が所長事務所の前に来て止まった。前夜ルークを追跡していった監視員が二人うしろの座席から降り、ゆっくりと食堂のほうに歩いていった。靴とズボンの膝あたりまでが泥だらけだった。シャツの裾がはみ出て、肩を落とし、帽子をあみだにしている。

俺たちは固唾を飲んでいた。窓から様子をうかがうやつらもいた。監視員たちは食事を終えると、アスファルトの歩道を歩いて監視員詰所の中に入っていった。調理係のジャーボが仕事を終えて戻ってくるのが待ちどおしかった。やつが検査を受けて入ってくるとすぐ、俺たちは話を聞こうとにじり寄った。やつは商売品を入れた箱を開けると、キャンディーバーにかぶりつき、冷えたジュースを飲んだ。俺たちはそんなジャーボを眺めながら、ルークの追跡がどうなったか早く聞きたくてじりじりしていた。

こうして俺たちは、また聞きのそのまた聞きだったりしたが、森や原っぱ、沼地やオレンジ林の中で繰り広げられた、昨夜の激しい追跡劇の一部始終を知ることとなった。要するに、猟犬に勝手に人間を追わせても、何の役にも立たないということだった。犬というものは、有能な訓練士が紐でつないで指示を与えなければ、ただ自分の鼻を頼りに動きまわり、いたずらに疲れるだけなのだ。

それに、ビッグブルーが犬たちのリーダーだったことも災いした。ビッグブルーがどこか沼地や林のほうで吠えると、犬たちはドッグボーイの制止も聞かず、紐を引っ張って狂ったようにその方向に殺到した。

犬たちはツツジの茂みやぬかるみを掻き分け、鉄条網の柵を乗り越えて、先の暗がりで鳴きわめくビッグブルーのほうへどんどん進んだ。しかしそのうち、夜の暗闇のなか、たとえば三十メートルほど左手のところから、ルークの叫ぶ声が聞こえてくる。ルークは追っ手を巻いて逃げるだけでは飽き足らず、わざと近くをうろついて追いつくのを待っていた。やつの声は狩猟ラッパのように、漆黒の闇のどこからともなくわき上がってきた。

「おい、まぬけ野郎。そっちじゃないぞ。ここだ」

追跡隊の連中はルークのやり口がわかってきた。ルークは一度歩いた道を引き返し、川や池を渡ってぐるっと遠回りをして元の場所近くに戻り、そこで寝転がって休んでいるに違いなかった。しかし、臭いのついた跡を正直にたどり、先にいるビッグブルーの声に反応する犬たちを止めるのは至難の技だった。監視員たちは犬を蹴飛ばしたり叩いたりして奮闘し、暗闇の中で汗まみれになってもがいていた。やっと臭いを見つけても、すぐに池の縁で途切れてしまう。そうなれば、またあたりを隈なく探して水ぎわから始まる新しい臭いを見つけなくてはならなかった。

ルークは子供のころ、犬を使ってアライグマやフクロネズミの猟をしたことがあり、その習性をいろいろと知っていた。だから、やつは、都会育ちの囚人にように死にもの狂いで遠くへばかり逃げるようなまねはしなかった。あたりを何度も一周したり、同じ道を引き返したり、川や池を渡ったりと、追っ手を煙に巻く動きをした。まるで、際限なく陣取りゲームでもしているようなものだ。結局、期待できるのは、やつが疲れ果ててぶっ倒れるのを待つことだった。しかし、ルークはしばらく犬たちを立ち往生させておき、そのあいだにあちこちで仮眠をとっていることがわかった。

やつはこの辺の地理にも詳しかった。ほとんどありとあらゆる道路で作業していたし、農家の出で狩りの経験もあり、もともと方向には鼻が利いた。そんなわけで、やつを捕まえるのは難しそうだった。それはドッグボーイの手を離れたビッグブルーも同じで、こいつは無闇に走りまわって追いかけていた。

とうとう二人の監視員が顎を出した。脱獄囚を捕まえたいのは山々だったが、もう限界だった。やつらはガソリンスタンドを見つけると、そこから所長とハイウェイ・パトロールの分署に電話して、自分たちの位置を伝え、救援を求めた。

しかし、ドッグボーイは引き上げるのを拒んだ。やつは温かい食事をもらい、地面に転がって一時間仮眠をとったが、犬の紐はだれにも触らせなかった。

俺たちは、つぎの晩も眠れずに横になったまま、成り行きを見守り、あれこれと想像し、思いめぐらせていた。現在の状況や、現場の雰囲気、何が問題になっているのかというようなことは耳に入ってきた。ビッグブルーのことがなかったら、事情は変わっていたかもしれない。しかし、可愛がっている猟犬が放たれている以上、ドッグボーイも休んでいるわけにはいかなかった。

翌朝、四人が懲罰小屋から出された。ところが、俺たちが朝飯を待って並んでいると、だれかがバタンと音を立てて食堂のドアを閉めた。並んでいたみんなが一瞬息を飲んだ。俺の前にいたイヤーズは、入口までたどりつくと監視員を気にしてあたりを見まわし、ドアについたバネをつかんで、小声で文句を言いながら下に着くまで引き伸ばしてしまった。俺がドアの前に来たときには、バネは伸びきって、だらりと垂れ下がっていた。

その日の俺たちは落ち着かなくて、時間の経つのがだらだらと遅い気がした。早く戻って状況がどうなっているか知りたくて仕方がなかった。やっと命令が出て車に乗り込むと、スリーピーが続けざまにタバコを吸いながら、シャツのボタンをはずし、靴紐をほどきはじめた。ドアを強く閉めたのはやつで、懲罰小屋に入れられるのを覚悟していたのだ。ところが驚いたことに、帰ると呼び出されたのは四人で、敷地の両側にある懲罰小屋に二人ずつ入れられた。

建物の中に入るとまた驚かされた。ドッグボーイがいたからだ。泥だらけでくしゃくしゃの服のまま、だらしなくベッドで眠っていた。俺たちは互いに顔を見合わせてにんまりした。

もっと笑ったのは食堂のドアに真新しいバネがついているのを見たときだった。真ん中で二本をつないだ、特大の頑丈な代物だった。こいつは開けるだけでひと苦労で、手を離すととんでもなくでかい音がしそうだった。だが、俺たちはもうそんなことはたいして気にならなかった。なにかすべてがゲームのようになって、間違いなくこっちが勝っていると思えた。

晩飯のあと、新しい情報が入った。夕方近くになって郡保安官の車が来て、所長事務所の前に止まったという。保安官代理が降りてうしろのドアを開け、丸まって寝ていたドッグボーイを揺り起こすと、やつは体をこわばらせて外に出て、ふらふらと車のうしろにまわり、保安官代理がトランクを開けるのをうなだれて眺めていた。

所長と守衛が事務所から出てきて、ポーチに立って待っていた。ドッグボーイは歩道を歩いてきたが、疲労と空腹と、そして腕に抱えたビッグブルーの死骸の重みでよたよたしていた。犬は泡を吹き、充血した舌をだらりと垂らしていた。

ドッグボーイはよろめきながら所長に近づくと、目に涙を溜めて言った。

「チクショウ、ルークの野郎、ぜったい捕まえてやる。所長、待っててくださいよ。逃がすもんか。こんなことしやがって。ブルーを見てください。死んじまった。死んじまったんですよ。あのクソ野郎を捕まえようと必死に走りまわったんだ。おかげで心臓が破裂しちまった」

追跡隊が途中でブルーの死骸を発見すると、ドッグボーイはついに追うのをあきらめた。呆然として悲嘆にくれ、引き上げてくるしかなかった。その夜、髭面で泥だらけのドッグボーイは、大の字になって大きく口を開け、死んだように眠りこけていた。

俺たちは、思わず口元がゆるみそうになるのを必死にこらえた。〝レッド・リバー・バレー〟のメロディーをこっそりつぶやくように口ずさみながら、裸足で便所やシャワーを往復し、ジャーボから飲み物を買ったり、ポーカーに興じたりした。

就寝の鐘のあとは、横になって思いきりニヤニヤしながら寝返りを打ち、布団がたたまれたルークのベッドをうっとりと眺めていた。カーが人数を数え終わり、あの決められたとおりの堅苦しい口調で看守に報告した。しゃがれて、うなるような声だ。

「四十九名です。懲罰小屋四名。外に一名」

翌朝になるとその四人は小屋から出されたが、晩には、また別の四人が入れられた。しかし、建物の中に入ると耳よりの情報が待っていた。けりがついたのだ。ルークは白昼堂々と真っ直ぐ近くの町の郊外に入り込んでいて、そこまでの臭いの跡ははっきり残っていた。が、その足取りは住宅街を抜け、アパートが建ち並ぶ一角に入ったところで完全に消えてしまった。

こうして、その地点にはバツ印がつけられた。ルークは姿をくらました。やつはまんまと犬たちを巻いて逃げ、煙のように跡形もなく消えていた。

19

翌日の作業は信じられないほど楽だった。シャベルは羽根のように軽かった。カは俺たちに近寄りもしなかったし、太陽は気持ちよく体を温めてくれた。

俺たちのヒーローはついにやってくれた。こうしているあいだも、やつは俺たちみんなの期待を一身に背負って、シャバのどこかを逃げていた。

俺たちは陽気に一日を終え、護送トラックに乗り込んだ。タバコに火をつけ、膝をついて鉄格子のあいだから外をのぞき、行き交う車や家並み、キャデラックに乗った女たちをじろじろと眺めた。その晩は俺たちの班が最後に戻ってきた。着いたときには、もうほかの三班が歩道に並んでいて、うしろに監視員たちが立っていた。しかし、全員の所持品検査が終わっても、ゲートに向かえという合図は出なかった。所長は事務所のポーチでロッキングチェアーに座って脚を組み、せわしなく一服吸って唾を吐いた。うしろに立っている守衛が、入れ歯でぶざまにゆがんだ笑みを浮かべた。その横にはドッグボーイがもう一人の雑用係とともに立ち、俺たちを見下すようにニヤニヤしていた。

所長に何ごとか言われた守衛が事務所の中に入り、ショットガンを持った監視員を伴って出てきた。そして、そのあとに現われたのはクール・ハンド・ルークだった。

俺たちは帽子を手に持ち、ポケットを裏返しにしたまま俯いてその場に立っていた。ルークが階段を降り、歩道のほうに連れてこられ、靴を脱がされてズボンの裾をまくられるのを、陰鬱な気持ちで見ていた。二人の雑用係がルークの足首に足枷の環をはめ、ハンマーで叩いて止めた。

俺たちは顔をこわばらせ、泣き出したいような気分だった。髭だらけのルークは憔悴しきった様子でじっと立っていた。だが、やつは足元にかがみ込む男たちなど気にもせず、支給タバコの缶を取り出し、ちらっと顔を上げてココにいたずらっぽいウインクをした。堂々と胸を張り、静かにしっかりした手つきで、折った紙の上にタバコの葉を振りまいている。しかしマッチを取り出して火をつけようとしたとき、所長が椅子から立ち上がって階段を降りてきて、尻ポケットから警棒を抜き取ると、ルークの後頭部に打ち下ろした。

タバコ缶がカシャンと音を立てて歩道に飛び、葉と紙をぶちまけた。ルークはよろよろとドッグボーイに倒れかかった。ドッグボーイは、ずっしり重い体が突然自分にのしかかってきたものだから、わめきながらゲンコツを振りまわしてバタバタした。が、所長がやつを押しのけて割り込み、ルークの腹を蹴って甲高い怒声を浴びせはじめると、たじろいで口をつぐんだ。

「立て。立つんだ、この野郎。俺の前でタバコを吸うな。いいか、肝に銘じておけ。二度とそんなまねをするな。さあ、立て。もたもたするな」

ルークは片肘を突いて上体を起こし、頭を振って目をしばたたいた。頰と耳と首筋を伝って血が流れていた。なんとか起きようとするが、足がふらついてまた倒れ、気を失う寸前だった。所長が覆いかぶさるようにして、責め立てた。

「立て。人の話は立って聞け」

ルークがよろけながら立ち上がると、雑用係たちはびくびくしてしゃがみ込み、また足環をつけはじめた。

俺たちはじっと立ったまま、それがつけ終わるまで見ていた。そのあとルークは両腕をつかまれ、俺たちのすぐ前まで連れて来られた。守衛が大声で命令を出し、俺たちはゲートに入りはじめたが、だれもが通り過ぎざまにルークの顔をのぞき込み、目で何かを伝えようとした。それは振り返って番号を言うときも同じで、声には気持ちがこもっていた。

「……じゅうし、じゅうご、じゅうろく、じゅうしち……」

こうして栄《は》えある脱走劇は失敗に終わった。ルークは懲罰小屋に入れられ、翌日には作業に出された。慣れない足枷をもどかしげに引きずりながら、一日じゅう穴を掘り、泥を放り上げた。シャベルのブレードを足で踏み込むたびに、鎖がジャラジャラと耳障りな音を立てた。

監視員のキーンが特別にルークだけを見張ることになって、一日じゅうそばについた。キーンはフロリダのチェーン・ギャングを監視して二十二年になる。その前は、ジョージアで同じ仕事を十一年やった。オキフェノキー沼沢地の近くで生まれ育った貧乏人で、やたらに仕事熱心で信心深い男だ。これまでの長い監視員の仕事で、白人を殺したことはない。黒人を殺したことはあるが、白人はひとりも殺していない。以前に白人を二人痛めつけたことはあるが、そいつらは死ななかったからだ。

しかし、だからといって安心はできない。キーンはたしかに白人を撃ちたがらないが、仕事となれば別だ。やつは仕事に誇りをもっている。二人の能無し息子のどちらかが本に夢中になっていたり、なにかの古雑誌や新聞が家の中に落ちているのを見つけたりしようものなら、やつはそんなものはさっさと庭に放り出してしまう。本など何の役にも立たないと思っていた。それに読み書きを習う暇もなかった。仕事に追われてそれどころではなかったのだ。仕事に身が入らなくなるようなものには見向きもしない。徹底している。やつに仕事を忘れさせるのは無理な話だった。

ルークは一度として顔を上げなかった。車が速度を落とし、運転しているやつが放り投げたシャバのタバコの箱が足元に転がってきても、拾いもしなければ目をやりもせず、そのまま放っておいてシャベルを動かし続けた。そんなピリピリした雰囲気では、俺たちも話しかけてどうやって逃げたのか聞くこともできず、知らん顔をしているしかなかった。

何時間もずっと近くに立っていたキーンが盛んにちょっかいを出しはじめた。

「ルーク、おまえは神を信じていねえんだってな。俺はおまえみてえな色男がなんでこんなとこに来たのかと思ってたんだ。だが、これでよくわかったぜ」

老いぼれ監視員は次第にいらいらして落ち着かなくなり、あたりをうろうろしはじめた。腕のショットガンを持ちかえてみたり、手持ちぶさたに拳銃の台尻を指でいじくったりして、勝手に頭に血を上らせていた。道路の向こう側からは、ほかの監視員たちがそれを見ていた。囚人の列のうしろのほうでは、ポールがニヤついて立っていた。さらにその先には、ゴッドフリーがどっしりと杖にもたれ、その表情のない顔をルークのほうに向けていた。何も見ていないようで、すべてを見ていた。

キーンがまた口を開く。

「あの中国人や日本人みてえな異教徒だってよ、いいか、そんなやつらだってあの世はあると思ってるんだ。それを平気で信じねえとほざくなんて、気が知れねえ。とんでもねえぜ。俺にはそんな口叩くな。俺は信じてるぞ。至高の霊ってやつをな。もしそんなもんねえってことになれば、俺は気に入らねえやつの頭をさっさと吹っ飛ばしてやる。その場でな。ウサギを撃ち殺すようなもんよ。いい女がいて、やりてえと思ったら、遠慮なくものにするぜ。それで首を吊られてもかまわねえ。どうせ苦しむのは一瞬だからな。だが、それが永遠に続くんだ。いいか、ヘタなこと言うんじゃねえぞ。霊を信じねえなんて、まったくとんでもねえ」

その晩、囚人たちがトラックから降りて整列すると、懲罰小屋には寝間着が一枚しか用意されていなかった。体を調べられ、ちょっと間があってから、所長がゆっくりと鼻からタバコの煙を吐き出して言った。

「ルーク。キーンの話じゃ、おまえは今日よそ見してたそうだな」

ルークは黙っていた。

「どうなんだ。してたのか」

「はい、所長」

ルークは懲罰小屋に入れられた。翌朝になると外に出され、作業に連れていかれた。一日じゅうキーンがそばに立ち、ルークにしつこく話しかけては小馬鹿にした。そして、晩になると所長がまたルークを呼び出し、よそ見をしたと言って懲罰小屋に入れた。

こういうことが一週間続いた。ルークは日に二度しか食事をもらえなかった。朝飯はトウモロコシ粥と卵一個に厚焼ビスケット、昼飯はコーンブレッドと煮豆だった。だが、ルークはそんなことでへこたれている様子は見えなかった。やつは煮豆を普段よりたらふく食い、タバコを減らして、懲罰小屋の中でゆっくり眠ることを覚えていた。ただ、俺たちのいる建物に入ることは許されていないから、やつに話しかけるチャンスはなかった。だが、その我慢ももう限界だった。そのうちとうとう厳しい監視の目をかいくぐり、昼飯のときにやつのまわりに何人かが集まった。

ルークは巨大なカシの木の幹に寄りかかり、足を伸ばして休んでいた。節くれ立って曲がった枝の茂みと垂れ下がった蔦が、大きな屋根のように木陰を作っていた。ルークはゆっくり考えるようにタバコを一服吸い込むと、頭上の梢をじっとにらみ、落ち着いた声で話しはじめた。

追跡劇は二日と三晩続いた。ルークは走って犬を巻き、ときどき短い仮眠をとった。頃合いを見計らって起き、また走りはじめるということを繰り返した。オレンジの実と菜園から盗んだ野菜を食い、池の生水を飲んだ。しかしそのうち、車を盗むことを思いついた。

ある町の郊外まで来ると、キャベツヤシの茂みに隠れ、新興住宅地の家並みをうかがった。まだ囚人服のままで、追跡隊は近くに迫っていた。もうあたりには木々もなく、住宅地の通りを抜けて逃げるしかない。

そのとき、一台の車が走ってきて庭の前で止まり、女が降りると赤ん坊を抱いて家の中に入っていった。ルークは急いで通りを渡ってその車に乗り込んだ。キーはついたままだったので、エンジンをかけて走り出した。

まもなく、うしろの座席に食料品が載っているのに気づいた。やつは白パンやクッキーやバターを夢中になってむさぼり、砂糖は袋から直に頬ばった。干しぶどう、イワシの缶詰、リンゴにバナナ……俺たちが何年もご無沙汰しているような代物だ。

「まあとにかく、女がまず赤ん坊を連れてってくれてよかったよ。食料品が先だったら、今ごろ俺は誘拐犯だ。そんなことになるのはご免だからな。そうじゃなくても刑期が増えるんだ。車を盗んだからな。やつらは楽しみにしとけって言いやがった」

ルークはついに足跡を消し、車に乗って逃げはじめた。幹線道路を離れて寂しい山道に入り、わだち二本だけが目立つほこりだらけの道をくねくねと走った。木陰に車を止め、丸くなって、何日かぶりではじめてぐっすりと眠った。すっかり暗くなってから目を覚まし、残りの食料品で腹ごしらえしてから再び幹線道路に戻った。

あるにぎやかな軽食堂の裏手に、表の明るいネオンから離れて車が何台か止まっているのが見えた。ルークはそのうちの一台からナンバー・プレートをはずし、盗んだ自分の車のとつけ替えて乗り込むと、真っ直ぐにアラバマ州との境を目指した。

ルークは慎重だった。グローブ・ボックスから見つけ出した地図を頼りに、ずっと裏道を走った。こんなごまかしがそう長くはもたないとわかっていたが、注意を引かないようにスピードは上げなかった。

しかし、やつにも見落としていたことがあった。フロリダ州では、ナンバー・プレートの最初の番号は登録された郡を表わしている。さらに、車がある重量を超える場合、そのつぎに小文字の〝w〟が続く。やつはうっかりそれを忘れ、ビュイックのセダンのナンバー・プレートをツードアのフォードにつけてしまっていた。

ルークはガソリンが切れるのを気にしながら北西に向かって走り続けた。午前三時ごろにはペンサコーラまでたどりついて、信号待ちのセミトレーラーのうしろについて止まった。そのとき、巡回中のパトカーがわき道から出てきて、ルークの車のうしろについた。やつはバックミラーで警官たちをうかがった。時差式の信号で、なかなか変わらない。そのうち警官のひとりがナンバーのおかしいことに気づき、調べに降りてきた。ルークは警官が近づくのがわかったが、どうすることもできなかった。前にはセミトレーラーがいて走り出すこともできず、パトカーはぴったりうしろについていて、不審な動きをすればすぐに追いかけてきそうだった。やつはただ、じっと座ってタバコをふかし、ハンドルを指でポンポン叩きながら、しらを切って逃げる手はないかと考えていた。

だが、警官はすでに怪しいとにらんでいて、運転席の反対側から車に近づいた。窓越しにのぞき込んだ警官の目に、やつのズボンの縦縞が見えた。すぐさまピストルを抜いてルークに狙いを定め、大声で同僚の応援を求めた。信号が変わり、ようやくセミトレーラーが動き出したのはそのあとだった。

こうしてルークは捕まった。あっけない幕切れだった。

20

ルークはふらふらになりながらも弱音を吐かず、なんとか作業をこなしていた。晩にはいつも列から呼び出され、懲罰小屋に入れられた。そして翌朝には連れ出され、作業に向かった。しかし、建物に入ってシャワーを浴び、髭を剃ったり、服を着替えたりすることは絶対に許されなかった。所長の警棒で殴られた傷の血が乾き、側頭部のもつれた髪の毛はそのまま固まっていた。数日もすると、髭は伸び放題の上にいやな臭いがして、足枷をはめられてよたよた歩く野獣のようになった。俺たちはそれを見てこっそりとささやき合っていた。今までにこれほど痛めつけられたやつはだれもいなかった。しかし、監視員たちはルークを執拗に目の敵にして、決して許そうとはしなかった。

ドッグボーイはこのありさまにうきうきしていた。やつは雑用係として毎朝食堂に出て、コーヒー、トウモロコシ粥、豚肉の塩漬け、それにほかではお目にかかれない卵などを囚人に配っていた。やつはルークが懲罰小屋から出されて食事の列のうしろに並ぶのを、いかにもうれしそうに待っていた。そして、ルークに大声でありったけの皮肉を浴びせかけた。

「よお、大食い。もうこれからはそんなに食えねえぞ。おめえの運も尽きたな。弁護士のブッシュが言ってたそうだぜ、おめえの仮釈放はもう無理だって。気の毒によ。まあ、あきらめるんだな。ほら、厚焼ビスケットをやるからよ。これで足りなきゃ、また並んでもいいぜ」

食堂ではみんな静かにするのが決まりで、雑用係も必要なときだけしか話すのを許されていない。だが、ドッグボーイは自分の特別な立場を十分心得ていたし、実際、監視員たちもやつの冗談を聞いて大いに楽しんでいた。

ルークは一言も口をきかなかった。ただドッグボーイを見て皿を差し出し、料理が盛られるまで静かに立っているだけだった——あの日、ドッグボーイがやつを激しく罵るまでは。

「よお、大食い。おめえ豚みてえにひでえ臭いがするぜ。それだけくせえと今度逃げてもわけなく捕まらあ。俺の鼻だって嗅ぎ出せるってもんだ」

垢まみれで髭面のルークは、憔悴しきってうつろな目で立っていた。と、低く、うなるような声がやつの口から漏れ、食堂と厨房、そして隣の監視員食堂にまで響いた。

「そんな役立たずの鼻じゃ、俺を探すのは無理ってもんだ。だいたい、おまえみたいな最低のクズ野郎なんか屁でもねえぜ」

だれもが動きを止めた。ドッグボーイは突っ立ったまま、両手を震わせ、目を大きく見開いていた。食堂でそんな口をきいたやつはだれもいなかった。が、俺たちはみんな、ルークはそんなまねをするやつだとわかっていた。やつはもっと恐ろしい罪を背負っていて、そんなつまらない規則を破ることなど意に介さないかのようだった。

しかし、俺たちは気をゆるめなかった。つられて何か言おうものなら、懲罰小屋送りになるのは間違いなかったからだ。

ルークが懲罰小屋で暮らしはじめて十日が経ったころ、やつは午後になって糞をしたくなり、キーンに、道路を離れてやぶの中に入り、穴を掘る許可を求めた。ちょうどそのとき、ゴッドフリーがぶらぶら通りかかって、それを聞きつけた。やつは頭の上で杖を振ってラビットを呼び、トラックからライフルを持ってくるように命じた。ゴッドフリーはラビットから銃を受けとると、ポケットからボルト《滑走棒》を出して銃尾に差し込み、それからカートリッジの弾を入れた。ライフルを片腕に抱えてルークを見ながら、いたって冷ややかに杖を振る。

「よし、ルーク。行って穴を掘っていいぞ。車の人間から見えないようにずっと奥へ行け。ゆっくりと、思う存分出してこい。だが、糞をしながら茂みを揺らせ。わかったな。ずっと揺らし続けろ。やめればどうなるかわかるな」

俺たちはみんな足元を見つめたまま、聞き耳を立てて作業を続けていた。またしても、何かが始まっていた。

ルークはゴッドフリーのサングラスの目を真っ向から見据えた。その唇にはかすかな微笑《ほほえ》みがあった。ルークはシャベルをつかむと、かがんでドブの中に落ちていた新聞の切れ端を拾った。土手をよじ上り、足の鎖が引っかかるのをはずしながら、なんとか鉄条網の柵を越えた。しかし、そこはまだ道路に近く、ゴッドフリーの挑発にもかかわらず通り過ぎる車から丸見えの場所だった。

「どうした、ルーク。遠慮するな。もっと奥へ行って、ゆっくりズボンを下ろせよ。人間たまにはひとりっきりにならねえとな、そうだろ」

ルークは微笑《ほほえ》み、シャベルで小さな穴を掘ると、ズボンを下ろしてしゃがみ込んだ。それから目の前の低いカシの茂みに手をかけ、ずっと揺らし続けた。硬い小さな葉がカサカサと音を立て、ドブの中にいる俺たちにもはっきり聞こえた。

ゴッドフリーはライフルをだらりと下げて持ち、何か別なことを考えているような様子だった。ライフルを持つ手に杖を預け、葉巻を取り出すと、下を向いてマッチをすって不器用に火をつける。ほんの一瞬、やつは油断しているようにみえた。俺たちは息を殺した。が、茂みは揺れ続けていた。
　銃声がしたとき、俺たちは文字通り飛び上がった。狙うでも腕を上げるでもなく、ゴッドフリ
ーは引き金を引いた。弾はルークの尻の下の地面に跳ね返った。が、ルークはピクリともしなか
った。声も上げず、たじろぎもしない。まるで、何も感じず、何も聞こえなかったかのようだった。
「ルーク、揺すってるのか」
「ええ。ちゃんと揺すってます」
　ゴッドフリーがまた撃った。再び弾がルークのそばで跳ねて尻に砂をぶちまけ、ものすごいう
なりを上げて茂みと木々のあいだを抜け、不気味な響きを残した。
「揺すってるだろうな、ルーク」
「揺すってます」
　それからつぎつぎにライフルが発射された。林の中に銃声がこだまし、硝煙の焦げくさい臭い
があたりに漂った。しかし、常に茂みは揺れていた。やがて、ルークは用を足し終わった。新聞
紙の切れ端で注意深く尻を拭く。立ってズボンを引き上げ、ベルトを締めるあいだも、左足で幹
を蹴って揺らしていた。シャベルで穴を埋めてから、大きな声ではっきりと叫んだ。
「戻ります」
「よし、ルーク。戻れ」

俺たちはゴッドフリーの離れ技に仰天し、ルークのとんでもない冷静さに唖然とした。夕方になってトラックに乗り込むと、ドラッグラインはさっそく相棒にがなり立てはじめた。

「おいおい、いったいどういうつもりなんだ。おめえ、気は確かか。あんなふうにゴッドフリーとやり合うなんてよ。ケツでもぶち抜かれてえのか。調子に乗るにもほどがあるぜ」

しかしルークは歯を見せて笑った。

「どうした、ドラッグ。心配するな。あいつはこのルークばりに腕は確かだ」

「確かだって。そんなもんじゃねえ。あいつはハエの羽だって打ち抜けるぜ。俺はおめえなんかよりずっとやつのことはわかってるんだ。悪いことは言わねえから、おとなしくしてるこった」

だから、その翌日にもルークが用を足したいと言いだしたのにはみんなびっくりした。また同じことの繰り返しだった。ゴッドフリーは土手を上るルークの足元に向かって銃を撃ち、柵を越えようとすれば、つかんだ鉄条網を弾が引きちぎった。しゃがみ込むルークの尻の下に三発、四発と弾丸が砂を舞い上げ、シャベルを担いで戻るときには、ブレードに命中して鐘のような音を響かせた。しかし、ルークは茂みを揺すり続け、怯《ひる》んだり、ためらったりすることなく、鎖をジャラジャラ鳴らして歩いていた。

今度はドラッグラインも何も言わなかった。俺たちもそうだった。とても手に負えなかった。俺たちはあまりのことにただ押し黙り、気の抜けたように作業をしながら別のことを考えていた。目の前で起こっていることよりもっとわかりやすく、信じられる夢を思い描いていた。

翌朝、作業を始めて一時間もしないうちに、性懲りもなくまたルークが用を足したいと言いだした。これにはさすがにゴッドフリーも苛立ちを隠さなかった。

「ふざけるな。出てくる前に糞をしてこなかったのか。懲罰小屋には便器があるだろうが」

「ええ。でも、豆のせいですよ。我慢できないんです。豆ばっかり食ってるもんでね」

「しょうがねえ野郎だ。おい、ラビット、ラビット。トラックからライフルを持ってこい。早く」

「キーンさん、ポールさん、紙拾います」

「よし。拾っていいぞ、ルーク」

まだ朝早く、空は薄暗かったし、空気は湿気を含んでいて、みんなけだるそうだった。ゴッドフリーでさえ眠たげで、いつもの遊びにも気が乗らない様子だった。ルークは銃声を聞くこともなく柵を乗り越え、茂みの奥に入り、穴を掘ってからシャベルを前に突き立てた。そして茂みが揺れはじめる。静かで、物憂い空気が漂っていた。俺たちも監視員たちも普段どおりだった。

と、茂みの揺れが止まった。

「ルーク」

バン、バン。ゴッドフリーが続けて二発撃ち、カシャカシャと素早くレバーを前後に動かした。シーンとした空気の中に、青白い硝煙がゆらゆらと立ち上る。俺たちは手を止めて立ちつくし、監視員たちはこわばった顔でショットガンを構えていた。ゴッドフリーが柵を乗り越え、地面に垂直に立ったルークのシャベルのほうへ走っていった。シャベルの木の柄は二発の弾をくらい、撃ち抜かれた穴がくっきりと残っていた。が、ルークの姿は見えなかった。

ゴッドフリーがライフルを振って叫んだ。

「ジム、トラックをまわせ。急げ。さっさとこっちへ持ってこい。早く。もたもたするな」

ゴッドフリーはドブに降り、土手を這い上がると、道路まで戻ってきた。それからトラックに飛び乗り、猛スピードで発進して、電話を探しに行った。

脱走劇のあらましはこうだ。

ルークはドブの中で、棒に巻いた古くて薄汚れた凧糸を見つけていた。子供が捨てたか、車から投げ出されたものに違いない。これでやつはひらめいた。監視員に新聞の切れ端を拾う許可をもらうと、それで包むようにして糸をしまい込んだ。いつもよりすこし遠くの茂みまで行き、ズボンを下ろすようなふりをして茂みの木の幹に糸を結ぶ。巻いた糸を左手でほどきながら、まるで凧上げや魚釣りを楽しむように引っ張って木を揺すり、だんだんとうしろにさがっていく。糸の長さは九十メートルほどあった。ルークは糸が尽きたところで放り出し、くるりと向きを変えて走り出した。インディアンの知恵からヒントを得たこのやり方で、やつはライフルの礼砲に送られ、漂う硝煙に包まれて姿を消した。

ドッグボーイと猟犬たちが到着し、茂みの中の糸をたどりはじめた。ところが、その道筋は信じられないほど単純で、細く白い糸が茂みの中を真っ直ぐ伸びる様子は、何か逆に胡散《うさん》臭いものを感じさせた。だいたい、この世のなか、何でも鵜呑《うの》みにはできないものだ。糸を引っ張ったら、茂みが爆発するなんてことがないともかぎらない。

しかし、犬たちは猛烈な勢いで追いはじめ、あとに続く追跡隊とドッグボーイも意気込んでいた。今度は問題なくいきそうだった。そこいら辺の人里離れた森に逃げ込んでいるのを追いつめて、間違いなく捕まえられるだろうと踏んでいた。だいいち、ルークが逃げてからまだ四十五分足らずだったし、足枷をつけたままでそれほど速く走れるわけもなかった。

ところがそれから数時間経っても、林の中からは犬の鳴きわめく声がかすかに聞こえ続けていた。しばらく静かになったと思うと、近くでまた聞こえ、それから遠ざかって小さくなったりした。休憩時間になり、昼飯を終えても、追跡隊はまだ戻らなかった。俺たちはずっと無表情で黙々と作業を続けていたが、内心は、鎖を引きずった男ひとり捕まえられない監視員たちの無能ぶりを、あざけり笑い、小躍りしたい気分だった。

その晩、検査を済ませて建物の中に入り、ルークの行方がまだわからないことを知ると、俺たちは顔を見合わせてニヤニヤしはじめた。間違いない。何か見当もつかないやり方で、やつは見事に逃げのびていた。

こうして、またもや俺たちは底抜けに陽気になった。就寝の鐘のあと、寝返りを打ってはルークのたたまれた布団を眺めてにんまりし、カーが看守に人数を報告する声を聞いていた。

「五十一名です。それと、外に二名」

「何だと。今度はだれが逃げたんだ」

「同じやつです。クール・ハンド・ルークですよ」

21

また眠るどころではなくなった。静まり返った中で、俺たちの想像はふくらんでいた。目を閉じて横になっていても、ルークがあの鎖をつけた囚人独特の、素早く小刻みな足の運びで走る光景が、ありありとまぶたに浮かんできた。足の鎖が跳ね上がり、のたうって、鉄のヘビのようにまとわりついていた。

思い出したように寝返りを打つやつがいた。暑く、むんむんする夜で、体じゅうが汗でぐっしょり濡れていた。奥のほうでだれかが屁をして、何か湿ったブリブリという音を大きく響かせた。これに答えるように、かなり離れたベッドからプーという高い音がした。ポーカーはもう一時間も続いていて、カードを切る音や、硬貨がぶつかる音がかすかに聞こえる。カーが靴音を消しながら、今夜もその刑期を刻むように歩きまわる。起き上がって便所に行く物音、寝返りを打って軋むベッドのスプリングの音が、絶えず聞こえていた。

まもなく夜が明けるころになって、塀の外が騒がしくなった。一台のトラックが走ってきて止まり、人の声がした。トラックはまたエンジンをかけてゆっくり動き出し、食堂や厨房、洗濯小屋のわきを通って、薪小屋と夜番小屋の先まで移動した。ガタガタという物音、バタンと扉を閉める音。犬たちが短く、力のない声で吠えた。いったん静かになってから、ポーチで足音がした。だれかに声をかけられた看守が外に出て、ドアの鍵を開け、ドッグボーイを中に入れてからまた閉めた。さらにカーが内側の扉を開けてドッグボーイを入れて閉めると、看守が鍵をかけた。ドッグボーイは重い足取りでベッドまで歩いていくと、靴と服を脱ぎ、溜め息をついて倒れ込んだ。腕で目を覆い、天井の電球のまぶしい明かりを遮っている。

俺たちの中には、横向きになって頭を起こし、怪訝《けげん》な顔で互いを見やるやつもいた。犬を引き上げたところを見ると追跡はもうあきらめたようだった。しかし、俺たちが手当たり次第に情報をかき集め、ルークがどうやって逃げのびたかを細かく知ったのは、翌日の晩になってからだった。はじめ追跡隊は、一時間もあればルークを見つけられるだろうと考えていた。やつは前のように罠を仕掛けたりせず、真っ直ぐに走って逃げていたからだ。ルークは袋のネズミだと思われた。やつが逃げ込んだオレンジ林は耕されていて地面が柔らかく、足跡もくっきり残って、犬に追わせる必要もないほどだった。

だが、そのうち追跡隊の中に疑念が頭をもたげはじめた。ルークの足跡はあまりにもはっきりしていて、まったくためらう様子がなかった。やつはただ懸命に走っていた。どこか目指す場所があり、目論《もくろ》みがあるはずだった。

オレンジ林を抜けると、低いマツとキャベツヤシが茂っていて、その先に、人通りの少ない二本の州道が合流する地点があった。その二本の道に挟まれて小さな黒人集落があり、ペンキも塗っていない傾いた掘立て小屋が何軒か肩を寄せ合うように建っていた。

そこは一年ほど前、十代の黒人少年二人が白人女性をレイプしようとして捕まったあと、暴徒と化した白人たちが襲った村だった。ルークはこの場所を知っていた。囚人たちは以前に、この道路沿いのドブの茂みを斧で払ったことがあったからだ。ルークも廃屋のような小屋を横目で見ながら作業をした。白人たちは、二人の黒人少年が保護のために郡拘置所からレイフォード刑務所に移送されたことを知り、家々を壊し、火をつけた。やつらは怒りの矛先《ほこさき》をこの小さな村に向け、住民たちを威嚇し、拳銃とショットガンで窓や壁を撃ち抜き、少年たちが住んでいた家に押し入って家具を打ち砕いた。火の手が上がってからやっとハイウェイ・パトロールが止めに入り、群衆を追い払って火を消した。

ルークの読みは冷静だった。やつは、ここの住民たちが自分の味方で、いちいち素性を確かめたり、どんな罪を犯したのかと聞いたりしないことを知っていた。やつらにとっては、ルークが痛めつけられていることと、常に自分たちを苦しめてきた法から逃げているとわかるだけで十分だった。

まずはすこし離れたオレンジ林から、だんだんと近づく猟犬の鳴き声がした。そのうち、出し抜けに男がひとり姿を現わし、掘立て小屋のあいだを抜け、よろよろとほこりっぽい道の真ん中に出て、庭の柵や花壇、錆びて動かない車の残骸のあいだを歩いた。髭面で上半身裸の白人の男は泥と汗にまみれ、サイドに薄汚れた白い縦縞のあるズボンをはいている。直りかけた傷、耳の上の乾いた血の固まり。両足をつないだ鎖は、このうらぶれた貧しい村の泥道を引きずられ、足をもつれさせて小刻みな一歩を踏み出すたびにジャラジャラと鳴った。

追っ手はルークよりほんのわずかに遅れてやって来た。監視員、猟犬とドッグボーイ、そして保安官代理たちが林の中から出てきて、ほこりを蹴立てた。犬がけたたましく吠えまくる中で、大声で指示したり質問したりする声が飛び交う。ルークがこの村によたよたと入り込んで消えたのは確かだった。追跡隊はポーチにいる黒人たちに呼びかけたが、だれもそれに答えるものはいなかった。せいぜい、不機嫌そうに無言で首を振って返事をするだけだった。

それでも、犬は砂だらけの道の真ん中に臭いを嗅ぎつけた。追跡隊はあちこちの庭に踏み込み、隠れていそうな場所を探した。しかし何も見つけることはできず、怯えた黒い顔が窓からギョロギョロのぞき見るだけだった。

あたりは静まり返り、不審な動きはなかった。裏庭で薪が燃え、大きな鉄鍋の中で洗濯用の灰汁が煮えたぎっていた。壊れたタンスがレモンの木の下に立てかけられている。錆びついて反り返ったトタンが散らばり、廃材に渡した物干しロープのそばでも火が燃え、たらい一杯の洗濯物が暖められていた。裏口のポーチは床板が何枚もはがれ、隅の水くみポンプは錆びだらけだった。コンクリートの建築ブロックがいくつも積まれ、ハンドルもエンジンもない車が、凍りついたような砂の大渦巻の中へ静かに沈み込んでいた。いたるところに生え出した花や蔓がくず鉄の山に絡まり、ポーチの先の鶏小屋や壊れた塀の裏まで広がっていた。

だがルークの臭いは次第に薄れ、砂に残された多くの足跡と住民の様々な生活の臭いに紛れてわからなくなった。追跡隊は犬たちを引っ張ってそばの道路まで連れていき、根気よく付近を探しまわらせて、やっとのことでまた臭いを見つけた。やつらは歓声を上げて柵を乗り越えると、その先に広がる牧草地を進みはじめた。そして突然、何かいきなり見も知らぬ土地に放り出されたように、臭いはそこで途絶えた。

犬たちは困惑したようにキャンキャン鳴きながらぐるぐる回った。足で鼻をこすってくしゃみをしたり、げほげほやったりしている。犬の異変の意味を知ったドッグボーイが体を震わせて悔しがった。黒人たちはコショウやチリパウダー、カレー粉など、台所から掻き集めたありとあらゆる香辛料をルークに渡していた。やつはそれを振りまきながら走り、目に見えない刺激臭の煙幕を張って行方をくらましたのだ。

犬がまた鼻を利かせはじめるには一時間以上かかった。そのくらいで済んだのも、ドッグボーイが懸命にいろいろ手を尽くして犬たちに正しい方向を見定めさせたからだった。

それからは臭いの跡を見つけては、突然大量の香辛料に阻まれて見失うという繰り返しで、とうとう夜になった。ルークはどこか目と鼻の先のやぶの中で休み、こっちをうかがいながら、また一目散に逃げる用意をしているのはわかっていた。だが、追跡隊はじっと我慢し、ルークが仕掛ける罠を根気よく解いていくしかなかった。

暗くなると、ルークはまた別な手を使いだした。やつは道路の真ん中を歩き、アスファルトとタイヤのゴムと排気ガスの臭いに自分の臭いの跡を紛れ込ませた。車のヘッドライトが見えるとドブに伏せ、光に反射しないように顔を隠した。しかし、ドッグボーイはその辺のところを心得ていた。追跡隊は路上の臭いを追うのをやめ、小川の飛び石を渡るようにドブだけをたどりだした。

ルークもすぐにこの相手のやり方を悟り、作戦を変えた。やつはときどき鉄条網の柵を越え、牧草地を大きく遠まわりして戻り、また柵を越えた。さらに道路の反対側でも同じようにぐるっとまわって戻ってきた。柵ぎわを一直線に走ってから向こう側に移り、また三十メートルほど走って道路側に戻るような動きもした。鎖を引きずっているとはいえ、追っ手が興奮しきった何匹もの犬に引っ張られて悪戦苦闘するのに比べれば、鉄条網を乗り越えることなどたやすかった。

そのうち、ルークの足取りは大きな湖の岸まで真っ直ぐに続いて消えた。追跡隊は手分けして湖の周囲を探した。しかし新しい臭いは発見できず、ルークは湖岸まで出て、また来た道を逆戻りしたものと考えられた。が、またもや犬たちは香辛料の刺激臭に鼻が利かなくなり、しばらくは人間たちが必死に頭を働かせてみるしかなくなった。

ルークは一度渡ってきた小川まで引き返していた。その川を膝まで水に漬かりながら一・五キロあまり歩き、鉄道橋まで来ると、線路の枕木の上を歩いて進んだ。まだ新しい枕木は防腐剤が乾ききっていなくて、鼻をつく強烈な臭いがした。

こうしてルークは、もうすこしというところでつぎつぎに新手を繰り出し、追っ手を煙に巻いていた。とはいえ、追うほうもそう簡単にはあきらめず、とくにドッグボーイは憑かれたように執念深かった。やつは絶えず拳銃のベルトを引き上げ、舌で唇を湿らせながら、ルークの仕掛ける罠をひとつひとつ解いていった。

しかし、ついにルークが犬たちに勝つときが来た。夜中の二時半ごろ、それまで犬がはっきり嗅ぎ出していたルークの臭いが、農家の裏庭の、カシの木の切り株のところで完全に消え失せた。地面に残った跡から、何が行われたかは想像できた。ルークは切り株を両脚で挟むようにして仰向けになり、その窮屈な姿勢で何度も力強く斧を振り下ろして鎖を切っていたのだ。

ルークは逃げ切った。切れた鎖の環と刃こぼれした斧だけが逃走の跡をとどめ、その突き立てられた柄は月明かりを受けて追っ手を嘲笑っているかのようだった。ルークはあふれるコショウの香りの中を漂い、くしゃみに見送られてどこへともなく消えていた。

俺たちはこのくだりを聞くと飛び上がって喜んだ。犬たちがキャンキャンげほげほしながら庭をぐるぐる回り、鶏がギャーギャー鳴いて、牧場の牛が逃げ惑う。悔しまぎれに怒鳴り散らす声に、農家の明かりがつく。ルークは自由になった足で軽やかに森を走りながら歌を口ずさんでいる――そんな光景が手にとるように浮かんだ。ほのかに金色に輝く三日月が雲間からのぞくと、ルークは立ち止まって空を見上げ、微笑《ほほえ》んだ。

「ゴッドフリーさん、あんたそんなとこにいたのか」

ルークが残していった鎖の環は、ほこりの中でねじれて輝き、怒りに震えるゴッドフリーの月のような目を小馬鹿にしてウインクしているようだった。それはまた、用心深く様子をうかがう俺たち自身の思いでもあった。

22

それから数日間は、上のほうから流れてくる噂で刑務所じゅうがもちきりだった。こそこそしゃべったり、人の話を立ち聞きしたり、デマもあれば、希望的観測というやつもあった。監視員や雑用係は、吸い殻でも捨てるように何気なくポロッと情報を漏らした。俺たち哀れな乞食はそれを拾おうと殺到した。調理係はいつも監視員から情報を仕入れていたし、雑用係は監視長のそばで聞き耳を立てていた。それに、ラビットが買い出しに行くときは必ずだれかが地元紙を注文し、俺たちはその記事をどんな小さなものも見逃さず隅々まで読んでいた。

とるに足らないゴシップ欄にもなかなかの手掛かりがあったし、わずかな三面記事を糸口にあれこれ推測することもできた。俺たちはすこしずつそういうものをつなぎ合わせていった――近所の物干しから作業着が一着なくなっていた。近くの家が空き巣に入られたが、盗まれたのはシャツと櫛と靴だけだった。六十五キロほど離れたホテルの部屋から、三十八口径の拳銃、千ドル分のトラベラーズチェック、コンドーム一箱、それとスコッチ一瓶が消えた。オカラでは、猟小屋に入り込んだ泥棒が剃刀を使い、洗面台には剃った髭と垢がこびりついていた。さらには、セント・ピーターズバーグで女の子の自転車、パームビーチでスポーツカー、タラハシーでは子馬が盗まれていた。

ルークが捕まったという噂もよく聞いた。農夫が捕まえたという話もあれば、貨物車にもぐり込もうとしたのを車掌が発見したという話もあった。十三歳の少年が二十二口径ライフルを持ってリス撃ちに出て捕まえたとか、鶏を盗もうとしたルークの脚を太った主婦が撃ったというのもあった。果ては、やつが三〇一号線でヒッチハイクして、乗せてくれたのがたまたま非番の刑事で、ご丁寧に郡保安官事務所まで運んでくれたなんてのもあった。

しかし、俺たちはルークが逃げのびたことがわかっていた。二日後には追跡隊も解散し、むくれたドッグボーイはそのあと何週間も俺たちを不機嫌な顔でにらんでいた。ほどなくレイフォードから三人の新入りが来ると、ルークの寝具は片づけられ、ベッドはほかのものに割り当てられた。ココはバンジョーの練習を始めた。

何週間かが過ぎ、何か月かが過ぎた。俺たちは働き、飯を食い、気晴らしをしながら、いつもルークのことを考えていた。俺たちの頭の中のルークは、エアコンの利いたスイートの一室でサテンシーツの上に裸で寛ぎ、上等な酒を飲んでいた。寝るのはとびっきり色っぽい女とばかりで、ほんのちょっと触ってやっただけで、ひとり残らずやつにのぼせ上がった。

ルークがどうやって金を稼いでいるかも考えてみた。ここに来たてのころのやつは泥棒としては素人だったが、一年仲間と暮らしていろいろ悪知恵をつけていた。だから、俺たちはやつにふさわしい手柄を片っ端から思い浮かべて悦に入っていた。スリ、万引き、麻薬密売、こそ泥、強盗、それと偽小切手を使うぐらいはこっそりやっているだろうと思った。ドラッグラインはルークがハリウッドでヒモになっていると固く信じていたが、それは何を隠そう自分自身のあこがれだった。同じあこがれでも、ココの場合はパリに渡って世界を股にかけた宝石泥棒ということになった。ジゴロ、詐欺師、銃の密輸、ギャングの一味になっているという意見もあった。もちろん、ルークはまともな仕事をしていると考えているやつもいた。だが、これは神聖なものを冒瀆《とく》する考えだった。まっとうな人間になったルークなんて想像もしたくなかった。やつがそんなものになるわけがない。あの俺たちのクール・ハンド・ルークが。

みんなうきうきしていた。間違いなくルークが逃げのびたとわかると、俺たちは前にも増して元気に働きだした。監視員たちが黙って目を光らすそばで、俺たちは喜び勇んで泥や茂みや砂の中に飛び込み、あちこちで景気のいいうなり声を上げた。

「俺たちゃ穴掘って死にそうだ。ルークはファックしてイキそうだ。さあ、ガンガンいこうぜ。ガンガンとな」

そのうち、俺たちのとりとめのない想像が堰を切ったように現実のものとなるときがきた。ある日曜日、ドラッグラインの叔父さんが面会に来て、食料品ひと抱えと映画雑誌を差し入れた。建物に入ったドラッグラインがその雑誌のページをパラパラめくっていると、八×十インチの光沢のある写真が一枚挟まっていた。差出人を伏せ、速達で送られたものだった。まわりに集まった俺たちはみんな口をあんぐりと開けた。ココとドラッグラインは狂喜乱舞した。お互いに肩を小突き、抱き合って踊りながら、満面の笑みを浮かべて大声で喜びを確かめ合った。ココは「オー、オー、オー」と叫びつづけ、唇を口笛かキスでもするように尖らせ、指に火傷でもしたように右手を振っていた。

やつだった。ニューオリンズのナイトクラブで椅子に座り、ダークスーツに幅広のウインザーノットにした絹のネクタイを締め、糊のきいたフレンチカフスには金の鎖が輝いていた。うしろにはジャズバンドが控え、ヌードダンサーがポーズを決めていた。テーブルの上には、シャバのタバコ、ライター、シャンペン、ぴかぴかのグラス、それと折りたたんだまま無造作に散らばったピン札の束。やつは腕を伸ばし、両側に寄り添うブロンドとブルネットの女の剥きだしの肩を抱いている。女たちはイブニングドレスの胸元をはちきれんばかりに見せ、カメラに向かって愛想よく笑っていた。やつは片手にシャンペングラスを持ち、もう片方の手にはエースのファイブカードを見せて持っていた。そのさっぱりしたハンサムな顔はにっこりと微笑《ほほえ》み、写真の下のほうに手書きされた言葉を語りかけているかのようだった。

やあ諸君、クールにやろうぜ。そのうちみんなで楽しもう。

クール・ハンド・ルーク

それはすぐに、ただ〝写真〟というだけで通じるようになった——

俺たちは毎晩疲れきって建物の中に戻ってくる。泥と汗にまみれ、体は力に刺された跡だらけで、ぐっしょり濡れたズボンには細かい砂がこびりついている。げっそりして気分は滅入り、孤独感に襲われ、この生活が果てしなく続くような気がして、道路に剃刀の刃でも落ちていればふと拾いたくなる。汚れた服のままではベッドで休むこともできず、床にどさっと座り込むものの、立ってシャワーを浴びにいくのが億劫なほど体が重い。筋肉はこわばって痙攣し、頭が痛くてめまいがする。

俺たちのあいだでは、落ち込むことを〝ドン詰まり〟と言う。そういうときは、きれいな服、ピカピカの靴、ダブルベッド、フォークやドアノブや目覚まし時計、椅子に囲まれた生活が目に浮かび、昔の仲間や過去の失敗の数々が思いだされ、ステーキの味とキスの感触が蘇り——と、だれかが鼻歌を歌いはじめ、指に挟んだタバコも忘れ、壁に頭をもたれて遠くを眺めやる。そのうち目にかすかな光が差し、そいつは立ち上がると、ドラッグラインのベッドのそばまで行ってひざまずき、かすれた声で熱っぽくささやく——

「なあ、ドラッグ。写真を見せてくれよ。頼むよ。なあ、いいだろ。ちょっとでいいからよ。女といっしょのルークを見てえんだ。あのブルネットのよ。金と酒も拝みてえんだ。それにダンサーがやつのうしろで裸のケツを振ってるところもよ」

「なあ、ババルガッツ。おめえ、ほんとにあんなエロ写真を見てえのか」

「ああ、見てえよ。見せてくれって」

「でも、どうすんだ。たかが絵葉書みてえなもんだ。マイアミあたりから家に送るようなやつだぜ」

「そりゃ、わかってるよ」

「そのどこがいいんだ」

「いいなんてもんじゃねえ。見せてくれよ。頼むよ。なあ」

「さあ、どうしたもんかな。目の毒ってこともあるぜ。それで血のめぐりが良くなり過ぎるってことにもならあ。火傷するかもしれねえってことよ。あの看守の野郎が見つけたらどうなる。取り上げられるかもしれねえ。そうなりゃ、だれかが一晩、いや場合によっちゃ二晩か三晩星を眺めて寝ることにならあ」

「用心するさ。俺だってそこまでまぬけじゃねえぜ」

「まあ、むくれるな。肝心なのは、あの写真を見るのにいくら出すかってことよ。ちらっとのぞかせるだけだ。じっくり見せるわけにはいかねえ」

「冷えたのを一本でどうだ」

「冷えたのを一本。たった一本か。そのうすぎたねえ血走った目にあの写真を見せてやるんだぞ。本物の天国を見せてやろうってのにか。天使が三人飛びまわって、俺の相棒とじゃれ合ってるのが写ってるんだぜ」

「なんとかそれで手を打ってくれよ、なあ」

「まあ、しょうがねえな。よし、いいだろう。じゃあペプシ一本だ。前金といこう。滴《しずく》のついた、ひやっとするようなやつを、まずは一本いただこうじゃねえか」

ドラッグラインはとうとう条件を飲み、布団の下から映画雑誌を引っ張りだして、カーと看守の様子をうかがってから、ババルガッツにそっと渡した。ババルガッツは壁に寄りかかり、雑誌を膝の上に抱え込むと熱心に読むふりをした。しばらくそうやって座ったまま身動きひとつしなかった。次第に表情がゆるみ、泥だらけで日焼けした顔がうっとりとほころび、視線があちこちに飛びまわる。やつはシャバの光景を思う存分目に焼きつけ、その豪華さと美しさと神々しさに酔いしれていた。

24

それから四か月ほど経ったときのことだ。俺たちは〝幽霊カシの道〟で作業していた。ここには、苔むした薄気味悪い枯れたカシの巨木があって、それが名前の由来となっている。幹は昔の山火事で焼けて片側が黒ずんでいた。この木が雑草の茂った湿地の真ん中に立っている姿は、巨人がひとり佇み、不気味に節くれだった手足を広げて威嚇しているようだった。

午前中はずっとアリの行進のようにして路肩の窪みを埋める作業をした。土手の傾斜がきつく、上るのが楽ではなかったが、俺たちは根気よく行ったり来たりして泥を運んだ。昼飯が済んで一時間ほどして、所長が黒と黄色に塗られたシボレーに乗ってやってきて、車を降りるとゆっくりゴッドフリーのほうに歩いてきた。腹とベルトのあいだに拳銃を挟み、片手をポケットに入れて小銭をジャラジャラ鳴らしていた。

ゴッドフリーが大声を出し、みんな土手の下に集まって並ぶように命じた。俺たちは訳もわからず言われたとおりに並び、所長を前に帽子を脱いで、シャベルの柄に寄りかかっていた。互いに顔を見合わせ、近くに移動したショットガンを持つ監視員たちや、道の端に立つゴッドフリーと所長に目を向けた。やつらは両手を腰に置いて俺たちを見下ろしていた。

そのうち所長がうしろを向いて、手で合図を送った。雑用係が二人シボレーから降り、何やら道具を持って前に進み出た。その二人に挟まれ、手錠をはめられて真新しい囚人服姿で歩いてきたのはクール・ハンド・ルークだった。

俺たちは目を丸くした。声をひそめて当たり散らすやつがいた。目を閉じたり、うなだれたりするやつもいた。ルークは道の端に立たされ、雑用係が膝をついて足首に鎖をつけはじめた。やつは足元でハンマーがカンカンと音を立てるあいだ、無表情でじっと俺たちを見て立っていた。やがて足枷はつけ終わったが、驚いたことに、雑用係たちはさらにもうひとつ足枷をつけはじめた。

それもつけ終わると、やつらは脇にさがった。所長が手錠をはずし、ズボンの尻ポケットにしまい込んだ。ちょっと間があってから、所長はルークの背後にまわり、ベルトから拳銃を抜きとると、その銃身をやつの頭に振り下ろした。ルークは前のめりになって顔からまともに地面に倒れ、不自由な脚を蹴り上げてもがいた。所長が低い声で命令し、雑用係が両側からルークの腕をつかんで起き上がらせた。

拳銃はルークの脳天に三回打ち下ろされ、吹き出した血が顔や首筋に流れ、だらりと垂れた頭から砂の上にぽたぽたとしたたった。俺たちの中には思わず前に踏み出すやつもいたが、監視員たちがショットガンの引き金に指をかけ、しっかりとこちらに銃口を向けていた。所長はルークの髪をつかんで頭を起こすと、顔を拳で殴りはじめた。怒鳴り、喘ぎながら何度も殴り続け、怒りにまかせて罵った。

「このクズ野郎。ほとほと見下げ果てたやつだ。逃げれば鎖をはめられるんだ。バカが。二度目は二本だ。三本つけるようなまねするなよ。いいか、よく聞け。その腐った根性を入れかえるんだ。こんど妙な気を起こしてみろ、そのときは……」

とどめの一発を食らって、ルークはガクッと頭を垂れた。両腕をつかまれた体は力なくだらりとぶら下がった。支えている雑用係たちは困ったような表情で顔をそむけ、ルークを見ることも、互いに目を合わせることもできずにいた。立ちつくす俺たちは、血だらけの頭を垂れ、空を背景に磔《はりつけ》にされたルークの姿をじっと見上げていた。

ルークのうしろにはゴッドフリーが立ち、空に浮かぶ雲を背に黒い帽子の輪郭をはっきりと見せていた。鏡のサングラスは太陽の光をいっぱいに受けてまぶしく反射し、空に燃えるふたつの火の玉のように俺たちを見下ろしていた。

低い声で命令が飛び、雑用係たちが手を離すと、ルークは地面にうつぶせに倒れた。ゴッドフリーがそのわき腹や腿を蹴り上げた。ルークは鎖の音をジャラジャラ響かせて土手を転がり、ほこりを舞い上げ、血をはね飛ばしながら俺たちの足元まで落ちてきて、苦しげに体を折り曲げたまま動かなくなった。ゴッドフリーは俺たちを見下ろし、低くかすれた声で凄んだ。

「さあ、届けてやったぞ。おまえたちのクール・ハンド・ルークだ。こんなぶざまな姿になりたくなかったら、おまえたちも性根を入れかえることだ。いいな。ラビット、バケツに水をくんできて、この自惚れ野郎にぶっかけてやれ。それからトラックからシャベルを一本持ってこい。新品をな」

ルークは、まさに綱渡りのようにしてその日を乗りきった。やつの片目は完全にふさがり、切れた唇は腫れ上がって、鼻は曲がっていた。そこらじゅうから吹き出した血が、顔を真っ赤に染め、髪の毛は赤い網をかぶったようだった。が、それもすぐに舞い上がるほこりで泥だらけになり、太陽の熱で乾き、ついにはどす黒く固まってかさぶたとなった。

ドラッグラインが吐き捨てるようにみんなにつぶやいた。

「さあ、仕事だ。さっさとやっつけちまおうぜ」

泥が飛びはじめた。もう土手を上り下りしなくてもいい場所に来ていた。俺たちは汗まみれでぶつぶつ当たり散らしながら泥を放り投げた。ひと固まりになった泥が、さっときれいな軌道を描いて飛び、上にいる二人の鎖つきの囚人の足元に落ち、シャベルのブレードの先で平らにされた。ルークはなんとか体を動かしてはいたものの、泥は土手の上まで届かなかった。

ラビットが水を入れたバケツを持ってきた。やつは、ルークが柄杓を持ち上げて傷だらけの口に運ぼうとすると、唇を動かさないようにして小声で励ました。

「俺たちがついてるぜ。安心しな。今三時半だから、あと三時間ってとこだ。頑張れ。柄杓にアスピリンを入れといたから全部飲んじまいな。でも、黙ってろよ。じゃねえと、俺がやばい」

ルークは作業の途中で一度つまずいて膝をつき、放心したように弱々しく頭を振った。すかさずゴッドフリーが杖をつかんで歩み寄りかけた。だが、俺たちがシュッと口を鳴らして警戒の合図を送ると、ルークはなんとか立ち上がり、また動きはじめた。

やっと作業が終わり、トラックに乗り込んで刑務所に戻ることになった。車の中で、俺たちはシャツや上着を脱いで床に敷き、ルークを仰向けに寝かせて頭を支え、タバコをくわえさせてやった。あとできることといえば、じっと座り、戻ってからルークが懲罰小屋に入れられないように祈ることぐらいだった。しかし、それはどうにか免れた。道路を通る車に見苦しい姿をさらされては困るので、やつらは俺たちがルークを介抱するのを許した。

まずは手をとってシャワーを浴びさせ、赤ん坊のように洗ってやった。それからドラッグラインとココが一晩じゅう付き添った。意外なことに、カーまでがかいがいしく世話を焼いた。やつは自分のハサミと剃刀で慎重にルークの髪を剃り落とし、傷の手当てをした。だれかがロッカーをがさごそやって革帯を探し出し、ふくらはぎに巻いてやった。ココは首筋や肩を揉んだ。カーはアスピリンをもらってきてやり、折れた鼻に丹念にテープを貼って固定した。

そのうち、ルークがまともなほうの目で集まった連中を見まわし、ぶざまにふくれ上がった唇をかすかに微笑《ほほえ》むように動かした。

「なあ、どうなってるんだ」

口を開けるのがやっとで言葉は聞き取りにくかったが、何か変わったことはないかと聞いているのはわかった。ルークは裁判までの三か月間を郡拘置所で過ごしていた。その後レイフォード刑務所に送られ、また新入りと同じ扱いをされていた。だから囚人番号も新しいものだった。そして、刑期も新たに加わった——最初の脱獄中に女の車と食料品を盗んだことで三年、二度目は家宅侵入と衣類の窃盗で十年となった。

俺たちは黙っていた。しかし、ルークはまったく動揺した様子もなく、ずっしり重くなった刑期をいたって陽気に受けとめていた。そのうち、だれかが話題を変えた。俺たちはやつの冒険談を詳しく知りたくて仕方がなかった。どうやって逃げ、どうやって犬を巻いたか。シャバでどこに隠れ、どうやって暮らしていたか。何人の女と寝たか。どんなドンチャン騒ぎをしたか。そして、なんで捕まってしまったのかということだった。

ルークはゆっくりとささやくように話しはじめた。ときどきペプシコーラに口をつけ、タバコを深く吸った。ルークは鎖を切った農家から馬を盗み、鞍もつけずに数キロ乗ってから捨てると、水の補給で止まった貨物列車に飛び乗って夜明けを迎えた。明るくなる前に修理工場に忍び込み、弓鋸で足環を切った。トイレで剃刀と作業着と溶接工のヘルメットを見つけ、髭を剃り、体を洗って服を着替えた。こうして修理工になりすまし、アラバマまでヒッチハイクをして、なんとか家に帰りついた。やつの兄貴はいくらかの金と長距離バスの切符をくれた。こっそりと母親の墓に参ったあとすぐ、ニューオリンズに行った。そこで偽名を使い、郊外で配管工助手として職を得た。ルークはそこに腰を落ち着け、ひっそりと、そしてクールに暮らしていた。

興奮したココが指を震わせて例の映画雑誌をとり出し、その表紙に目をやりながら言った。

「なあ、ルーク。もっとあるだろ。この女たちのこととか。それに、がっぽり金を手に入れたんだろ」

「冗談じゃない。おまえといっしょにするな。世界を股にかける、いかれた宝石泥棒ってわけじゃないんだ」

ココはまんざらでもなさそうにニヤッとして、目をパチパチさせた。と、ドラッグラインが口を挟んだ。

「よお、女のほうはどうなんだよ。このとびっきり上玉と寝て、具合はどうだったんだ。みんな食っちまったんじゃねえだろ。俺たちにもちゃんと残しといてくれたんだろ、なあ」

「がっかりさせて悪いが、俺は寝てないんだ、ドラッグ。暇も、金もなかった。すこしはましな服を買って、家賃も払わなきゃならなかったし。食い物もな。まったく、毎週毎週、食うだけでやっとだったぜ」

ココが右手の指を曲げてこわばらせ、熱さをこらえるように震わせながら、ぶ厚い唇を不満げに突き出した。

「寝てない。やってないのか」

「ああ、その気はあったがな。いつも飯を食いにいく店に若いウエイトレスがいてさ。何度か映画を見に行ったり、仕事のあとポーチに座って話したりした。まあ、キスぐらいはしたけど、指にいい思いさせることもできなかったぜ」

「なに、おまえをふったのか。こんないい男を。俺だってキスぐらいしてやれるぜ」

「ありがとよ。でも顔なんか何の役にも立ちゃしない。その女は結婚して、落ち着きたがってたんだ。シャバじゃみんなそんなもんさ。それに俺は金がなくてピーピーしてるのに、ピッカピカの新車を乗りまわしてるやつが二人もその女を追っかけまわしていたんだ。まあ、そういうことさ」

「ルーク、それだけじゃねえだろ。勿体ぶらずにしゃべっちまえよ」

「どうしようもねえな、ココ。俺がうそをつかないのは知ってるだろ。ほんとなんだ」

「そんなことどうでもいいって。話せよ、ルーク。俺たちはほんとかどうかなんて気にしねえさ。そうなりゃよかったって話でいい。俺たちが外に出たらできそうなことをしゃべってくれよ」

「どう言やぁいいんだ、ココ。シャバは甘くない。ほんとにそれしか言いようがないんだ」

「じゃあ、これは。この写真はどうなんだよ」

ルークは雑誌を開いて微笑《ほほえ》んだ。

「こいつか。これはみんなが〝ドン詰まってる〟と思ったからさ。それにたぶん仲間のクール・ハンド・ルークがいなくなって寂しがってるんじゃないかってな。で、昔の写真でも送って楽しませてやろうと思ったんだ。おかげで一週間分の給料が消えちまった」

捕まったいきさつもわかった。ルークはあまり話したがらなかったが、どうもやつは、すんなりウエイトレスをあきらめられなかったようだ。その後も何度となくくどいてみたが、女はなびかなかった。そしてまた酒を飲みはじめ、それが毎日になり、量も増えた。悪いことは重なるもので、ルークは一週間もしないうちに職を失い、女は口もきいてくれなくなり、金が底をついて鉄格子の中に戻ったというわけだ。

ある晩、やつが泥酔してフレンチクオーターの歩道を歩いていると、警棒をぶらぶらさせて警官が近づいてきた。ルークは荒れていた。怒鳴り声を上げて警官につかみかかると、蹴りを入れて引き倒し、取っ組みあって側溝の中まで転がった。まわりの人間がやっとのことでやつをなだめ、引き離して押さえつけているあいだにパトカーが到着した。

ルークは三十日の拘留とされた。しかし、市警察署ではやつの指紋をとり、通常の手続きとしてそれをワシントンの連邦捜査局に照会した。ルークの身元は割れ、やつは拘留期間が終わるのを待たず、即座にフロリダに送還された。

そういうことだった。俺たちはうなだれ、腹を立て、がっかりした。予鈴が鳴ると、寝る支度を整えてベッドに横たわり、思い思いの夢を追い求めて落ち着かない夜を迎えた。ルークはまた捕まり、鎖をつけられて、俺たちのいるドブの中に放り込まれていた。そして、やつはいたって穏やかに、ここよりほかに俺たちの住む世界はないと言っていた。

翌日、俺たちはいつものように道路に出て作業をした。しかし、休憩時間にもならないうちに、ゴッドフリーがルークのそばへ歩み寄った。

「おい、なんであの車を見てたんだ」

「どの車です」

「つべこべ言うな。根性を入れかえろと所長が言っただろうが」

シュッという音を立て、杖がルークの頭を激しく打ちすえた。ルークは前のめりになってシャベルを落とし、激痛にうめき声を上げた。

「何か言ったか、ルーク。何だって、この野郎」

再び杖が振り下ろされ、ふさがりかけた傷が血を吹き出して、剃り上げた青白い頭に新たな傷が口を開いた。俺たちは俯いて足元をにらんだままシャベルを使い続けていた。

「さっさとシャベルを拾って仕事に戻れ。いつまでも休んでるんじゃねえ。早くしろ」

その晩ルークは懲罰小屋に入れられた。それからは毎日同じことの繰り返しだった。やつは何の理由もなく殴られ、うめき声や涙でも見せようものならまた殴られた。が、声を上げなければ上げないで、すぐに返事をしないということでやはり殴られた。ルークはだんだん弱っていった。鎖を二本つけた足をほこりの中で引きずりながら、その日その日をやっとのことで乗り切った。晩飯はいつも与えられず、懲罰小屋に入れられた。

また髭が伸び、体も服も泥にまみれだした。日焼けしたむきだしの頭皮はそこらじゅう切り傷やすり傷だらけで、乾いた血がかさぶたになって覆っていた。しかし、三日目の晩、その暗く狭い棺桶のような小屋の中から、ルークが〝リトル・ライザ・ジェーン〟という古い山岳民謡を歌う声が聞こえてきた。俺たちはベッドに横になってその声を聞き、みんな胸を締めつけられた。

毎朝起床の鐘が鳴る五分前、鎖つきの囚人たちが起き出した直後にドアが開いて、ルークが寝間着姿で戻ってきた。服を両腕で抱え、吊り紐のない鎖は床を引きずっていた。髭を剃ったりシャワーを浴びたりする暇はない。鎖をつけたままズボンをはき、止め金や吊り紐をつける面倒な仕事が終わるころには点呼の鐘が鳴った。

やがて一週間が過ぎ、ルークは耐えきった。週末もずっと懲罰小屋に入れられたままだとしても、少なくとも作業は休めるはずだった。土曜の朝、やつらはルークを食堂に連れていき、朝飯を食わせた。

しかし、守衛が食堂の前でルークが出てくるのを待っていて、隅の監視デッキ正面の塀ぎわに連れていった。そこでは監視員のポールがニヤニヤしながら見張りに立ち、ゴッドフリーが杖を持って待っていた。塀にはシャベルが一本立てかけてある。しばらくはだれも口を開かなかった。そのうちゴッドフリーがゆっくりと進み出て、杖の先で地面に平行な二本の長い線を引いた。ルークのほうを振り返り、杖でその場所を小突いて言う。

「ルーク、ドブが見えるだろ。俺のドブだ。泥は見えるか。そいつはおまえの泥だ。さあ、このおまえの汚ねえ泥を俺のドブからどけろ」

言い終わらぬうちに、ゴッドフリーの杖がルークの頭に思いきり振り下ろされた。ルークは顎の骨まで響く痛みに涙をにじませながら、黙ってよたよたと歩き出し、シャベルを取りにいった。そして、そばに立ってじっと眺めるゴッドフリーたちのだれとも目を合わすことなく、手を休めずに必死になって穴を掘りはじめた。

やがて守衛とゴッドフリーは立ち去り、ポールがニヤニヤしながら見下ろすだけになった。俺たちも窓やポーチからこの異様な光景を固唾《かたず》を飲んで見守っていた。十時ごろになり、ルークは長さ七、八メートル、幅と深さがそれぞれ一メートルほどの穴を掘り終わった。守衛がゲートを入ってルークのそばまで歩いてくると、薄笑いを浮かべて見下ろし、鍬《くわ》の柄で神経質そうに自分のふくらはぎをペタペタ叩いた。

「ルーク、いったい何してるんだ」

「ドブの泥を掘ってるんです」

「だれが俺の庭に泥を出していいと言った」

「ゴッドフリーさんが、ドブの泥をどけろって」

すかさず守衛が柄を振り払い、ルークをなぎ倒した。やつは大の字にひっくり返り、額から血をしたたらせながら起き上がって穴の縁につかまった。

「でたらめ言うな。だれもそんな命令はしてねえ。その汚ねえ泥を俺の芝生からどけろ」

ルークはのろのろと穴から這い上がると、山のように盛り上げた泥を穴に戻しはじめた。またもや柄がうなりを上げて空気をつんざき、ルークの尻をまともに打った。

「急げ。もたもたするな。さっさとやれ」

そのとき、建物の中から、悲しく堪え忍ぶようなハーモニカの音が、優しく情感をこめて流れだした。ドラッグラインが床にあぐらをかいて座り、背を丸めて古い南部の讃美歌を吹いていた。ココのギターがかすかな伴奏をつけた。便器に腰掛けたソサエティー・レッドが、吊り紐を上下に動かし、コンクリートの床に鎖を落としてゆっくりリズムを刻み、やつにできる精一杯の音楽を演奏した。ブラッキーもその隣に座って同じようにした。やがて、のろまのブロンディー、鼻めがねのジョー、ゲイターがむせび泣くような声で歌いはじめた。そして、歌詞を知らない俺たちみんなが、それにハミングで加わった。

正午になると、監視員のポールがルークに食堂に行って昼飯を食うように命じた。ルークは大盛りの煮豆を三杯と、大きなコーンブレッド二個をシロップに漬けて貪り食った。ドッグボーイは食事中ずっとルークのうしろに立ってせせら笑っていた。

「せいぜい詰め込むんだな、大食い。今夜は飯にありつけねえだろうからよ。さあ食え、豚野郎。がつがつ食ってみろ」

飯を済ませるとルークは庭に出て、スプーンを洗ってポケットにしまった。それからひざまずき、蛇口の下で顔と頭に水をかけてから仕事に戻った。ほとんど穴を埋め終わるころになって、杖を持ったゴッドフリーがゲートを抜けてきてルークのうしろに立ち、しばらく黙って眺めていた。建物の中からは、また静かに、控え目な讃美歌が響いていた。

杖がルークの頭に振り下ろされ、バシッという大きな音が聞こえた。ルークはうつぶせに倒れ込み、地面の土をつかむ指が苦悶を伝えるように激しく震えた。

「ルーク。俺のドブから泥をどけろと言っただろ。どうだ、忘れたわけじゃあるまい」

「はい」

「じゃあ何でそうしない。なぜだ」

「わかりません」

「わからねえ。そんなはずはねえだろ。言われたとおりにやるんだ。いますぐにな。さっさと立って始めろ」

ルークは立ち上がり、また穴を掘りはじめた。俺たちもまた楽器と鎖を鳴らし、歌を歌った。こうして再び穴が掘られ、そして、守衛に毒づかれ、殴られ、また穴が埋められた。晩飯の時間になり、俺たちが食堂の前に並んでいると、守衛が来てルークを懲罰小屋に連れていった。

日曜日にも同じことが繰り返された。ルークは穴を掘り、監視員たちがやつを叩きのめし、俺たちは歌い、楽器を鳴らした。だが、午後の三時になったときだった。ルークがゴッドフリーの前で膝をつき、喉から絞り出すような声ですすり泣いて哀願した。

「もう殴らないでくれ。お願いだ。もうやめてくれ。何でも言うことをきくから、もう殴らないで」

歌がやんだ。監視員のポールがニヤついている。ゴッドフリーの唇の両端がほんのかすかに動き、笑みを浮かべたように見えた。かがみ込み、そっと何か優しく気遣うような口調で声をかけた。

「改心したのか、ルーク」

「はい。改心しました。ほんとです」

「信じていいいな。もう俺を裏切るなよ。ほんとに改心したんだな」

「はい。だから、もう殴らないでください」

「よし。いいだろう。やめてやろう」

建物の中が静まり返った。

25

ゴッドフリーは、穴を埋めて泥をならすように命じると、そばで杖に寄りかかって見ていた。

ルークは穴を埋め終わると、立ったまま指示を待った。ゴッドフリーはしばらく動かなかった。俺たちは建物の中で座り込み、じっとそれを見守った。

「終わったか、ルーク」

「はい。終わりました」

「疲れたか、ルーク」

「はい、疲れました。もうくたくたです」

「そうか。じゃあ、中に入っていいぞ。熱いシャワーを浴びて、髭でも剃れ。ベッドにもぐって、たっぷり寝ろ。素直にさえしていれば、みんなと同じように食わせるし、寝かせてやる」

「素直になります。ほんとうにそうします」

「そうか、ルーク。おれもそれを聞いてほんとにうれしいぜ」

その日から、ルークは俺たちと同じように建物の中で眠り、飯を食えるようになった。やつはもう殴られたり、目の敵にされなくなり、ドッグボーイもその雰囲気を感じとって、無駄口を叩かなくなった。ルークの傷はかさぶたになって直りはじめ、唇の腫れも引いた。目は開くようになり、そしてだんだんと輝きを失った。髪が伸びはじめて、不格好な角刈りのようになり、傷跡がところどころ禿げていた。手の皮が厚くなり、肌の色が浅黒くなった。鼻の骨はすこし曲がったままでくっついた。体重が増え、新入りのころの食欲が戻り、かつてみんなの度肝を抜いた作業をする速さや持久力、勢いや力も回復した。

しかし、戻らないものがあった。ルークはもう陽気に笑って冗談を飛ばさなくなった。ポーカーのテーブルに座ることもなくなった。晩にシャワーを浴びると真っ直ぐベッドに入り、ぼんやりと黙って考え込んでいた。週末になるとバンジョーを弾くこともあったが、そのメロディーが以前とは変わってしまった。名曲の演奏も、トーキング・ブルースもなくなった。もの悲しく訴えかける山岳地方の霊歌、あきらめと後悔と倦怠に満ちた歌だけになっていた。

ルークは牙を抜かれていた。すっかりおとなしくなってしまった。

いっしょに作業する仲間たちは、努めて昔のように振る舞い、ほら話をして相手を馬鹿にし合ったり、いんちきな賭けで憎まれ口を叩き合ったりした。俺たちもルークが変わったことを表立って口にするようなまねはしたくなかった。しかし、ドラッグラインやココに対しても、やつの態度は同じだった。もうどうにもならなかった。

一月の中旬のある日、ゴッドフリーがぶらぶら歩いているそばで、俺たちは路肩の窪みに泥を放り上げていた。鎖をつけているルークは上にいて、ドブから放り上げられた泥の固まりをシャベルでならしていた。ゴッドフリーが近くに来て立ち止まり、杖にもたれて葉巻をふかした。やつはその姿勢のまま表情ひとつ変えずに、低くそっけない口調でぼそっと言った。

「ルーク。バケツで水を持ってこい」

ルークは顔を上げ、シャベルを地面に突き刺すと、ためらうことなく大声を出した。

「ポールさん。バケツ持ってきます」

許可する声はすぐに返ってこなかった。監視員たちはルークのそばにゴッドフリーが立っているのを見て、それがやつの指示だと悟った。が、それはあんまりだ。ルークは水くみになりさがったのか。あのクール・ハンド・ルークが。

「ヒューズさん。ブラウンさん。バケツ持ってきます」

「よし、いいぞ。持ってこい」

ルークは、小刻みな内股歩きで道路を歩きだし、よたよたと用具運搬トラックに向かった。監視員たちはそんなルークをじっと見ていたが、ゴッドフリーは背を向け、道路を反対方向にぶらぶらと歩いていった。

ルークは重そうにバケツを運んできて、まずゴッドフリーのところに持っていった。ゴッドフリーが用心深く柄杓の水を飲むあいだ、やつは足元に目を落として待っていた。

「監視員にも持っていってやれ」

ルークは土手を降り、ドブを渡って向こう側の土手を這い上がると、はっきりと通る声で叫んだ。

「ブラウンさん。水持ってきました」

ルークがそばに寄った。ブラウンは一瞬身構え、近づいてからためらった。肩から下ろしたショットガンを固く握り締め、拳銃のホルスターを前に動かす。やがてゆっくりと手を伸ばして柄杓をつかみ、ルークの顔を真正面からのぞき込んだ。ルークは身じろぎもせず立ったまま、バケツをさげて待っていた。

監視員たちが終わると囚人に水を運んだ。この日から、ラビットとジムが何かで忙しいときは、たいていルークが水くみ係になった。ときには、列の先頭まで行って、囚人たちが道路を進むのに合わせて赤い警告旗を動かすことさえあった。

はじめ俺たちは、ゴッドフリーがライフルを向けずにルークをそんな遠くまでやらせるのにびっくりした。そして、それができるのは鎖を二本つけさせているからだと思った。だが、それだけではないのはだれの目にも明らかだった。ルークの態度は以前とまったく変わっていた。監視員たちにへつらうようにさえなっていた。やつらの言うことには何でも従い、やつらが笑えばいっしょに笑った。その歩き方や話しぶりも、なにか自分がまぬけな田舎者で、分別がないばかりに問題を起こしたと認めるようだった。脱走したことや反抗的だったことを監視員たちが話題にすると、ルークはいたたまれないというふうに足元の土を靴でならしながら、情けない言い訳をした。

ある朝、ゴッドフリーがルークに近づいてきた。

「ルーク。おまえを雑用係にするぞ。ただし、鎖はそのままだ。所長にははずしてもいいかと聞いたら、だめだとさ。まあ、雑用をさせるのはいいということだ。だが、ルーク、覚えとけよ。もしまた逃げるようなまねをしたら、俺はおまえを殺す。いいか、今度はぶっ殺してやる」

ルークがそれに答えるのを聞いて、俺たちは思わず振り返った。

「安心してください、ゴッドフリーさん。もう逃げません。改心したんです」

囚人たちはみんなかつての活気や明るさを失い、失望感にふさぎ込んだ。すべてが終わったと思った。監視員たちは七月四日の晩のことにきっちり決着をつけていた。逃げたやつらを捕まえ、鎖でつなぎ、罰を与えていた。やつらを屈服させることで、反抗すればどうなるかということを俺たちに思い知らせていた。そして、なかでも一番反抗的だったやつを選び、服従すれば与えられるものを教えていた。さらにはそれでも飽き足らず、仮釈放の申請が認められなかったというのに、ドラッグラインにさえ、ときどき雑用をやらせはじめた。仮釈放審議委員会は、やつの泥酔、暴行、風紀紊乱による数多くの逮捕歴を指摘し、事件を担当したマイアミの刑事の報告などから、素行の悪さが目立つ点を問題にしていた。

だから、そんなことが起こるとはだれも予想できなかった。まったく夢にも思わなかった。涼しく、もの寂しい月曜の午後だった。俺たちはそれぞれの空想に浸りながら作業に没頭していた。ドラッグラインは用具運搬トラックのそばの道端で、鎌の刃を研いでいるらしかった。ルークはみんなに水を配り終え、バケツをさげてトラックのほうへ戻っていった。ラビットは赤い旗を道路の先に移動させていた。ジムは監視員のブラウンと無駄口を叩いて油を売っていた。

突然、車のエンジンがかかり、轟音とともに走りだす音がした。続いてけたたましい物音、叫び声や怒号、銃声が響いた。俺たちはシャベルを放り出してドブの中に伏せ、拳銃やショットガンの弾が飛び交うのを避けようと必死になった。

ルークとドラッグラインが用具運搬トラックに飛び乗り、走り出していた。ダンプの荷台を上げ、シャベル、振り子鎌、斧、飲料水の樽、シート、バケツ、皿、パンを入れた箱など、ありとあらゆるものをガチャガチャと路上にばら撒きながら逃げていた。

ゴッドフリーは身じろぎもせず、杖にもたれたままじっと立っていた。

が、ほかの監視員たちは興奮して、ありったけの銃器をぶっ放していた。散弾銃を撃ちつくすと拳銃を引き抜き、シリンダーの弾倉が空になってもカチカチと引き金を引き続けた。弾丸がうなって風を切り、盾のように高く上げた分厚い鉄板の荷台に、鉛のかたまりがあられのように降りそそぎ、カンカンカンと軽快なメロディーを奏でていた。

監視員たちがみんな弾薬を撃ち尽くすと、嵐のような興奮はいきなり収まった。やつらはきまり悪そうに俺たちを見下ろし、落ち着かない素振りだった。ひょっとしたら起き上がって逃げだすこともできそうな雰囲気だった。が、俺たちは動こうにも動けなかった。起き上がったら思わず吹き出してしまいそうだった。腹這いになったまま腕に顔を伏せ、大笑いしたくなるのを懸命にこらえるしかなかった。

ルークはついに監視員たちみんなの鼻を明かした。ずいぶん遠回りはしたが、いたってクールにやつらを出し抜いた。ルークとドラッグラインは火花の閃光に包まれ、けたたましい物音を響かせて走り去った。あとには笑いと罵声と怒号が乱れ飛び、ハレルヤの大合唱となって空高く響き渡っていた。

「トラックを盗みやがった」

「逃げちまうぞ」

「ドラッグラインだ。あのデブ野郎」

「クール・ハンド・ルークもだ」

26

昼飯を終え、今俺はパイプをくわえて教会の庭で靴を枕に寝転び、ドラッグラインの物憂げな声を聞いている。ふと足首が痒くなり、脚を曲げて掻いた。また体を伸ばしてから監視塔に目をやり、何本も交差した梁と、その上の小さな四角い小屋をじっと眺めた。何気なく、上に向かってジグザグに延びた梯子段を数えてみた。十五段あった。船の甲板からブリッジに上がるようなやつだ。一瞬、昔の光景が浮かんだ――ちょうど十二時から四時の昼当直の時間だ。船長と航海士は海図室で船の正午の位置を確認しているだろう。快晴で、海は穏やか、船はゆるやかにローリングとピッチングを繰り返している。

教会の中からは、長くうめくような祈りの歌声がまだ聞こえていた。そのうち、すこし途切れてから何かの楽器のソロか独唱が始まり、そのあとみんなが一斉に合唱するのだろう。のろまのブロンディーは鎌を研ぎ終えていた。道路は車が行き交っている。ポンというタバコ缶の蓋を開ける音がした。柄杓がバケツの縁に当たる音、マッチをする音、ジャラジャラと鎖を引きずる音がした。

ドラッグラインは片脚を膝が胸につくまで縮め、もう片方の脚は斜めに折り曲げていた。立てた膝に腕をついてタバコを持ち、空いた手で砂をつかんでは指のあいだから落としている。まわりを囲む仲間にしゃがれ声でささやき、ときおり、聞かれるのを気にして監視員たちを見やっていた。目を細め、垂れた唇は思わず漏れる笑みをこらえていた。

「まったく見ものだったぜ、俺たちが走りだしたときは。あんな音は聞いたことがねえ。そこらじゅうから弾がビュンビュン飛んできやがるんだ。ぽんこつトラックのうしろにカンカン当たってよ。そりゃ、おっそろしい騒ぎだったぜ。

ところがルークときたらな、まったく切れる野郎だぜ。監視員が追っかけてこねえと思ったら、あいつがトラックの鍵をみんないただいてきちまってたのよ。やつら八百メートルは行かねえと電話することもできねえってわけだ。それでも、ルークは気をゆるめるなんてことはしねえ。見つかっちまうかもしれねえだろ。なんたって、ムショのトラックで走りまわってるんだ。どっか裏道に乗り捨てたとしても、そこから犬を放されたら一発だ。隠さなきゃいけねえ。トラックは足がつくってことよ。だから、ルークはずっと離れた田舎道に出てから、トラックをゆっくり林に乗り入れたんだ。そのときは俺が降りて、うしろからシャベルを持ってついていった。タイヤの跡を消すって寸法よ。やつは車をキャベツヤシの茂みに突っ込んで、俺には斧で枝を切らせた。

いや、まったくあいつは抜け目ねえ野郎だぜ。道路に道具をみんなぶちまけてきたって言ったろ。だがな、シャベルと斧は一本ずつ運転席に置いといたのよ。それからやすりもな。あとあと入り用になるのは百も承知だ。まあとにかく、俺たちはそこいらじゅうのキャベツヤシの枝を払って、縁起でもねえトラックを隠したんだ。これでもう、よっぽどのことでもなけりゃ見つかるわけがねえ。

ところがよ、あの野郎それでもまだ安心できねえって言いやがった。いや、たまげたね。俺たちはトラックからガソリンを抜いて、靴に染み込ませた。ズボンの裾のほうまでな。万が一トラックが見つかっても、これなら犬の鼻も利かねえってわけだ。どうだい、クールなもんよ、まったく。

さあ、これできれいさっぱり片づいた。俺たちは森の中だ。鉄砲玉も飛んでこねえし、犬に吠えられることもねえってわけだ。そうしたらルークの野郎、ムショにいたことなんか忘れちまったように陽気になりやがった。口笛を吹いて笑いながら俺に言うんだ。『おい、そそっかしいの。マッチなんか擦るんじゃねえぞ。たちまち足に火がついて、独立記念日のように踊りまわって昇天しちまうからな』。だが、俺だって負けちゃいねえ。『いいか、馴れ馴れしい口をきくんじゃねえ。そのへんてこな頭を吹っとばすぞ。へっ、何だその頭は。三〇一号線をぶっとばすトラックから落っこちた玉葱みてえじゃねえか』って言ってやった。

そうしたら、ルークは言うんだ。『おまえ、自分がほんとのワルだと思ってるのか』俺は答えた。『いいや、俺はワルじゃねえ。ただちょっとレモンみてえに癖があるのさ。しゃぶれば味がわかるぜ』ってな」

ドラッグラインは教会の庭の砂の上にしゃがみ込んでいた。足の鎖の真ん中をつまみ、一年中引きずって細くなった環を調べるように指で触った。が、そうしながらも、やつは別のことを考え、昔を思い出して微笑《ほほえ》んでいた。やがて、またぼそぼそとしゃべりだし、話の続きが始まった。

ドラッグラインとルークは森の中を歩き、陽気に冗談を飛ばし合っていた。大きな木の根元に座って休み、途中で取ってきたオレンジ何個かと、あらかじめポケットに入れて持っていたピーナッツバー二本で腹ごしらえした。それから、ドラッグラインがトラックからやすりを持ってきてルークの足枷の留め釘を切り、環を広げてはずした。ルークはにっこりしてふくらはぎや足首をさすると、立ち上がって思い切り大股であたりを歩きまわった。革帯と吊り紐、二本の鎖はひとまとめにし、反動をつけてキャベツヤシの茂みの奥のほうに放り投げた。

「さあ、これでせいせいした」

有頂天のドラッグラインが子供のように飛び跳ね、大笑いしたりほくそ笑んだりして腕をいっぱいに伸ばしながら思う存分体を動かした。

「自由だぜ、ルーク。やったな、俺たちは今この瞬間から正真正銘の自由だ。れっきとしたシャバの人間よ」

「まだ気が早い。この服をなんとかしなけりゃならねえし、食い物も見つけなくちゃな。安全な場所を探して、ほとぼりが冷めるまでしばらく待つんだ。それに、金もいる」

「おめえは心配性だな、ルーク。クルウィストンの俺の家に行きゃあ、そんなものどうにでもなる。服だって金だって、なんだってな。叔父さんがたっぷり酒を飲ませてくれるし、女もいる。でかい胸したかわいい田舎娘がごろごろいるぜ」

「だめだ、ドラッグ。今はまだ女といちゃついてる場合じゃない。お楽しみはあとだ。それに、やつらが真っ先に探しに来るのは俺たちの家だ。そんなところにのこのこ帰るわけにはいかねえよ」

「ルーク、おめえムショぼけか。女とやれねえなら、俺は何のために逃げたんだよ。それに、家に腰を落ち着けようってわけじゃねえ。ちょっと寄るだけだ、夜中かなんかによ。やつらだって、四六時中へばりついているわけでもねえだろ」

「いや、だめだ。とにかく先に進もう。どこかいい場所を探すんだ」

　自分たちの位置はわかっていたから、タンパの先まで延びる大西洋岸線の線路を見つけるのは簡単だった。森を抜けて一・五キロほど歩き、線路にぶつかると、暗くなるのを待って北へ向かった。うまく逃げのびたと思ってはいたが、ルークは油断しなかった。やつは五分も歩くと立ち止まり、耳を澄ましては犬の鳴き声をうかがっていた。

　枕木や砂利につまずきながら一晩じゅう歩いた。途中で一度、列車が走ってくる音が聞こえ、線路わきの茂みにうずくまった。ライトの明かりと轟音がだんだんと近づいてきた。貨物列車が通過しはじめると二人は飛び出し、死に物狂いで走った。しかし、暗闇の中を猛烈なスピードで走り去る列車に飛び乗るのはそう簡単ではなかった。次第に遠ざかる最後尾の赤いライトを呆然と見送り、肩で息をしながら立ちつくすしかなかった。

二人は歩き続けた。給水塔までたどりつくと、つぎの列車が来るのを待つことにした。だが、一月半ばの夜はしんしんと冷え、地面にはうっすらと霜が降りていた。ポケットに両手を突っ込み、襟を立てて締めた。ドラッグラインは火を燃やそうとしたが、ルークはそれを許さなかった。二、三時間してディーゼル機関車らしきものが近づく音が聞こえてきた。南に向かっていたが、この際、方向などどうでもよかった。二人はうずくまり、だんだん大きくなる轟音に耳を澄まして、いつでも走り出せるように身がまえた。しかしそれは特急列車で、とても人が走って追いつけるような代物ではなかった。

黙々と進み続けた。寒さが増し、歩いていて体が冷えきると、線路の外に出て軽く駆け足をした。月明かりに輝くレールがどこまでも延びていた。

しばらくすると、線路からすこし離れた広々した畑のそばに農家が一軒見えた。庭に大きなセンダンの木が二本あり、その茂みの下が真っ暗になっていた。やつらはその暗闇にもぐり込み、家の気配をうかがいながら、裏のポーチのほうに目を向けた。物干しロープにかかった服が役に立ちそうだった。

二人は用心しながら月明かりの中に踏み出した。が、ポーチのすぐそばまで来たとき、いきなり大きな犬が現われて、盛んに大声で吠えはじめた。やつらは固まった。さっさと逃げ出すか、それとも犬などかまわず目当ての服をひっつかむか、互いに顔を見合わせて立ちつくしていた。犬はますます激しく吠えだし、ついには家の中から人の声がして夜の闇に大きくこだました。

「だれかいるのか」

ドラッグラインとルークは息を飲んだ。犬はさらにけたたましく吠えた。声の調子が厳しくなった。

「だれなんだ。とっとと出ていけ。いいな」

二人はあとずさりしはじめた。暗い窓から姿を見られたかどうかはわからなかった。忍び足で逃げてセンダンの木の下に隠れ、暗闇を抜け出て線路のほうへ戻った。十分離れて安全なところまで来ると、ドラッグラインが悔しがって毒づいた。

「チクショウ、ああいううるせえ犬がいなきゃ、とっくに俺は大金持ちになっていたんだ。まったく、ついてねえぜ。列車は行っちまうし、服も盗めねえとはな。おまけに、クソ寒いときてやがる」

「ドラッグ。なんならムショに戻って、またあのぼろベッドにもぐり込んでもいいんだぜ。いいか、自由でいるってのは生やさしいもんじゃないんだ。おまえにゃ、ちょっと無理かもしれないな」

ときどき枕木に座って休んだ。しかしルークは常に前へ進みたがった。一段と冷え込んできた。あたりにオレンジ林が広がるところまで来ると、黒々として立ち並ぶ木々のあいだに一定の間隔で火が燃えているのが見えた。遠くで人の声が聞こえ、作業中のトラックがうなる音がした。何人もの人間が霜よけの篝火《かがり》を用意しているところだった。

ドラッグラインはその火のそばで丸くなり、すこし眠りたかった。ルークは人に見られるのを恐れ、夜のうちに移動して昼間眠ろうと言った。ドラッグラインは仕方なくそれに従った。

二人は満天の星空の下、真っ直ぐに延びた線路をいつまでも歩き続けた。ところがそのうち空に雲がかかりはじめ、低いカシの木と伐採されたあとに生えたマツの木があるだけの場所に出たとき、細かい霧雨が降り出した。濡れた体で歯をがたがた鳴らし、疲れとひもじさでみじめな気持ちになりながらも、ただ歩き続けるしかなかった。

霧雨は夜が明けるすこし前にやんだ。明るくなるころ、線路は州道に近づき、そのまま平行に走りだした。高圧電線がドブの上をたわんで延び、湿地帯が広がるのを見ると、この近辺を知りつくしている二人には、それが〝ガラガラヘビ街道〟だとわかった。

間違いなかった。線路と道路はそれぞれ木造の橋と跳ね橋を渡り、川沿いのキャンプ場を過ぎてからだんだんと右に曲がりはじめた。二人は用心しながら橋番小屋のわきをすり抜け、線路が道路と一番離れる位置にある、廃屋のような雑貨屋の裏を歩いていった。

もうすっかり夜は明けていた。黒人たちのみすぼらしい家々が点在する、名も知らぬ集落を抜けると、朝靄の中、左手に森林警備隊の監視塔が見えてきた。あたりからは、仕事に出る車の音や家の中の人声が聞こえてきた。

そのとき、ルークはここに教会があったことを思い出した。火曜日だったので、だれも入ってくる心配はなかった。陽射しを避け、人に見られることなくしばらく休めるだろう。夜になったら、また歩きはじめればいい。

二人は線路を離れると、背の高い雑草の中に入り、霜と朝露で靴とズボンを濡らしながら歩きはじめた。まばらなカシの木立を抜け、物置小屋の裏まで来て、周囲と教会の中にだれもいないのを確かめた。裏庭の錆びた水くみポンプの横をまわり、空缶や瓶、紙屑などを踏んで物音を立てないように気をつけて歩いた。教会の裏の一角には、むきだしのコンクリートブロックで建て増した部分がついていたが、雑な工事であちこちに隙間やゆがみがあった。この建て増し部分にあるドアには鍵がかかっていなかった。そこから中に入り込むと、いくつも並んだ椅子、説教壇、ピアノが目に入った。隣の部屋も調べ、椅子が何脚かと鏡、テーブルの上に献金かご、大きな水差し、プラスチックのコップがいくつか置いてあるだけなのを目にして、やっと一息入れた。ドラッグラインは椅子にどさりと座り込み、ルークはにっこりして水差しから水を注いだ。

「まあ、ここまではうまくいったな」

ドラッグラインは脚を床にだらりと投げ出し、腹を両腕で抱え込むようにして不満げな声を漏らした。

「クソ、豆が食いてえな。トウモロコシ粥でもコーンブレッドでもいい。なんだって噛みくだいて飲み込んでやるぜ。うまいこと特急の貨物列車にでももぐり込んでたら、今ごろもうタンパに着いてたはずなのによ」

「おまえ噛めるのか、ドラッグ。歯がないんじゃ、せいぜいくちゃくちゃやるのがいいとこだぜ」

「ああ、そうだよ。噛む、しゃぶる、なめる、口のなかで暴れようが丸のまんまひと飲みだ。かまうもんか、俺は腹ぺこなんだ。おい、何してんだ」

「調べてるだけさ」

「いいから休もうぜ。だれもいねえ教会を調べまわるのはよくねえよ。たとえ黒人の教会でもな。しばらく休んで隠れてるのはいいさ。だれも気にしねえよ。だが、家探《やさが》しするのは感心できねえ」

「見てるだけだ。何もしちゃいない」

ドラッグラインは教会の庭で話を続けていた。俺はパイプに葉を足して指で詰め、深く吸い込み、口からゆっくりと煙を吐き出した。古い教会の壁や窓をじっと眺め、中の様子を想像した。あの朝、クール・ハンド・ルークがときどき窓の端から外の気配をうかがい、静かに椅子のあいだや壁に沿って歩きまわって見たものを思い浮かべようとした。

ドラッグラインはそのときの様子をこんなふうにしゃべっていた。

「やつは歩きまわってたよ。俺が何を言っても聞かねえんだ。ひとりでニヤニヤして、あちこちをうろついてやがるんだ。何にでも手を出してたな。祈祷書を持ってみたり、椅子の上にあったうちわを拾い上げてみたり。そのうちわはボール紙製で、葬儀場で配るようなやつだった。片面に聖人だか使徒だかの絵があって、反対側に葬儀屋の名前が印刷されてるんだ。このあたりに住んでる黒人が忘れたんだろう。柄のところに鉛筆で持ち主の名前が書いてあった。ルークの野郎、何を思ったのか、それを読みはじめやがった。知ってる名前だったのかもしれねえ。

そのうち椅子のあいだを歩きだした。まあ、こっからじゃわからねえが、七、八十はあったぜ。籐かなんかで作ったやつだ。だが、黒人のものにしちゃあなかなか感心なとこもあったな。どの椅子にも背もたれに白い布がかかってたんだが、こいつがきれいなんだ。女たちが毎週洗ってるに違いねえ。裏庭のでっかい鉄鍋に入れて、ぐつぐつ煮て洗濯してるんだろうよ。

とにかく、ルークはその椅子の数を数えてるみてえだった。そのうち、正面にある肘掛けのついた椅子に目をやった。牧師《プリーチャー》が座る場所だ。そのうしろに、もう四つか五つ椅子があってな、聖歌隊が座るようになってた。あいつらも今そこにいるんだろうぜ。うめくような声で歌って神様に訴えてるんだ。

それからルークはおんぼろピアノのそばまで行って、ちゃちな造花をいじくりまわした。どっかの十セント雑貨屋で買ったガラスの燭台があってな。ルークはそこに〝一〇〟って数字がスタンプされたままなのを見つけたんだ。どうだい、たったの十セントだってよ。だがな、やつはまんざらでもねえみてえだった。じっとにらんでた様子からして、そうに違いねえ。それからピアノの鍵盤をいじくった。キーの表面は半分ぐらいがはがれていて、下の古い木に番号が書き込んであった。数字で覚えて練習したんだな。

入口の上に、だれかがカレンダーから取ってきたキリストの絵が貼ってあった。それから止まった電気時計があった。天井のペンキがはげて、そこらじゅうにクモの巣が張って、ハエの糞のシミだらけよ。それから、床の色は青だったたな。そうだ、はっきり覚えてる。床はくすんだ青色だった。

前のほうに素人が作った聖書台があって、でっかい聖書が置いてあった。指をペロペロなめてページをめくるようなやつだ。台には大きなテーブルクロスが敷いてあって、その上に聖書がのっかってた。

でも、俺は部屋の真ん中にあるでっかいストーブが気になってたぜ。床に寝転がって休んでたんだが、うしろを見ると暖かそうなストーブがあるじゃねえか。よくある田舎のストーブだ。おまけに、薪や古新聞まで置いてあった。だが、あきらめるしかねえ。ルークが煙を出すような危ねえまねをさせるわけがねえからな。そのうちいきなり、やつがしゃべりだすのが聞こえた。はじめは独り言だと思ったんだが……

『よお、神様』

びっくりしたぜ。振り返ってみると、あいつが牧師《プリーチャー》みてえに聖書の両側に手を置いて立っていやがった。ほんとに牧師《プリーチャー》の立ち方そっくりによ。ルークの野郎、やたら重々しくでかい声で、そこらじゅうのやつみんなに地獄について説教するみてえに始めやがった。ところが、あいつの説教の相手は神様だった。天井を見上げると、こう言った……

『よお、そこの神様。調子はどうだい』

なんと〝調子はどうだい〟ときた。まるっきり隣近所のやつに声をかけてるみてえな様子だった。まったく、とんでもねえぜ。俺はびっくり箱みてえに飛び上がってルークの野郎を見たよ。もう寒さなんか感じねえし、空きっ腹のことも忘れちまった。とにかく恐ろしくなって言ってやったんだ。

『おい、ルーク。どういうつもりなんだ』

でもやつは俺のことなんかちっとも気にしやしねえ。ただ天井を見上げて、よくわからねえが、祈ってるんだか、わめいてるんだか。

『なあ、神様。ちょっと耳を貸せよ。俺はあんたに言いたいことがあるんだ』

俺は口を挟んだ。

『ルーク、おい、ルーク、やめろ。軽々しく神の名を口にするんじゃねえ。そりゃ救いがたい罪だ。冒瀆《とく》ってもんだ』

『そうかい。でも俺はもうとっくに罪を犯してるぜ。ドラッグ、おまえだってそれは知ってるだろ。みんな知ってるさ。俺は人を殺したし、金やいろんなものも盗んだ』

『よせよ、ルーク。黙ってしばらく横になれって。すこし休もうじゃねえか、なあ』

ルークはしゃべり続けた。だれにも黙らせることはできねえ。やつはあげた拳を震わせながら、苦しんでいるように顔をゆがめてやがった。そりゃ、ひでえ苦しみようだったぜ。

『なあ、神様。確かに俺はちっぽけな、ろくでもない人間さ。だが、そんなことはわかってるはずだ。耐えられないような厳しい試練を与えるのはあんたじゃないか。なぜいつも俺を追いつめるんだ。俺のやることは何もかも間違ってるのか。おかげで、俺はいつも何が間違いで何が正しいのかもわからなくなるんだ』

俺はもうどうしたらいいかわからなくなっちまった。床を這ってルークのそばまで行って、とにかくやめてくれと頼んだ。もう明るくなりはじめていた。空は赤く染まって、遠くのほうに厚い雲が浮かんでた。ところがルークときたら、狂ったようにわめき散らして毒づいてやがるんだ。俺は、気が立ったやつをなだめすかすみてえに、優しく声をかけてみた。ご機嫌をとってやろうとな。

『なあ、ルーク、そんな口を叩くもんじゃねえぞ。神様だっていい気はしねえ。冒瀆《とく》だからな。だれだってそんなまねはしねえぞ。天罰がくだるぜ、おめえにも俺にもよ』

『天罰だって。神様は愛そのものだろ、ドラッグ。汝の隣人を愛せよとか言うじゃないか』

もう、俺は祈ってたよ。ほんとだって。床にひざまずいた。俺は怖いもんなんかねえさ、人間でも畜生でも悪魔でもな。だがな、神様となると話は別だ。俺は昔、日曜学校で習ったとおりに手を合わせてひざまずいた。ルークはまだ説教してたから、俺は口に出して祈ったんだ。

『神様、こいつの話を聞かないでください。いかれてるんでさ。かわいそうに頭がおかしくなっちまったんですよ。あんまり頭をひっぱたかれたもんでね。自分が何を言ってるかわからねえんだ。でも、勘弁してやってください。頼みますよ。俺たち哀れな囚人に慈悲をください。そりゃ、ひでえことをしてきたのは十分承知の上だ。でも、情けをかけてくれたっていいでしょうが。ね、そういうことで話をつけてくださいよ』

　そうしたらルークが言ったんだ。

『そうだ、神様。情けをかけてくれ。慈悲をくれ。俺は間違いなく悪い人間だ。だが、どうせまたあんたは罰を与えるに決まってるさ。まあ、当然だ。俺はそれだけのことをしたんだから。金を盗んださ。赤字でピーピーしている市の金をかすめとったんだ。それどころか、人殺しもした。いや、人といえるかどうか。だけど、十四人だぜ。まだ選挙に行ったこともないガキだったのに。涼しい顔で、見も知らずの人間を殺したんだ。そういや、ポケットに聖書を入れてたやつもいたぜ。神様、あんたはあいつに愛をどう教えたんだ。それとも、異教徒の言葉はしゃべれないとでも言いやがるのか。あのうようよいた腹をすかせた子供や女たちにはどうなんだ。敵だからって、食い物をやることも、話しかけることさえできなかったやつらにはどうなんだ。それに、さんざん焼き討ちしたり殺したりした俺が、なぜあんな特別扱いされたんだ。楽隊の演奏、来賓の祝辞、国旗掲揚、勲章。俺は最高の兵隊だとさ。どこへ行っても聖職者ってやつが寄ってきて、にこにこしながら挨拶するのはなぜなんだ。どうして勲章や士官の階級章なんかをぶら下げたやつらがうろついているんだ』

　もう俺は聞いちゃいられなかった。やつを見るのも恐ろしくなっちまった。俺は顔を覆って言ったよ。

『神様、頼むからやつの話なんか聞かないでください。いかれたやつに罪も何もねえでしょう。

そりゃ、酷ってもんだ。狂ってるんだから。やつの頭はぼこぼこで、傷だらけなんです。ひでえ目に遭ったんですよ。でも、それはやつが悪いんじゃねえ。そうでしょ、神様』

だが、ちょうどそのときだったぜ。俺たち三人が話し合っている真っ最中によ、どこか外のほうから叫ぶ声が聞こえてきたんだ……

『ルーク。ドラッグライン。そこから出てこい』

だれの声かすぐわかった。ゴッドフリーさ。俺は思わず口に出したぜ。『クソ、なんてこった。ゴッドフリーが外にいるぜ』ってな。するとまた声がした……

『ルーク、出てこい。もうお終《しま》いだ』

俺は急いで四つん這いで窓ぎわまでいって、そっと外をのぞいてみた。とたんに飛び上がってわきに身を隠したね。それから床に伏せた。とても見ていられなかった。俺は震えながら腕で頭を抱え込んでルークに言った……

『だめだ、ルーク。囲まれちまった。やつらとっくに追いついてたんだ。そこらじゅうが警官だらけだ。茂みや木の陰にダニみてえにうようよいるぜ。もう逃げられねえ』

だが、ルークはピクリとも動かねえ。そのテーブルみてえなところに寄りかかって、聖書の両側に手を置いて、まだ天井を見上げてるんだ。が、もうわめいちゃいなかった。そしていきなり、口を思い切りすぼめたんだ。まるで、でっかい声で大笑いしちまうのを必死にこらえてるみてえだった。

でも、俺はそれどころじゃねえ。えらいことになったと思ったぜ。ただじゃ済まねえ。だから
ルークに言ったんだ、もう夢中でよ……

『やつらみんなそろってるぜ。ゴッドフリーに所長、ショットガンの監視員、ドッグボーイもいやがる。保安官にハイウェイ・パトロールもだ。クソ、ひでえことになったな。どうすりゃいい。どうしたらいいんだよ、ルーク』

ところがなんとルークは笑ってやがる。天井を見上げて笑いながら言うんだ……

『どうするかって。さあな。まあ、とりあえずクールにやろうじゃないか』

クソッ。やつはそんなこと言いやがった。俺は言ってやった。『クールにやるって？　こんな尻に火がついてるときにクールでなんかいられるわけねえだろ。ちょっとでも変なまねすりゃ、蜂の巣にされちまう。もう手も足も出ねえよ』

だが、ルークはその聖書のある台のうしろから出てくると、ゆっくり窓のそばまで歩いていった。もう太陽がまぶしいほどになっていて、やつを照らしてた。ルークは両手を上げて、はっきりとでっかい声で叫んだんだ……

『わかったよ、ボス。撃たないでくれ。あんたの勝ちだ。もうあきらめるよ』

ちょうどそのときだった。やつは狙いもしねえし、銃身を振り向けるわけでもなかった。ただライフルをぶらぶらさせていたかと思うと、そのままゴッドフリーは引き金を引きやがった」

27

弾はルークの喉にまともに当たり、首のうしろに抜けた。やつは衝撃で飛ばされ、よたよたと数歩さがったが、なんとか倒れずに踏みとどまった。貫通した弾はストーブの煙突とレンガの壁にぶつかって、天井から斜めに跳ね返り、ピアノの鍵盤に当たって止まった。薄暗い教会の中にすすとレンガのほこりが舞い上がり、ピシッという弾の跳ねる音を追いかけるように、ピアノの甲高い和音がひとつ響いて静かになった。

ドラッグラインは泡を食って床を這いまわり、身を隠す場所を探した。籐椅子のあいだを掻き分け、蹴飛ばしながらもがいて進み、手作りの聖書台のうしろの隙間に入って隠れた。

静かだった。銃声とけたたましい物音がしたあとは、まるで真空になったかのように稀薄で繊細な静寂が漂い、時間が止まったように感じられた。

ドラッグラインは聖書台の裏で縮こまり、動くことができなかった。胸の中に絶望感が渦巻き、悲痛な気分だった。ピアノの音の余韻だけがかすかに残るなか、恐る恐る台の端から顔を出してのぞいてみた。ルークが同じ場所にそのまま立っているのが見えた。床に散らばった細かいガラスの破片が、窓から差し込む日の光にきらきら輝いていた。ルークはまだ両手を上げたままで、割れたガラスが残っている窓の向こうをにらみ、左腕を激しく震わせていた。体を揺らして立ち、何か言おうとしていたが、首に開いた穴と口から血がほとばしり出て、抑えがきかないように唇がピクピクと痙攣していた。そのうち、倒れるでもくずおれるでもなく、疲れた体を休めるようにゆっくりと床に横たわった。

まもなく大騒ぎが始まった。外で大声がして、怒鳴る声やあわてて走りまわる足音が聞こえた。

「おい、何てことしやがるんだ」

「余計な口出しは無用だ」

「さあ、ゴッドフリーさん。早く」

「おい、おまえ」

表に足音がして、ドアが一気に開いた。床をこすり、踏み鳴らす靴音が響いた。ドラッグラインは聖書台の下で丸まったまま大きな聖書をつかんでずらし、テーブルクロスの裾を引っ張って頭にかぶった。哀れな低い声でぶつぶつと祈り、ドッグボーイが勝利と復讐の成就に酔って叫び立てる大声に耳をふさいでいた。

「やりましたね。とうとう仕留めた。見事なもんだ。まだもうひとりいますぜ。あのデブ隠れてやがる。俺にまかしといてください。やつはあんたの獲物だ。こっちは俺が仕留めます」

また足音、怒鳴る声、平手打ちの音がした。

「バカ野郎、銃をおろせ、おろすんだ。ひとり殺《や》れば十分だ」

聖書台の中に手が伸びてきて、ドラッグラインのシャツをつかんで立たせ、保安官とその助手が乱暴に両腕を抱えた。ドラッグラインの目に、所長が監視員のポールとヒューズといっしょに戸口に立っているのが見えた。ゴッドフリーは片手にライフルをぶらさげてその近くにいた。制服姿のハイウェイ・パトロールの巡査がドッグボーイともみ合い、やつに平手打ちをくらわして、銃を持つ手をつかんでいた。

保安官は息を弾ませながらドラッグラインに手錠をはめ、外に連れ出す用意をした。同時に、ショットガンを持った監視員が二人、ルークのそばへ行った。やつらが手を触れようとすると、ルークは立ち上がろうともがいた。しかし、左の腕と脚が震え、一方の口の端から頬にかけて激しく痙攣していて、ひとりでは立てなかった。

ドラッグラインは外に連れ出され、保安官の車の後部座席に乗せられた。近くに集まる人々の中に、一か所にかたまった十人あまりの黒人と、緑色の制服を着て髪をぼさぼさにした男が三人いた。その制服の男のひとりが興奮してしゃべっていた。

「俺が当直で、夜中の十二時から八時まで塔の上にいたんだ。はっきり見えたぜ、二人ともな。縞のズボンだった。この黒人のオンボロ教会の裏に忍び込んでいったのが双眼鏡でよく見えた。昨日の夜は霜が降りて、果樹園のあちこちで篝火《かがり》を燃やしてたろ。しっかり目を開けておかなきゃいけなかったのさ。そういうときは気をゆるめられねえ。いつ燃え広がるかわからねえからな。だからそこらじゅうを注意してたんだ。ところが、脱走犯とはな。まさかそんなもの見つけるとは思ってもみなかったぜ。だが、それがいたんだ、本物がな」

ドラッグラインはハイウェイ・パトロールの巡査が所長に何か話しているのを耳にした。巡査はオーランドにある一番近い病院まで搬送することを申し出ていた。しかし、所長は空唾を吐きながら、まだるっこい調子で何かぶつぶつと規則や経費や、刑務所の病院のことを話していた。

ルークは監視員二人に両脇を支えられて教会の入口から出てきた。ドラッグラインがやつを見たのはそれが最後だった。やつはよろよろと引きずられるようにしてドラッグラインが乗った車のそばを歩いていった。体の左半身が痙攣し、ピクピク動いていた。やつは所長の黒と黄色に塗られた乗用車に乗り、足錠と安全ベルトをされ、両手を腿の上に置いたままの形で固定された。前のめりになって頭を不自然な角度に傾け、首から流れる血が胸や腹を真っ赤に染め、口は震えているが声は出なかった。

そのうち所長が乗り込み、二百キロも離れたレイフォード刑務所に向かった。

28

ルークとドラッグラインが用具運搬トラックで逃げたあと、その日の俺たちの作業は中止になった。しかし、翌日の朝はパーマーの班といっしょに作業に出た。ゴッドフリー、ポール、ヒューズの監視員たちは一日じゅう姿を見せなかった。それ以外俺たちには何の情報もなかった。しかし、晩に建物の中に入るとドラッグラインが自分のベッドのそばの床に座っていて、事件のあらましを知ることになった。やつはタバコを吸いながら、足首に光る真新しい鎖をにらみ、不機嫌な顔で考え込んでいた。

俺たちはドラッグラインが脱走と銃撃のことをしゃべるのを黙って聞いた。就寝の鐘のあと、夜遅くなってから、調理係のジャーボが看守に扉を開けてもらって戻ってきた。やつは、夜になって帰ってきた所長に晩飯を出したので遅くなっていた。その知らせをもってきたのはジャーボだった。ジャーボはまずカーにささやき、つぎに看守に耳打ちした。看守はベッドに横になっていたドッグボーイにそれを伝えたが、みんなに聞こえるほどの大声だった。その無神経極まりない、人の気持ちを逆撫でするような言葉は、俺たちの胸をかきむしった。

「おい、ルークの野郎は死んだぞ。おまえがずっと追いかけてたやつだ。レイフォードで死んだそうだ。もう面倒起こすこともねえ」

俺たちはベッドに転がったまま、天井や電球、上のやつの重みでたわむ布団を見つめていた。寝返りを打つベッドの軋みも、咳や屁の音も、息遣いさえも聞こえず、静まり返っていた。

やがて、カーがゴム底の靴で床をこするように歩く気配がした。やつはあたりをかすかに震わせて歩きまわり、絶えず神経を尖らせながら、だらだらとその刑期を過ごしていた。

29

　ドラッグラインが話を終えた。最後にタバコを一息深く吸ってから吸い殻を指で弾いて捨て、膝を伸ばして足の位置を変えた。砂と土に埋まった鎖がくぐもった音を立てた。やつは地面に目を落とし、真ん中の環を指でもてあそんだ。やっと落ち着きを取り戻し、ルークのことを頭から拭い去ったに違いなかった。代わりに、やつはあとどのくらいで鎖の環がすり切れるだろうかと考えていた。それが切れるまで鎖をつけさせると言った所長の言葉を思い出していた。

　やつは自分の刑期のこと、その不運とヘマのことを考えているのかもしれない。あの日ルークと逃げていなければ、今ごろは家に帰っていたはずだからだ。やつのもともとの刑期は一か月前に終わっていたが、相変わらず重労働の刑に服していた。州財産の窃盗、つまり用具運搬トラックを盗んだことで、新たに五年の刑を宣告されたからだ。

　囚人たちは身じろぎもせず、こわばった表情で座り込み、聞こえるのはドラッグラインの鎖の音だけだった。みんな喉が締めつけられ、口が乾いて、頭の中にはクール・ハンド・ルークのメロディーと讃美歌が響いていた。

　それでも俺たちは平静を装って、粗末な掘立て小屋のような教会にちらっと目を向けた。建物を支えるコンクリートブロックの上で、床がたわんでいた。反り返った壁板は乾いてひび割れ、木目にわずかなペンキの筋が残るだけだ。一枚のガラスのない窓には、雨風にさらされて灰色になったボール紙が貼ってあった。しかし、その空白の四角い枠は、何もないことでむしろ俺たちに多くを語りかけ、悠久の時を映すステンドグラスの窓のように荘厳なものに見えた。

中ではまだ聖歌隊が歌っていた。道路からは、通り過ぎるトラックの轟音が聞こえた。黒人の子供たちが遠くのクワの木の枝にぶらさがってはしゃいでいる声がした。ピアノが鳴り続け、ミュートをつけたトランペットのうめくような音がした。しかし、俺たちが何よりも耳を澄まして聞いていたのは、薄暗い教会の中から響いてくるバンジョーのいたずらっぽい音色だった。

やがてみんなそわそわして、体を伸ばしたり、足を動かしたりしはじめた。ココは帽子を脱ぎ、それで顔をふいてからかぶり直した。帽子を左耳の上、つぎに右耳の上へと順番に引き下げる。それからまた脱ぎ、両手で形を整えてから再び目深《まぶか》にかぶった。

ラビットとジムが来て、豆の鍋とコーンブレッドやアルミ皿の箱を用具運搬トラックに運びだした。ラビットは監視員たちのところへ行って、バケツとオレンジの箱を片づけた。監視員たちもシートを丸め、コーヒーを沸かした火を消した。

だれかが立ち上がってラビットのそばへ行き、バケツが片づけられる前に水を一杯飲んだ。みんなタバコ缶の蓋を開け、最後の一本を巻きはじめる。俺は伸びをしてからパイプを叩いて灰を落とし、詰め直してまた火をつけた。靴を振り、砂を払ってはいた。

ゴッドフリーが上体を起こし、伸びをしながら拳の甲で口を押さえてあくびをするのが見えた。ゆっくりとポケットを探り、大きな懐中時計を出して手に持った。が、俺にはそれを見たかどうかはわからなかった。やつはまったく頭を動かさなかったし、顔は無表情だった。目があるはずの場所に見えたのは、サングラスの鏡のような表面と、そこに閉じ込められて小さく映る俺たち、ドラッグラインを中心に集まる囚人たちの姿だった。

ゴッドフリーはシャツのポケットから葉巻を取り出した。端を噛み切って地面に吐き捨て、それからくわえ、火をつけた。だが俺には、そんなしぐさに何か深い意味が隠されているのか、それとも、ただものぐさなだけでまわりを気にもしないのかわからなかった。やつは囚人やその刑期のことなど、仕事はいっさい忘れたかのようにしばらくそうやって寛いでから、やっと低く感情のない声を腹の底から響かせた。

「よし、始めよう。時間だ」

俺たちはみんな立ち上がり、振り子鎌をつかんだ。ポールとキーン、それからほかの監視員たちが所定の位置に歩いていって、いつでも銃をぶっぱなせる態勢を整えはじめた。俺たちはちょっとためらってから、合図を待つまでもなく一斉に熱い砂の上を歩きだし、道路やドブに向かった。隊列を組み、まずはこわばった手や腕を慣らすためにゆっくりと左右に鎌を振る。要所要所に散らばった監視員たちが取り囲む中で、道路の両側の草を刈っていく。次第にリズムを取り戻し、研いだばかりの鎌の刃がシュッシュッと草を刈る音が、俺たちをまたとりとめのない空想へと誘う。

俺たちはそれぞれの思いに浸り、先のことを考えはじめた。あれこれと想像し、自分の世界にのめり込み、昔を思い起こした。教会の隣の小さな墓地のわきを通るとき、粗末な木を十字架にした哀れな墓がいくつも見えた。あちこちに石がこぢんまり積まれ、マヨネーズの瓶に差した花は萎《しお》れ、額の中の写真は薄汚れていた。

それを見て、俺はクール・ハンド・ルークの遺体のことを考えずにはいられなかった。親族に通知が届くころには、ルークはもう埋葬されていた。レイフォードの正門を出て三重の塀をぐるっとまわり、みんなが〝ホリネズミの丘〟と呼ぶ囚人の墓地に埋められていた。

やつの墓には白い木の十字架に黒いペンキで〝ロイド・ジャクソン〟という名と囚人番号が書かれているに違いない。やがて、照りつける太陽でペンキはひび割れてはがれ、盛り上げた砂混じりの土は雨が降って平らになる。そのうち十字架の根元のほうが腐りだし、棺桶を運んできたトラックが何かの拍子にそれを倒して、タイヤで砂の中に押し込んでしまうかもしれない。

まもなく、教会の歌声は聞き取りにくくなり、ついには通り過ぎる車の喧騒にかき消されてしまった。〝レイク郡消防本部〟という看板を越えた先に、巨大なバッジの形をした看板がもうひとつあった。さらに作業しながら進むと、森林警備隊の緑色のトラックが止まっていた。俺たちは、監視塔を支えるワイヤーの一本を固定している、コンクリート基礎のまわりの雑草を刈った。俺はまた梯子の段を数えた。それは酔った足取りのようにジグザグに上り、雲の中に隠れた目に向かって延びていた。十五段だった。

やがて、錆びついた鉄条網の柵の横に来た。貧弱な木の支柱は根元がすっかり腐り、くたびれように傾いて、本来支えるはずの鉄線に逆に支えられていた。さらに十五メートルほど進むと、砂がむきだしになった場所があって、その端に枝のない枯れたカシの木が立っていた。幹はところどころに細かい苔が生え、昔の火事で焼けた片側は真っ黒になり、かさぶたのようにゴツゴツと波打っていた。

何時間かして休憩をとり、それからまた作業に戻った。太陽が地平線に傾きはじめ、目のない男の黒い帽子の下で、ぎらぎらとまばゆい光を反射させた。はるか遠く、やつの肩越しに、空の雲に向かってそびえる監視塔がまだ見えていた。

夕暮れが近づいた。俺たちはもどかしげにちらちらとゴッドフリーをうかがいはじめ、やつがけだるい声で、道具を片づけて護送トラックに乗る指示を出すのを待った。だが、ゴッドフリーは黙っていた。俺たちが鎌を振るいながら牧草地の脇を通り、狭いグレープフルーツの林を過ぎ、それからペプシコーラの看板の横を通り過ぎても、やつは杖を揺らし、背後の道路をぶらぶらのんびりと歩いていた。

訳者あとがき

クール・ハンド・ルーク（Cool Hand Luke）の〝クール〟とは『冷静な、涼しい顔の』という意味で、〝ハンド〟は『手札、持ち札』のことである。ポーカーなどのゲームで、自分の手の善し悪しに関わらず悠然と構え、その自信たっぷりな様子で相手を煙に巻く駆け引きだ。手が良ければ問題ないが、悪いときは全てを賭するギリギリの心理戦となる。『無表情な』という意味では〝ポーカー・フェイス〟という言葉もあるが、〝クール・ハンド〟はもっと能動的で、場合によっては〝ずうずうしい、頓着しない〟ということになる。これはゲームに限らず、他人との関係、生き方にも及んでくるものだ。ルークことロイド・ジャクソンの態度や振る舞い方を追ってみると、この呼び名がいかに的を射ているかわかる。囚人たちが絶えず顔色を窺う〝目のない男〟ゴッドフリーに対し、たじろぐでもなく平然と杖を渡し、その鏡のようなサングラスを真っ正面から見据える無頓着さは、語り手の〝俺〟を怖がらせるに十分だった。一見豪胆なドラッグラインでさえ、ルークを相棒として持ち上げながらも、その傍若無人ともいえる言動を前にして「俺はこんなバチ当たりのそばで仕事するのはご免だ」と口走ってしまう。

無論、ルークのそういう態度は圧倒的な権力や束縛に対する反骨精神として捉えられる。捕まるたびに容赦ない罰を受け、それでも飽くまで脱走を試みたのは、過酷な重労働刑から逃れ、自由になりたいというよりも、その行為自体に意味があった。〝全能の神〟気取りの監視員たちの鼻を明かし、やつらがどんなに力を振るっても決して折れない意志を示したのだ。ほかの囚人たちは、ルークの猛烈な仕事ぶりや桁外れの大食いを通して、それまで眠っていた〝意識〟に目覚め、バンジョーの巧みな弾き語りに酔って〝真実〟に触れ、見事な脱走劇を何度も目の当《ま》たりにして〝希望〟を感じた。それはルークの人懐っこい微笑《ほほえ》みとともに、まさに〝俺〟が予感した〝救い〟だった。

しかし、ここまでなら過去にも数ある脱獄小説のひとつとして終わってしまう。この作品に深みを加えているのは、ルークの自暴自棄とも思える態度の根底に、常に一種の絶望感、あるいは非壮観というようなものがあることだろう。聖職者を父にもち、その教えを信じていた自分が、戦場で数多くの敵兵を殺し、略奪や凌辱を尽くしたのに勲章をもらう。その矛盾を悟ったときから、ルークは自分の罪を意識し、神聖なものや強大な力の欺瞞を見透かすようになった。それは出口のない迷路をさまようような孤独な戦いだった。パーキング・メーターを切り落とすという前代未聞のばかばかしい犯罪も、皮肉なことに、そういう矛盾を真摯に受けとめたからだとも言える。刑務所に入ってからのルークは、無謀なまでに自らを追いつめたり、根拠のない権威を振りかざす監視員たちを嘲笑《あざわら》ったりしたが、最後に行きつく先は〝神〟にほかならなかった。

読者はすでにお気づきと思うが、本作品にはキリストのイメージがいたるところに垣間見える。さらに深読みすれば、〝ルーク(Luke)〟は一般的な男性名であると同時に、新約聖書の福音作者のひとり〝ルカ〟でもあるし、監視長〝ゴッドフリー(Godfrey)〟の名前には、その力を暗示する〝神〟の綴りが含まれている。

ドラッグラインは言う。「俺は怖いもんなんかねえさ、人間でも畜生でも悪魔でもな。だがな、神様となると話は別だ」。無学で老いぼれの監視員キーンでさえ、無条件で神を信じ、ルークに軽蔑のまなざしを向けた。ルークはそんな中で、いわば冒すべからざる存在の神と対峙し、その不条理を訴える。要所要所に散りばめられたルークの描写は、時に過酷な迫害を受けながら民衆を導く十字架のキリストを、また時に神をも恐れぬ不敵な異端児の姿を彷彿とさせる。神に疑問を投げかけ、真っ向から問い詰める最後の場面は、ドラッグラインの朴訥な語りを借り、また〝俺〟の物憂い回想と交錯して、ルークが悲痛な心情を吐露するクライマックスとなっている。

作者のドン・ピアース（Donn Pearce）は特異な経歴の持ち主である。一九二九年生まれで、父親は看板書きや見世物興行師として各地を回っていたが、ちょうど恐慌時代で、家族はヒッチハイクをしたり、レストランで残り物をもらったりして暮らしていた。少年のピアースもカロライナ、バージニア、フロリダ、ニューヨークなどの学校を転々とした。十三歳で皿洗いや農場の手伝いとして働きはじめ、十五歳で学校をやめた。十七歳のときに商船の船員となり、ヨーロッパやインドに行った。

ところが、地中海沿岸のリビエラあたりで波止場ゴロとなり、闇商売、偽札、アヘンなどに手を出したらしい。結局捕まってリビエラの刑務所に入れられたが、なんと一年後に脱獄している。ノルウェーの商船に潜り込んでアメリカに戻ったものの、今度は金庫破りを繰り返し、一九四九年、二十歳のときついに逮捕され、二年間の重労働刑となった。これがまさに、鎖に繋がれて道路上で作業する〝チェーン・ギャング〟であった。釈放された後、また船乗りに戻り、さすがに真面目にやったのか、二十九歳のとき三等航海士となった。そして一九六五年、自らの実体験に基づき、処女小説『クール・ハンド・ルーク』を発表し、十七歳から始めた十九年にわたる船員生活に別れを告げた。

一九六九年頃からは、ジャーナリストとして、ＬＳＤの使用を積極的に提唱してハーバード大学の職を追われたティモシー・リアリーにアルジェリアでインタビューしたり、年代物の帆船の記念航海を取材したりと、その専門分野を生かして『エスクワイア』、『プレイボーイ』、『マイアミ・ヘラルド』などに執筆している。小説としては一九七二年に、二冊目となる『Pier Head Jump』を書き、今度は船乗りの世界を面白おかしく描いているが、作品の深みからいうと『クール・ハンド・ルーク』には及ばないように思う。あとは、自身も在住するフロリダの死にまつわる産業をルポしたノンフィクション『Dying in the Sun』（一九七四年）があるだけだから、本作品が作家ドン・ピアースの唯一、最高傑作と言っていいだろう。

物語は、昼休みに教会の庭でドラッグラインがルークの思い出を囚人たちに語るという形式で進められていくが、それを見守り、さらに回想を重ね合わせるのはセイラー（船乗り）と呼ばれる〝俺〟である。もちろん、それがドン・ピアース自身であることは疑いようもない。ルークとそのほかのひと癖もふた癖もある囚人たちや、サングラスと杖が象徴的なゴッドフリーをはじめとする監視員たちが、果たしてどこまで現実に作家が見た人物なのか定かではない。しかし、少なくとも自らが二年間生活した労働刑務所やその作業の様子は、ほぼ現実そのままを描いていると想像できる。

南部を中心に農場や道路整備工事などの労役に服する囚人のあいだでは、掛け声のような一種の労働歌が歌い継がれていた。本作品の中でも、絶えず歌声やメロディーが効果的に使われている。さらに、フロリダの暑い太陽の下での、単調で気怠い重労働を淡々と語り、南部訛《なま》りの会話でアクセントをつけていく文体は、素朴な中に厚みのある情感を湛えて独特のものがある。ルークの弾くバンジョーや教会から流れるゴスペルはもとより、疾走する車の轟音、足の鎖が擦れる音、ベッドの軋み、そしてユーモラスな屁の音までが、真面目くさった心理描写を重ねる以上に、囚人たちの過酷な日々と喜怒哀楽を雄弁に語っているように思う。

『クール・ハンド・ルーク』は一九六七年に映画化されている。ポール・ニューマン演じるルークの微笑《ほほえ》みは極めて印象的だ。いくつかの部門でアカデミー賞にノミネートされた同作品は、ドラッグライン役のジョージ・ケネディーが助演男優賞を受賞した。なお、日本では『暴力脱獄』という、やや強引な題名を冠せられて公開されている。

微笑《わら》って死んでいった救世主、ルーク

ピーター・バラカン

訳者の野川政美さんが心の優しい方であることは、『暴力脱獄』を「やや強引な題名」と書かれたのを読んだ瞬間に分かった。そういう優しさのひとかけらもないぼくは、これまでにこのタイトルを何度も色々な媒体で「史上最悪の邦題」と非難し続けてきた。そんなに向きにならなくても、と思われるかも知れないが、高校生の頃に観た『クール・ハンド・ルーク』は、ぼくの最も好きな映画の一つなので、これを観ていない自称映画ファンが日本に多いことをいつもとても残念に思っているからだ。もっと見る気にさせるようなタイトルの付け方がいくらでもあったはずなのに、と。今からでも変えて欲しいくらいだ。

テーマが先ず気に入った。反体制的な価値観が一番元気だった一九六〇年代の若者にぴったりくる話だった。当時はもう少し単純な見方をしたと思うが、大人になってから何度か見直すうちに、抑圧的な権力の下で生き甲斐を失っている囚人たちに希望を与えるルークは、一種の救世主のように見える時がある。かと言って、ポール・ニューマンが演じる彼は決して優等生ではない。自分の態度で権力を持つ監視員たちを嘲るルークは、諦めの境地に立っているという印象だ。自分を待っている運命も、もう分かっている。最後のシーンで、教会に駆け込んで、「親父」と呼ぶ神と会話するところでは、理解してもらえないイエス・キリストの姿を思い浮かべるのは、ぼくだけではないだろう。

キャスティングも見事だ。アカデミーの助演男優賞をとったジョージ・ケネディーはもちろん、この作品でのポール・ニューマンは『ハスラー』や『明日に向かって撃て』に並ぶ名演技だ。そしてもう一人この映画に不可欠な存在がいる。この人がいるからこそ、英語圏の人なら知らない人はいないほどの名台詞が生まれたと言っていいだろう。"What we've got here is a failure to communicate." 刑務所の所長役を完璧な演技で見せるストラザー・マーティンがゆったりした南部訛りで言うこの台詞は、ある意味ですべてを物語っている。「ほら見ろ、おれが言おうとすることは、こいつにはちっとも伝わっちゃいない」とでも訳せばいいだろうか。

南部色が非常に強く出ている映画だ。不快指数の極めて高そうな、茹だるような暑さが、画面からビシビシ伝わってくる。またラロ・シフリンのシンプルでブルージーなスコアを聴くと（最近CDが国内盤で発売されていることを知って、すかさず買いに走ったが、サウンドトラック盤を滅多に買わないぼくとしては久し振りのことだった）、あのけだるい空気が蘇ってくる。永年にわたってアメリカ南部の音楽を広く、そして深く聴いてきたぼくにとって、この『クール・ハンド・ルーク』はちょうどブルーズを本格的に好きになり始めた頃の作品でもある。特別な愛情を感じるのはそれと関係しているかも知れない。個々の場面についで触れ始めるときりがないが、このドン・ピアースの原作を読んだ中の一人でも多くの方が、日本ではまだまだ十分な評価を受けていないこの名画を観て、ぼくの話し相手が増えることを祈っている。

ピーター・バラカン（Peter Barakan）
一九五一年ロンドン生まれ。ロンドン大学日本語学科卒業。一九七四年、来日、シンコー・ミュージック国際部入社。一九八〇年、同退社。執筆活動、ラジオ番組への出演などを開始。現在、社会問題を扱ったドキュメンタリー番組「CBSドキュメント」など、ラジオ、テレビ番組の司会を務める。

ドン・ピアース略年譜

一九二九年生まれ

一九三三年（四歳）恐慌。父親は看板書きや見せ物興行師として巡業。家族でヒッチハイク、残飯をもらい、救世軍宿泊所で寝る。

一九四〇年（十一歳）カロライナ、バージニア、フロリダ、フィラデルフィア、ニューヨークなど学校を転々とする。

一九四二年（十三歳）皿洗いや農場の手伝いとして働き始める。

一九四三年（十四歳）造船所で修理工助手として夜勤。

一九四四年（十五歳）退学。ヒッチハイクや貨物列車で移動して様々な仕事を経験する。

一九四五年（十六歳）営倉に入った後、軍隊を追い出される。

一九四六年（十七歳）商船の船員となる。

一九四七年（十八歳）ヨーロッパ、インドに行く。波止場ゴロ。闇屋。偽札使い。アヘン吸引。フランスのリビエラで刑務所に入り、一年後脱獄。アメリカに戻る。

一九四八年（十九歳）金庫破り二十六回。

一九四九年（二十歳）逮捕され、二年の重労働刑となる。執筆を始める。

一九五一年（二十二歳）釈放。船乗りに戻る。

一九五八年（二十九歳）三等航海士。

一九六〇年（三十一歳）ブルックリンの地下室で暮らす。もう少しで足を切断するほどの怪我を負い、以後二年間は松葉杖の生活を送る。

一九六二年（三十三歳）元看護婦のクリスティーンと結婚。

一九六五年（三十六歳）重労働刑の体験に基づき、処女小説『クール・ハンド・ルーク』を出版。

一九六八年（三十九歳）『クール・ハンド・ルーク』映画化でアカデミー賞受賞。

一九六九年（四十歳）ジャーナリストとして『エスクワイア』、『プレイボーイ』、『マイアミ・ヘラルド』などに執筆。

一九七二年（四十三歳）十九年の船員生活をもとに、二冊目の小説『Pier Head Jump』を上梓。

一九七四年（四十五歳）ノンフィクション『Dying in the Sun』を発表。

野川政美

一九五六年、神奈川県生まれ。慶應義塾大学卒業。
訳書に『冬の猿』（アントワーヌ・ブロンダン著、
文遊社刊）がある。

クール・ハンド・ルーク

二〇〇一年六月二十日　初版第一刷発行

著者　ドン・ピアース
訳者　野川政美
発行者　山田健一
発行所　株式会社文遊社
東京都文京区本郷三—二八—九　〒一一三—〇〇三三
TEL・〇三—三八一五—七七四〇
FAX・〇三—三八一五—八七一六
郵便振替・〇〇一七〇—六—一七三〇二〇
装幀　佐々木暁
印刷・製本　株式会社シナノ

ISBN4-89257-034-6

Catalogue of books

ブコウスキー・ノート
チャールズ・ブコウスキー／山西治男訳

「好きなことを何でも書ける完璧な自由があった」というLAのアングラ新聞の連載コラム集。ブコウスキーの原点

本体価格／二五二四円

メタフィクションと脱構築
由良君美

初の体系的メタフィクション論。バーク、ド・マン論他所収。対談／井上ひさし、河合隼雄、山口昌男　解説／巽孝之

本体価格／三三九八円

セルロイド・ロマンティシズム
由良君美

ドイツ表現派、シュミット、寺山らの作品を記号学など広汎な知識で読み解く、分析的映画批評　解説／四方田犬彦

本体価格／二五二四円

サーカス　そこに生きる人々
森田裕子

サーカスの新しい動きを追ってフランスの国立サーカス学校へ。アーティストとの交流を通して迫るサーカスの魅力

本体価格／二七一八円

冬の猿
アントワーヌ・ブロンダン／野川政美訳

仏名画『冬の猿』原作。中国での戦争体験を夢想する男と闘牛士の情熱に憑かれた男の世代を越えた友情を描いた、哀感漂う名作

本体価格／一九〇〇円

海底プール
泉　英昌

彗星のように登場し、その研ぎすまされた言語感覚が注目された詩人の待望の第一詩集。意味を脱いだ言葉が美しい

本体価格／一四五六円

鈴木いづみ関連図書

鈴木いづみ 1949〜1986

あがた森魚　荒木経惟　石堂淑朗　五木寛之　加部正義　亀和田武　川又千秋　川本三郎　見城徹
高信太郎　小中陽太郎　末井昭　鈴木あづさ　田口トモロヲ　田中小実昌　近田春夫　中島梓
萩原朔美　東由多加　巻上公一　眉村卓　三上寛　村上護　矢崎泰久　山下洋輔　他

モデル、俳優、作家、阿部薫の妻。サイケデリックに生き急ぎ、燃え尽き自殺した伝説の女性を38人が語る異色評伝　付〈詳細年譜〉　本体価格／二四二七円

阿部薫 1949〜1978（増補改訂版）

相倉久人　浅川マキ　五木寛之　梅津和時　大島彰　大友良英　小杉武久　近藤等則　坂田明
坂本龍一　菅原昭二　副島輝人　立松和平　中上健次　灰野敬二　原寮　PANTA　平岡正明
藤脇邦夫　本多俊之　三上寛　村上護　村上龍　山川健一　山下洋輔　吉沢元治　若松孝二　他

伝説の天才アルトサックス奏者の生と死とその屹立する音の凄まじさを67人が語る異色評伝。新発掘インタビュー収録　付〈詳細年譜〉　本体価格／三五〇〇円

いづみ語録

鈴木いづみ　ほか

切れ味鋭い、印象に残る言葉を作品の中から採録。鈴木あづさと町田康、荒木経惟・末井昭との対談・鼎談を併載。写真／荒木経惟　本体価格／一八〇〇円

いづみの残酷メルヘン

鈴木いづみ

心と身体を傷つけ合いながらさまよい続ける少年、少女。やがて愛の幻想に訣別し、残酷な現実に立ち向かう。「東京巡礼歌」収録　本体価格／二〇〇〇円

タッチ

鈴木いづみ

恋愛ゲームも終わり、「失恋しても、空はきれいね」と透き通った明るい絶望感に辿り着いた若者たち、いつまで遊んでいられるか。　本体価格／一九〇〇円

Catalogue of books

生きる速度を上げてみようかな。

全巻カバー写真／荒木経惟

鈴木いづみ／1949年７月10日、静岡県伊東市に生まれる。高校卒業後、市役所に勤務。1969年上京、モデル、俳優を経て作家となる。1973年、伝説となった天才アルトサックス奏者、阿部薫と結婚、一女をもうける。新聞、雑誌、単行本、映画、舞台（天井桟敷）、テレビなど、あらゆるメディアに登場、その存在自体がひとつのメディアとなり、'70年代を体現する。1986年２月17日、異常な速度で燃焼した36年７カ月の生に、首つり自殺で終止符を打つ。

「速度が問題なのだ。……どのくらいのはやさで生きるか？」

第5巻 エッセイ集Ⅰ **いつだってティータイム** 解説／**松浦理英子**

「ほんとうの愛なんて歌の中だけよ」リアルな世界を明るくポップに綴るエッセイ集

本体価格／一七四八円

「帰っていくおうちがない。生きていても死んでいても、誰も気にかけやしない」

第6巻 エッセイ集Ⅱ **愛するあなた** 解説／**青山由来**

男・女・音楽・酒・ドラッグ。酔ったふりして斬り捨て御免の痛快エッセイ集。初の単行本化（三篇を除く）

本体価格／一九〇〇円

「忘却してはいけない。決して。それがどれほどつらくても。でないと、もう歩けない。……遠すぎて」

第7巻 エッセイ集Ⅲ **いづみの映画私史** 解説／**本城美音子**

宿命のライバルであり、宗教でもあった阿部薫の死、その不在による絶望ゆえに輝きを増した傑作映画エッセイ集 本体価格／一九〇〇円

ビートたけし「あたらしい感覚のひとと、はなすのはすごいすきだ」、坂本龍一 田中小実昌 楳図かずお 近田春夫 嵐山光三郎 岸田秀 亀和田武 眉村卓 荒木経惟 阿部薫 70年代に狙いをつけた男たち――みんな〃いい男〃になっていた！

第8巻 対談集 **男のヒットパレード** 〈詩・戯曲・初期作品・写真・書簡・年譜・書誌他収録〉 解説／**吉澤芳高**

十五歳のときの作品（詩四篇、小説）、ピンク女優・浅香なおみ時代の写真、自殺直前までの六年間の手紙など初公開資料収録。 本体価格／二三〇〇円

全巻セット【本体価格／一五三八三円】

Art book collection

出版物の詳しい内容は、ホームページ（http://www.bunyu-sha.jp/）でご覧下さい。

羈旅《きりょ》

藤田満写真集

写真が美を現出し、写真もまた刻を超えて残されていくことを静かに物語る。自家製大型カメラで撮影したモノクローム写真集（解説／谷口雅）

B4判横開き大型上製本

本体価格／一二〇〇〇円

キマイラ

ホリー・ワーバートン写真集

【ホリー・ワーバートン】一九五七年、イギリスのエセックスに生まれる。写真を中心に、フィルム、CGなどを手がけるマルチ・アーティストとして活躍中。

その耽美的な作風で知られる著者の第一写真集。聖性とデカダンスの錬金術的融合。エッセイ＝林巻子、B4変形判

本体価格／八五四四円

だれにでもできるガラス工芸

由水常雄

ダイヤモンド・ポイント／サンド・ブラスト／グラヴィール／カット／バーナー・ワーク／エナメル絵付け／パート・ド・ヴェール／モザイク・グラス

絵付けや彫刻から、溶かしたガラス粉を自在に扱う造形表現まで。初心者を対象に、手軽で多彩な技法を、第一人者が丁寧に解説

本体価格／二五二四円

踊る目玉に見る目玉

アンクル・ウィリーのザ・レジデンツ・ガイド

アンクル・ウィリー編著

湯浅学監修、湯浅恵子訳

「こんなもの聴くのに人が金払うっていうのかい？」ザ・レジデンツ

20世紀最大の謎のひとつ、目玉芸術集団ザ・レジデンツ。嘘か誠か、摩訶不思議な写真の数々を交えた噂の奇書！

本体価格／二七一八円

■ご注文は最寄りの書店をご利用下さい。直接注文の場合は送料をご負担願います。本体価格に消費税は含まれていません。